U0087331

米蘭·昆德拉

笑忘書

KNIHA SMÍCHU
A ZAPOMNĚNÍ

•

MILAN
KUNDERA

尉遲秀——譯

目錄

第一部

失去的信件

1

西元一九四八年布拉格，共產黨領袖柯勒蒙．戈特瓦站在一座巴洛克式宮殿的陽臺上，向數十萬聚集在舊城廣場的群眾發表演說。這是波希米亞[1]歷史的一個重大轉折，是浩浩千年才得見一二回的關鍵時刻。

同志們簇擁著戈特瓦，而克雷蒙提斯就緊靠在他身邊。當時雪花紛飛，天寒地凍，戈特瓦卻光著頭站在那兒。克雷蒙提斯滿懷關愛地把自己的氈帽脫下來，戴在戈特瓦的頭上。

黨的宣傳部把這張照片複製了數十萬份。戈特瓦在同志圍繞下，戴著氈帽站在陽臺上向全國人民說話。就在這個陽臺上，波希米亞由共產黨掌權的歷史誕生了。所有捷克兒童都認得這張照片，孩子們在海報、教科書上或在博物館裡都看過這個畫面。

四年後，克雷蒙提斯因叛國罪被處以絞刑，宣傳部隨即讓他從黨的歷史上消失，當然也設法將他從所有的照片中抹去。從此，戈特瓦就獨自站在陽臺上。從前克雷蒙提斯出現的地方，如今只留下空空的牆面。和克雷蒙提斯有關的，只剩下戈特瓦頭上的氈帽。

2

時間是一九七一年，米瑞克說了這番話：人類對抗權力的鬥爭，就是記憶與遺忘的鬥爭。

米瑞克想用這段話為自己辯解，因為朋友們總認為他的行為不夠謹慎。他把大大小小的事都寫到日記裡，他保留朋友寫來的信件，他把每次聚會裡討論局勢、討論下一步該怎麼走的種種細節都記錄下來。米瑞克的說法是：他們並沒有做出任何違反憲法的事，要是遮遮掩掩的，覺得自己犯了罪，那正是失敗的開始。

一個星期前，米瑞克和他同組的建築工人在工地的屋頂上幹活，他看著地面，突然感到腦中一陣暈眩。失去重心的那一刹那，他順手抓住的卻是一根沒固定好的支柱，最後他被人們從鬆脫的支柱下拖出來。剛摔下來的時候，傷勢看起來相當嚴重，後來發現只是一般的前臂骨折，於是他心裡愉快地想著，自己即將有幾個禮拜的假期，總算可以去解決一些從前一直沒時間處理的事。

【本書註釋全為譯註】

1. 波希米亞（Boheme）：捷克共和國領土的傳統地理名稱。昆德拉在其評論集《小說的藝術》中曾說他的「小說裡從來不用捷克斯洛伐克（Tchecoslovaquie）一詞，雖然小說情節通常都發生在那裡。但是這個詞組太年輕了（誕生於一九一八年），沒有在時間裡扎根，沒有美感……」他則「一向使用波希米亞這個老詞來指稱小說人物的故鄉。他認為這樣的用法從政治地理的角度來看並不精確，但從詩的觀點來說，這是唯一可能的命名。」

到頭來，他還是順著朋友們的意見謹慎行事。憲法保障言論自由，話是沒錯，但是任何有可能被認定是危害國家安全的行為，都會遭到法律的制裁。沒有人知道，我們的國家什麼時候會跳起來厲聲指責說，這句話或那句話危害到了國家的安全。於是，米瑞克決定還是把所有牽涉到旁人的文件，都放到安全的地方。

不過，他還是想先解決他和芝丹娜的事。他打了好幾次電話到芝丹娜住的地方，卻一直找不到她，就這樣耗了四天，直到昨天才跟她通上電話。芝丹娜答應今天下午在家裡等他。

米瑞克十七歲的兒子不贊成他去，他說米瑞克不能一手打著石膏，一手開車。這倒是真的，米瑞克開車是有點問題。受傷的手臂還吊著方巾，在胸前晃來晃去毫無用武之地。換檔的時候，米瑞克還得把方向盤鬆開才行。

3

二十五年前，他和芝丹娜有過一段情，那些日子在他心裡只留下幾許回憶。

有一天，他們相約見面，芝丹娜頻頻以手帕拭淚、抽泣著。問她是怎麼回事，她說有個俄國[2]元首級的政治家昨天過世了，一個叫做基丹諾夫或是阿布佐夫，還是什麼馬斯圖玻夫之類的政治人物。從她潸潸落下的豐沛淚水看來，馬斯圖玻夫的死，比親生父親去世更讓她難過。

MILAN KUNDERA

然而這檔事真的發生過嗎？還是他心中的恨意使然，才捏造出這些為了馬斯圖玻夫之死而滴落的眼淚呢？不是這樣的，事情確實發生過。米瑞克顯然忘記了，在當時的情境下，芝丹娜的眼淚可是如假包換的，而事到如今，這段記憶卻變得令人難以置信，宛如一幅可笑的畫像。

關於芝丹娜，米瑞克所有的記憶就是這樣：他們第一次做完愛，從公寓裡走出來，一同搭上電車。（米瑞克很慶幸自己已經把他們在床上的事都忘得一乾二淨，連一秒鐘都不可能再想起。）電車顛簸著前進，她悶悶不樂地坐在長椅的一角，臉上浮現的老態說來嚇人。問她為何沉默不語，米瑞克這才知道她對於方才做愛的方式並不滿意。她說米瑞克做愛的樣子像個知識分子。

知識分子這個詞，在當時慣用的政治語彙裡屬於侮辱性的字眼，意思是說一個人缺乏現實感，跟人民脫了節。在那段時日裡，所有被共產黨員絞死的共產黨員，都曾經被安上過這種羞辱。據說，知識分子和腳踏實地的人們不同，他們總是活在半空中，不知自己飄蕩在何處。所以就某種意義上來說，罰他們雙腳永遠離開地面也是對的，就讓

2. 昆德拉在其評論集《小說的藝術》中明白宣示，他「不用蘇維埃（sovietique）這個形容詞。蘇維埃．社會主義．共和國．聯盟，『四個詞，四個謊言』（加斯托希亞迪〔Cornelius Castoriadis〕語）。蘇維埃人民：是一扇屏風，在屏風背後，被這個帝國俄羅斯化的所有國家，都該遭人遺忘……蘇維埃這個詞讓人以為……俄羅斯（真正的俄羅斯）……可以不必對這一切的控訴負責。」因此他從不使用「蘇聯」、「蘇維埃」等詞，而用「俄羅斯」、「俄國」、「俄國人」等詞，表明作者堅持指明歷史責任的源頭。

他們吊在那兒，跟地面保持一點距離也好。

可是芝丹娜指責他做愛的樣子像個知識分子，究竟是什麼意思？

總之，她就是對米瑞克感到不滿意。她能把最不真實的關係（同那位素昧平生的馬斯圖玻夫之間的關係）浸潤在最具體的感情（化為一滴眼淚）之中；同樣地，她也有本事給最具體的行為賦予最抽象的意義，或是為自己的慾求不滿，搬弄出一個政治名堂。

4

他從照後鏡裡發現有輛私家車一直跟在後面。對他來說，有人跟監沒什麼好奇怪，不過到目前為止，跟監的動作都相當有分寸。但是，今天卻和過去大不相同——跟監的人有意讓他察覺到他們的存在。

距布拉格約莫二十公里的鄉間，有一大片圍籬，圍籬後面是加油站和幾個修車的工作間。米瑞克的好朋友在這裡工作，他想請他把車子的起動器換掉。加油站入口處橫著一根紅白相間的大柵欄，米瑞克在入口前面停下車子。有個胖女人就站在柵欄邊上，米瑞克等著她把柵欄升起，她卻無動於衷地看著他，動也不動。他摁了一下喇叭，於事無濟，於是他從車窗裡探出頭來。胖女人問他說：「還沒被抓去關哪？」

「還沒哪，他們還沒來抓我，」米瑞克回了她的話。「可不可以幫我把柵欄弄起來？」

她又心不在焉地盯著他看了好一會兒，然後打了個哈欠，轉身走回她的崗亭，在一張桌子後面坐下來，不再理會米瑞克。

米瑞克只好自己下車，繞過柵欄到修車廠裡去找他認識的修車工人。修車工人跟他一道過來把柵欄升起，讓他把車開進了裡頭的空地（胖女人依然坐在崗亭裡，心不在焉地看著他們）。

「你看到了吧，這都是因為你在電視上太出鋒頭了，」修車工人說。「現在這些女人可都認得你了。」

「這女人是幹什麼的？」米瑞克問道。

這會兒，他才知道俄國軍隊入侵波希米亞，不僅占領了整個國家，而且影響力還真是無所不及。對胖女人來說，這是生活脫出常軌的信號。她眼看著位子比她高的人（那時候全世界的人位子都比她高），只為了一丁點兒證據就被剝奪了權力、地位、工作，甚至連果腹的麵包都沒了，這讓她整個人都精神了起來，她於是也開始揭發別人。

「那她怎麼還在看門？還沒升官哪？」

修車工人笑著回答：「她連從一數到十都不會，根本沒辦法給她什麼好位子，只好鼓勵她繼續打小報告。對她來說，這就是升官囉！」

修車工人把引擎蓋掀起來，開始檢查引擎。

突然間，米瑞克發現身旁有個人，轉頭一看，是個身穿灰色外套、栗色長褲、白襯衫、打著領帶的男人，粗頸肥臉上頂著一頭燙過的鬈髮。他直挺挺地站在那兒，看著修車工人趴在引擎蓋下工作。

過了一會兒，修車工人也發現到旁邊有人，他直起身來問說：「您要找人嗎？」

粗頸肥臉的男人答道：「沒有，我誰也不找。」

修車工人彎下腰繼續換他的起動器，一邊說：「布拉格的聖溫賽拉斯廣場[3]上，有個男的在嘔吐，另一個男的走到他前面，悲傷地看著他，搖搖頭說：您一定不知道我有多瞭解您……」

5

智利總統阿言德的暗殺事件，很快就取代了俄國人入侵波希米亞在我們心裡留下的記憶；孟加拉的血腥大屠殺讓人忘了阿言德；西奈沙漠裡，以色列人和阿拉伯人的殺聲喧天，蓋過了孟加拉傳來的呻吟；柬埔寨大大小小的屠殺事件又讓人忘掉了西奈沙漠；依此類推，類推，再類推，最後每個人會將每件事都徹底遺忘。

在從前的日子裡，歷史還是緩緩前行的，為數不多的事件在人們的記憶裡悠然留下身影，交織成眾人熟悉的布景。人們的生活就在這幅布景前，展現著種種令人驚奇的事蹟，演出扣人心弦的戲劇。如今，時間卻踏著大步前進。歷史事件如朝露般一閃即逝，晨光降臨即被遺忘；歷史事件不再是敘事者的背景布幕，它本身就引人注目，它以人們再熟悉不過的庸碌生活為背景，演出一樁樁令人驚奇的事蹟。

由於歷史如蒸氣般逸出了人們的記憶，我只得把幾年前才發生的事，當作好幾千年前的故事來講：西元一九三九年，德國軍隊開進波希米亞，捷克這個國家從此就不存在了。西元一九四五年，俄國軍隊開進波希米亞，世人又再次將捷克稱為獨立的共和國。當時捷克人都對俄羅斯很著迷，因為是俄國軍隊趕走了德國人；而當捷克人發現捷克共產黨形同俄羅斯忠實的臂膀，他們就對捷克共黨產生移情作用。這也就是為什麼捷克共產黨在一九四八年二月奪權的時候，沒有流血也沒有使用武力，而是在全國近半數民眾的歡呼簇擁中完成的。這裡得請您注意一下：發出歡呼的這一半是比較有活力、有智慧、比較優秀的。

是的，人們想怎麼說都可以，共產黨是比較有智慧的。他們有個遠大的計畫，要創造一個全新的世界，讓人人各得其所。反對他們的都是缺少偉大夢想的人，這幫反對的人，腦子裡只想拿一些過時又迂腐的道德準則，來修補那爛得像條破褲子的舊秩序。也難怪那些狂熱分子、這些勇敢的人可以輕而易舉地戰勝這些不夠熱中、畏首畏尾的人，並且立即著手要實現他們的夢想——為所有的人編寫這首田園牧歌。

3. 聖溫賽拉斯廣場（Place Saint-Venceslas）：一九六八年八月，捷克民眾在此廣場聚集，試圖阻擋蘇聯坦克入侵。一九六九年一月，二十一歲的學生約翰．帕拉許（Jan Palach）在此自焚，抗議蘇聯入侵。此廣場可謂捷克民眾反抗蘇聯入侵的主戰場，也因此廣為世人所知。

我再強調一次：牧歌，為所有的人。長久以來，人類總是嚮往著牧歌，嚮往這片夜鶯歌聲繚繞的田園，嚮往這個和諧的國度。在這個國度裡，人類不會遭到陌生世界的侵擾，人與人之間也不會扞格不入；相反地，世界和每一個人都是用同一種材料捏出來的。在那裡，人人都是巴哈賦格曲裡反覆澎湃歌詠著同一崇高主題的一顆音符，不想當音符的，就杵在那兒像個沒用的小黑點似的，毫無意義，只消輕輕拈來，用指甲一掐，小黑點就會像跳蚤一樣，被捏得粉身碎骨。

有些人隨即體認到自己缺少聆聽牧歌所需要的特質，於是動了移居國外的念頭。而由於牧歌就本質來說，是為所有的人編寫的，想移居國外的人顯然否定了牧歌的本質，於是這些人非但到不了外國，反倒進了監獄。

話雖如此，還是有成千上萬的人走上了同一條路，其中也有不少人是共產黨員，像外交部長克雷蒙提斯，也就是把氈帽借給戈特瓦的那個克雷蒙提斯，他也廁身行伍之中。靦腆害羞的情侶在戲院的銀幕上手牽著手，市井小民所組成的榮譽法庭對通姦的男女毫不留情；夜鶯在枝頭高歌，克雷蒙提斯的屍首則如鐘擺般垂盪著，在排鐘齊鳴聲中，敲響了人類歷史的新黎明。

後來，這些有智慧又激進的年輕人突然有種奇怪的感覺，他們發現當初因他們而誕生的偉大行動，竟然開始擁有自己的生命，得以自給自足，而這個有了生命的行動，不但偏離了當初的理想，也不再理會這些賦予它生命的人。

這些有智慧的年輕人於是開始對這個有生命的行動發出怒吼，他們開始向這個行動發出呼籲、發出譴責，在後頭追趕它、圍捕它。如果要我拿這個有天分又激進的世代當作主角來寫一本小說的話，我會把書名喚作《追捕失落的行動》。

6

修車工人把引擎蓋關上，米瑞克問他該給多少錢。

「一毛錢也不要。」修車工人回答他。

米瑞克坐上駕駛座，心裡被某種情感牽動著。他一點也不想再繼續這趟旅程了，他想留在修車工人這裡，聽他講些好玩的事。修車工人把頭伸進車窗，用手肘親熱地頂了米瑞克一下，然後走向崗亭，把柵欄升起。

米瑞克的車經過的時候，他撇頭示意，告訴米瑞克入口那兒停著一輛車。粗頸肥臉的鬈髮男人就站在敞開的車門旁，看著米瑞克，而坐在駕駛座上的男人也打量著他。兩人肆無忌憚地盯著他，米瑞克不甘示弱，經過他們身邊的時候也回看了他們一眼。

他把車開出加油站，從照後鏡裡看到那男人上了車，盯梢的車子在迴轉之後跟了上來。

他心想，當初實在應該先把那些牽涉到其他人的文件弄走。要是他從受傷的那一天就開始處理這件事，而不是在那兒一直等著跟芝丹娜通上電話，或許他已經把這些文件安然送走了。無奈的是，他滿腦子都想著要去找芝丹娜。事實上，這件事他已經想了好幾年，但最近這幾個星期以來，他一直覺得不能再拖了，因為他的命運正踏著大步向終點迫近，他必須盡一切可能去維護他命運的終極美感。

7

猶記當年和芝丹娜分手的時候（他們的關係維持了將近三年），他腦中昏昏亂亂，但卻感到一股無窮的自由，身邊所有的事情也突然順利了起來。過沒多久，他就結婚了，妻子的美麗讓他變得很有自信。後來，美麗的妻子去世，留下他一個人和他們的兒子。喪妻的孤獨生活加上他迷人的丰采，為他換來許多女人的仰慕和關愛。

同一時期，他致力於科學研究，卓越的研究工作成了他的護身符。國家需要他，他也因此得以在眾人噤聲的時代尖銳地批評時政。而隨著追捕偉大行動的那批人影響力愈來愈大，他在電視上露臉的次數也愈來愈多，漸漸成了知名人物。俄國軍隊入境後，他拒絕否定自己的政治信念，於是被撤銷職務，便衣警察隨侍在側。然而這些遭遇並沒有把他擊垮。他愛戀自己的命運，甚至在命運走向毀滅的步履中，他依然看見美麗與尊榮。

請不要誤會我的意思：我沒有說他愛戀他自己，他愛戀的是他的命運。這完全是兩碼子事。這就好比說，生命自我解放出來，突然擁有它自己的利害關係，而且跟米瑞克毫不相干。依我的說法就是，生命從此轉化為命運。而命運啊，即便只是舉手之勞，它也不願意幫米瑞克（為了他的機會、他的安全、他的好心情、他的健康），但米瑞克卻隨時願意為他的命運上山下海（為了它的偉大、它的光華、它的美麗、它的風格、它理智的內涵）。他覺得自己對命運負有責任，但命運卻不覺得它對米瑞克有什麼責任。

米瑞克和他生命的關係，就像雕塑家和他的雕像或是小說家和他的小說一樣。小說家擁有一種不可侵犯的權利，就是有權修改他寫的小說。如果他不喜歡小說的開頭，他可以重寫或把它刪掉。然而芝丹娜的存在卻不允許米瑞克運用這項作者的特權，芝丹娜堅持要留在小說最前面的那幾頁，不准別人把她抹去。

8

可是到底為什麼米瑞克會覺得這麼丟人呢？最簡單的解釋是這樣的：米瑞克屬於最早開始追捕自己偉大行動的那批人，而芝丹娜則始終對夜鶯歌聲繚繞的田園忠貞不貳。最近，全國有百分之二的人熱烈歡迎俄國戰車進入國境，芝丹娜就在歡迎的隊伍當中。

是的，這是真的，但我不認為這樣的解釋有足夠的說服力。如果只是為了芝丹娜對俄國戰車入境的興奮反應，那他只要扯開嗓門公開辱罵她就好了，何必否認他們相識呢？關鍵的原因不在這裡，害芝丹娜被米瑞克定罪的真正原因是：她很醜。

她是很醜，但既然他已經二十年都沒碰過她了，這樣也有關係嗎？

沒錯，是有關係：即便芝丹娜遠在天邊，她那大鼻子的暗影還是籠罩著米瑞克的生命。

好幾年以前，他有個漂亮的情婦。一天，她去了一趟芝丹娜住的城市，回來以後，她很生氣地質問米瑞克：「你說，你怎麼會跟這麼醜的女人上床？」

他宣稱自己跟她只是泛泛之交，他努力辯稱自己跟她沒有任何男女之情。

畢竟米瑞克不是不了解這個生命的大秘密——女人要找的不是好看的男人，而是身邊有美麗女伴的男人。所以，有個醜情婦實在是個致命的錯誤。米瑞克竭盡所能要掃除芝丹娜留下的任何痕跡，另一方面，喜愛夜鶯歌唱的人們對米瑞克的恨意與日俱增，而芝丹娜在黨部兢兢業業地當她的常務委員，他希望芝丹娜會為了自己的前途，很快而且很樂意地把他忘記。

他錯了，她不但不斷地提起他，到處都提起他，而且一有機會就不放過。有一次，實在是要命的偶然，他們在一個社交場合碰面了，她彷彿惟恐不及地提起一樁往事，旁人一聽就知道，他們曾經非常親密。

他簡直氣壞了。

後來，有個也認識芝丹娜的朋友問他：「既然你這麼討厭那女人，那你們從前為什麼會在一起呢？」

米瑞克解釋說，他當時才二十歲，不過是個愣頭愣腦的小伙子；而芝丹娜大他七歲，已經是個受人重視、受人敬佩、十分能幹的女人！黨中央委員會裡的每一個人她都認識！芝丹娜拉了他一把，給了他不少幫助，還把他介紹給一些有影響力的人！

「我那時被野心沖昏了頭，滿腦子漿糊！」他激動地喊說：「就為了這個，我成天跟她形影不離，我根本不在乎她有多醜！」

9

米瑞克說的不是實話。雖然芝丹娜曾經為了馬斯圖玻夫的死而落淚，但二十年前，她並沒有什麼黨政關係，所以也沒什麼門路可以讓自己平步青雲，更別說要拉拔別人了。

那麼，米瑞克為什麼要編造這些說詞呢？為什麼他要扯謊呢？

他用單手駕車，看著照後鏡裡秘密警察的車子，突然間，他臉紅了。一樁往事沒來由地浮上心頭：

他們倆第一次發生關係的那天，芝丹娜責怪他做愛的方式像個知識分子，當時他心想，明天就要讓她改變印象，他要發揮他本能的、毫不克制的激情。噢！他說他已經忘記一切他們在床上的事，這不是真的！第二天做的這一回，他就記得清清楚楚：他佯裝很粗暴地在她身上使勁扭動，發出低沉的長嗥，那情景宛如一隻小狗在跟牠主人的絨毛拖鞋纏鬥，在此同時，他也留意到了（這讓他感到些許錯愕），他身體下面的那個女人就癱在那兒，冷冷的、靜靜的，幾近無動於衷。

汽車的引擎聲回應著二十五年前的低沉嗥叫，這令人無法忍受的噪音見證了他的臣服、他奴顏婢膝的熱切，也見證了他的殷勤、迎合、他的可笑以及他的悲哀。

是的，正是如此：米瑞克寧可說自己是被野心沖昏了頭，也不願面對事實——他跟一個醜八怪上床，因為他不敢去追漂亮的女人。那時，在他自己看來，他也只配得上像芝丹娜這樣的女人。意志的軟弱、性愛的匱乏，這才是他要遮掩的秘密。

汽車不斷發出低沉的嗥叫，這激情狂亂的噪音，似乎在那兒論證著，芝丹娜不過是個附魔的幻象，米瑞克只要走到她面前，那讓他痛苦不堪的青年時代就會從此煙消霧散。

他把車停在芝丹娜家門口，跟蹤的車子就停在他後面。

10

歷史事件往往前仆後繼，相互模仿而了無新意，但我認為，人類的歷史卻在波希米亞完成了一場史無前例的試驗。這一次，歷史的進程不是依照古老的慣例，由一群人（一個階級，或是一個民族）起來反抗另一群人，而是有人（整個世代的男男女女）奮起造反，對抗自己的青春。

他們竭力要重新抓回他們所創造的偉大行動，他們要馴服那脫韁的偉大行動。在六〇年代，他們的影響力逐漸擴大，到了一九六八年初，他們的勢力幾乎足以控制全局。一般所謂的布拉格之春，就是指這個時期：牧歌的捍衛者被迫將安置在私人住宅的竊聽器拆除，邊境開放了，大大小小的音符都從巴哈壯麗的賦格曲裡逃逸出來，各唱各的調。那種歡樂讓人不可置信，簡直就是一場嘉年華會！

俄羅斯，這個為全球譜寫偉大賦格的作曲家，對於音符各創新調的現象感到無法容忍。一九六八年八月二十一日，俄羅斯派遣五十萬大軍開進波希米亞。不久之後，約有十二萬的捷克人離開了自己的國家，而留下來的人裡頭，約有五十萬人被迫離職，讓人編派到偏遠荒廢的廠房，編派到千里之外的工廠，或是成為卡車駕駛，換句話說，他們被送去默默勞動，送去一個再也沒有人能聽到他們聲音的地方。

而為了避免國人在牧歌重新修繕後，因為痛苦回憶的陰影而分散了對於牧歌的注意力，當然得把布拉格之春和俄國坦克入境——這塊沾染在輝煌歷史上的汙漬——的存在化為烏有。這就是為什麼今天我們在波希米亞，總是靜悄悄地度過八月二十一日的週年紀念，而那些曾經奮起反抗自己青春的人們，也讓人從國族的記憶裡，將他們的名字仔仔細細地抹去，就像小學生擦去練習本上的錯字一樣。

米瑞克的名字也給抹掉了。現在，雖然他踩著一階一階的樓梯走向芝丹娜的家門口，但實際上，他只是一塊汙漬抹淨之後殘留的白痕，一小片鑲著輪廓的空無，順著迴旋的樓梯向上走去。

11

他和芝丹娜面對面坐著，吊著方巾的手兀自盪著。芝丹娜的眼睛瞟著旁邊，避免接觸到米瑞克的目光，她一開口就說個沒停：

「我搞不懂你來幹嘛，不過我還是很高興你能來。我跟一些同志談過。你下半輩子都待在建築工地幹粗活也未免太荒謬了。我很確定，黨還沒有對你把大門關上，你還有機會。」

他問她該怎麼做？

「你得要求開一個聽證會。你自己去要求。第一步得由你跨出去。」

他看出她在玩什麼把戲了。他們想要讓他了解，如果他願意高聲公開否認所有自己曾經說過的話、曾經做過的事，時間還剩下五分鐘，最後的五分鐘。這種交易他知道。他們隨時都可以讓人們出賣自己的過去，以換取一個未來。他們會強迫他在電視上用哽咽的聲音向人民交代，說他過去反對俄羅斯、反對夜鶯歌唱的種種言論都是錯的。他們會逼他把自己的生命拋擲向遠方，讓自己化為暗影，成為一個沒有過去的人、一個沒有角色的演員，他們甚至會逼他把被人拋向遠方的生命和被演員放棄的角色也一併化為暗影。非得如此將他的形體化為暗影，他們才要讓他活下去。

他看著芝丹娜，心想：她為什麼說話說得那麼快，語調那麼不安呢？她為什麼目光游移，不敢直視我的眼睛呢？

事情再清楚不過了：芝丹娜給他設下了一個陷阱，她依照黨或是警察單位的指示行事，任務就是去說服他，要他妥協。

12

米瑞克搞錯了！沒有人授命要芝丹娜來跟他攪和。根本沒有！事到如今，已經沒有任何黨政高層人士會讓米瑞克召開聽證會了，即使他苦苦哀求也沒用，一切都太遲了。芝丹娜慫恿他進行一些活動以求自保，並且煞有介事地像在替位高權重的同志捎口信，其實只是因為她想幫他，但卻又感到無能為力、思緒紊亂。而她說話說得快，不敢直視米瑞克的眼睛，倒不是因為她手上有個事先安排好的陷阱，而是因為她手裡頭空無一物。

米瑞克是不是從來就沒有瞭解過她？

他總以為芝丹娜一直如此瘋狂地對黨忠貞不貳，是肇因於某種政治上的狂熱。

不是這樣的。她保持對黨的忠貞，是因為她愛米瑞克。

米瑞克離開她的時候，她心裡只有一個念頭，就是要證明忠貞是一種無與倫比的價值。她想要證明米瑞克對一切都不忠貞，而她卻忠貞於一切。表面上的政治狂熱其實只是個幌子，只是一則道德寓言，只是一場展現忠貞的儀式，只是失落的愛情以密語發出的一番責難。

我腦海中浮現這樣的一幅景象：八月的某個清晨，芝丹娜被幾架飛機駭人的轟隆聲驚醒。她急奔至大街上，街頭驚惶的人們告訴她，俄羅斯的大軍正開入波希米亞。她發出一陣歇斯底里的狂笑！俄國戰車來教訓所有不忠貞的人了！她終於看得到米瑞克的失敗了！她終於看得到他屈膝求饒了！她終於可以擺出一副唯我知忠貞為何物的姿態，去關心米瑞克，去助他一臂之力。

米瑞克決定粗魯一點，直接把兩人離題的對話給扯回來。

「從前我寫給妳的信還在吧，我想把它們拿回來。」

芝丹娜抬起頭，語帶驚訝地說：「信？」

「是啊，我寫給妳的那些信啊。那些年，我應該寫了有上百封吧。」

「哦，你的那些信啊，」她答道，突然間，她的目光不再游移，她堅定地直視米瑞克的雙眼。這眼神讓米瑞克覺得不舒服，彷彿芝丹娜看進了他靈魂的最深處，看透了他究竟所為何來。

「你那些信，哦，你那些信啊，」同樣的話她重複了兩次。「我前不久才把它們重新讀了一遍。我還在想，當年你怎麼會有這麼澎湃的感情。」

她重複了好幾次澎湃的感情這幾個字，她說這幾個字的時候一點兒也不急，而是用一種若有所思的語氣，慢條斯理地說出來，那樣子就好像她對準了箭靶，一個她不想失手的箭靶，她雙眼盯著箭靶須臾不離，好確定她貫透了靶心。

13

打著石膏的手臂在米瑞克的胸前兀自晃著，他的臉卻漲得通紅，不知情的人還以為他讓人給打了一巴掌。

啊！確實是這樣子啊，他寫的那些信的確是極度濫情的。他必須不計任何代價去證明，他迷戀這個女人不是因為他的軟弱和他悲慘的青年時代，而是為了愛！而要讓人相信他和這麼醜的女人是認真的，唯有無比狂熱的激情才有說服力。

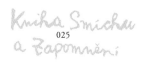

「你在信上說我和你是並肩作戰的同志，你還記不記得？」

他的臉愈來愈紅了。這是真的嗎？作戰，這字眼簡直可笑到了極點！這字眼究竟是什麼意思？他們作了什麼戰？他們永遠有開不完的會，開到屁股都要長繭，但是只要一輪到他們起身發表激進的言論（要更嚴厲地制裁階級敵人，或是要用更精確的用語來描繪某些理念），他們就覺得自己像從名畫裡走出來的英雄人物：米瑞克倒臥在地，手持一柄左輪槍，肩頭的傷口淌著血，而芝丹娜，她握著一把手槍向前邁去，走向米瑞克無緣朝往的前方。

那個時候，他臉上還滿是青春痘，為了遮掩痘子，他戴上反叛的面具。他對所有的人說，他跟他的富農父親劃清了界線。他說他唾棄那些與土地、資產緊緊相連的古老農業傳統。他描述他跟父親爭吵的畫面，他離家出走的戲劇化場景。從頭到尾沒有半句真話。如今他回首前塵，只見過去盡是無稽與謊言。

「你那時候跟現在比起來真是不一樣。」芝丹娜說。

他想像自己帶走了那包信，在路上看到的第一個垃圾桶前停下來，用兩根手指頭小心翼翼地把信輕輕捏起，彷彿手裡拿的是一疊沾滿大便的紙，然後把信丟進垃圾桶裡。

14

「這些信對你有什麼用？」芝丹娜問道。「你到底為什麼要這些信？」

米瑞克不能說他要把信丟到垃圾桶裡，於是他換了一個感傷的語氣，開始跟她說自己已經到了回首往事的年紀。

（他這麼說的時候心裡很不舒服，他覺得自己編的鬼話沒什麼說服力，他感到很可恥。）

是的，他是在回首前塵，因為今天的他已經忘記自己年輕時候的樣子了。他知道自己失敗了，因此他想要尋回自己出發的起點，好找出自己在哪兒犯了錯，所以他要再回到寫給芝丹娜的信件上，去發掘其中的秘密——那裡頭埋藏著他的青春、他的起點以及他的根基。

芝丹娜搖搖頭說：「我絕對不會把信給你。」

他扯謊說：「我只是想借來看一看。」

芝丹娜又搖了搖頭。

他想到，那些信就在芝丹娜家的某個角落裡，她隨時都可以拿出來給任何人看。想到自己有一小塊生命一直留在芝丹娜手裡，實在教人無法忍受。兩人之間的矮几上擺著一只玻璃煙灰缸，又厚又重，他很想用煙灰缸把芝丹娜的頭砸爛，然後把信帶走。他沒這麼做，他試著繼續跟芝丹娜解釋，說他在回首過去，所以想要知道自己是從哪裡開始的。

芝丹娜抬頭望著米瑞克，用眼神告訴他不要再說了：「我絕對不會把信給你。絕對不會。」

15

他們一道走出公寓，兩輛車頭尾相接停在門前。兩個秘密警察在對街的人行道上走來走去。門一開，他們立刻停下腳步望著米瑞克和芝丹娜。

米瑞克指著他們說：「這兩位先生跟了我一路。」

「真的嗎？」芝丹娜語帶懷疑，然後極其嘲諷地說，「全世界的人都在迫害你呀？」

為什麼她還能說出這麼嘲諷的話？對面明明有兩個男人毫無忌憚、大剌剌地盯著他們看，為什麼她還說他們不過是剛巧路過的行人呢？

只有一種解釋說得通，她跟他們是一夥的。他們的把戲就是要裝得好像秘密警察不存在似的，擺出一副沒有任何人遭到迫害的樣子。

此時，兩個秘密警察過了馬路，米瑞克和芝丹娜看著他們上了車。

「妳多保重。」米瑞克話一說完，頭也不回就走了。他坐上駕駛座，從照後鏡裡看到後面秘密警察的車剛發動。他沒有看到芝丹娜，他不想看到她，他永遠也不想再看到她。

因此，他不知道芝丹娜站在人行道上，還望著他看了好一會兒，神情驚惶。

不，事情並非如米瑞克所想。芝丹娜拒絕相信對街人行道上有兩個男人走來走去，並不是出於嘲諷。她其實是被嚇壞了，她想為米瑞克把真相遮掩起來，同時也讓自己看不到真相。

16

一輛紅色的小轎車沒命似地衝出來，插進米瑞克和秘密警察的車子之間。米瑞克猛踩油門。這時候，車子正好開進城裡，遇到一道彎路，米瑞克知道此刻跟監的人看不到他，於是他岔進一條小路。一陣尖銳的煞車聲中，一個正要過街的小男孩在千鈞一髮之際跳了回去。米瑞克從照後鏡裡看到紅色的車子開在方才那條大馬路上，而跟監的車子還沒出現。過了一會兒，他又轉到另一條路上，這麼一來，他就徹底消失在跟監者的視野之外了。

他選了一條完全不同方向的路出城，他看著照後鏡，沒有人跟在後頭，路上空空蕩蕩。

米瑞克想像那兩個倒楣的秘密警察正在到處找他，深怕回去挨上級的罵。他忍不住大笑起來。他放慢速度，開始欣賞路邊的風景。老實說，他從來沒有欣賞過風景。他永遠在駛向某個目標，去安排什麼或去討論什麼，以至於真實世界的空間對他來說，成了負面的東西，只會浪費時間，阻滯他的活動。

前方不遠處，兩道紅白相間的柵欄慢慢地降下，他把車停了下來。

突然間，他覺得厭倦極了。為什麼要跑去找她？為什麼要去把那些信拿回來？這趟旅程的種種荒謬、可笑與幼稚襲上他的心頭。引導他這麼做的，並不是什麼理性的推論或是精打細算，而是一股無法遏制的渴望。他渴望能將手臂伸向過往，重拳揮打他的過去。他渴望能親手持刀，將他青春的圖像劃成碎片。這渴望如此激越，讓他無力掌控。到頭來，渴望還是不得饜足。

他覺得疲憊極了。現在，他大概已經來不及把家裡那些有問題的文件弄出來了。秘密警察寸步不離地跟著他，不會再放過他了。太遲了，是的，一切都太遲了。

他聽見遠方火車的噴氣聲。鐵道看守員的小屋前，站著一個頭紮紅色方巾女人。一班慢車緩緩進站，一個相貌老實的農夫手執煙斗倚著車窗，向外面吐了口唾沫。此刻鈴聲響起，紮紅色頭巾的女人跑到平交道口扳動一支曲柄。柵欄開始向上升起，米瑞克踩下油門。他開進了一個村子，這村子不過就是一條漫漫的長街，火車站就立在街尾。那是一幢白色的矮房子，木頭做的圍籬，再過去，就是月臺和鐵軌。

17

車站的窗臺上擺著一盆盆秋海棠。米瑞克停下車，坐在車裡望著這幢矮房子，望著上頭的窗戶，望著盛開的紅花。他腦海裡出現了一個從久得被遺忘的年代漂來的影像，那是另一幢白色的房子，窗臺上滿是秋海棠的紅色花瓣。那是山城裡的一家小旅店，時間的背景是暑假。在窗邊，在繁花之間，一隻大鼻子出現了。米瑞克二十歲；他抬眼望著這隻鼻子，無限的愛意湧上心頭。

米瑞克想要趕緊踩下油門，好逃離這段往事。不過這次我不會再上當了，我要召喚這段往事，讓它稍作停留。所以啦，我再重複一次：在窗邊，在秋海棠的花叢裡，芝丹娜的臉孔帶著巨大無朋的鼻子出現了，然後無限的愛意湧上米瑞克的心頭。

這是真的嗎？

當然是真的。這有什麼好懷疑的？難道一個軟弱的男孩不能對一個醜陋的女孩動真感情嗎？

男孩向女孩述說自己如何與反動的父親決裂，女孩厲聲斥責知識分子，兩人手牽著手，兩人屁股都長了繭。兩人一同去開會，一同揭發他們的同胞，一同編織謊言，一

MILAN KUNDERA

同在愛慾裡繾綣。女孩為了馬斯圖玻夫之死而落淚，男孩像狗一樣，在女孩身上發出低沉的嗥叫，兩人都不能獨活，誰也少不了誰。

男孩要把女孩從他生命的相本中抹去，那並不是因為他不愛她，而是因為他愛過她。他把她抹掉，她的人以及他對她的愛，他刮落她的身影，直到消失為止，就像黨的宣傳部讓克雷蒙提斯從戈特瓦發表歷史性演說的陽臺上消失一樣。米瑞克改寫歷史的手法跟共產黨如出一轍，跟所有的政黨也毫無二致，跟所有民族，跟全人類，都一樣。人們高聲疾呼，說要打造一個更美好的未來，其實是騙人的。未來不過是一片無足輕重的空白，任誰都不會有興趣，但是，過去卻充滿了活力，它的臉孔激怒我們，反抗我們，傷害我們，其為禍之深，直教人動念將它摧毀，或至少重繪它的面貌。人們想要主宰未來，其實只是為了能夠改變過去。人們相鬥相殘，就是爭著要進入那些神奇的暗房，去修整照片，改寫個人的傳記，甚至人類的歷史。

他在車站前停留了多久？

這次小歇的意義是什麼？

什麼意義也沒有。

他將這次小歇直接從腦子裡抹去，所以，此刻他已經把那幢伴著秋海棠的矮房子拋在腦後了。再一次，他駕著車子疾馳而去，無暇觀看路邊的風景。再一次，真實世界的空間對他來說只是個阻礙，害他行動變慢。

18

先前甩掉的那輛車停在他家門口，跟監的那兩個男人就站在不遠的地方。

米瑞克把車停在他們後面，隨即下車。兩人狀似愉悅地對他微笑，彷彿他的脫逃只是個調皮的遊戲，還讓他們倆玩得很開心。米瑞克走過他們身邊的時候，粗頸子的鬈髮男人笑著向他點頭致意。米瑞克突然感到一陣心慌，因為這種親切意謂著，從現在開始，他們和他的關係將更加密切了。

米瑞克若無其事地走進大門。他用鑰匙打開自家的門，一進去，就看到他兒子，眼神裡盡是壓抑的不滿。一個戴眼鏡的陌生人向米瑞克走來，報了自己的來頭。「您要不要看一下檢察官開的搜索票？」

「好。」米瑞克說。

家裡還有另外兩個陌生人。一個站在堆著一疊疊文件、筆記和書本的工作檯前，把桌上的東西一件件拿起來。另一個則坐在書桌前，把他同伴一邊拿一邊唸的東西都記下來。

戴眼鏡的男人從上衣口袋裡拿出一張摺好的紙，對米瑞克說：「這個，這就是檢察官開的搜索票，那邊呢，」他指著另外兩個人，「我們會把帶走的東西給您列出一張清單。」

地上到處都是散亂的文件和書籍，壁櫥的門敞開著，家具也被推離牆邊，歪歪斜斜地站著。

米瑞克的兒子靠過來跟他說：「你才走五分鐘，他們就來了。」

工作檯前面的兩個人正在編列查扣物品的清單，上頭列著米瑞克朋友的來信、俄羅斯占領初期的文獻資料、政治局勢的分析文章、會議紀錄和幾本書。

「您對朋友的安危不太留心哪！」戴眼鏡的男人一邊說，一邊對著查扣的物品撇了撇頭。

「那裡頭沒有任何東西是違反憲法的。」米瑞克的兒子說，米瑞克知道這話是他說過的，道道地地的米瑞克銘言。

戴眼鏡的男人回答說，有沒有違反憲法，要看法院怎麼說。

19

那些移居國外的人（總數十二萬人），那些被迫沉默、被迫離職的人（總數五十萬人）都不見了，他們成群結隊似地走向遠方，緩緩沒入霧中，從此消失了身影，遭人遺忘。

然而監獄，縱使高牆四壁，依舊是光華燦爛的歷史舞臺。

米瑞克對此早有了解，這一年以來，監獄的影像盤桓在他腦中，揮之不去。福樓拜當年耽溺於包法利夫人自殺的場景，約莫就是如此。噢！米瑞克無法想像，他的生命大戲還能有什麼比這更好的收場。

他們要把幾十萬人的生命從記憶中抹去，好讓無瑕的田園牧歌永恆無瑕。然而正是在這首牧歌裡，米瑞克要以自己的血肉之軀拋擲其間，橫灑一片汙漬。他要一直待在那裡，就像克雷蒙提斯的氈帽一直留在戈特瓦的頭上一樣。

他們要米瑞克在查扣清單上簽字，然後要他跟他們走，他的兒子也一起被帶走。羈押一年之後，法院終於判決了。米瑞克被判處六年徒刑，他的兒子則被判兩年，另外還有十來個朋友也分別被判了一至六年不等的刑期。

第二部

媽媽

1

瑪珂達不喜歡她婆婆已經不是最近的事了，事情得從她和卡瑞爾一起住在婆婆家裡說起（那時候她公公還在世）。婆婆動輒無端發怒，而她則是日復一日扮演出氣筒的角色。夫妻倆忍耐不了多久就搬家了。當時他們的格言是：離媽媽越遠越好。他們搬到另一個城市，跟老家各踞國境兩端，他們終於得到解脫，一年才回去探望卡瑞爾的父母一次。

後來，卡瑞爾的父親過世，留下母親孤單一人。葬禮當天，他們見到她，她細聲細氣可憐兮兮的，他們覺得她似乎變得比以前小。夫妻倆的腦海裡浮現了這個句子：「媽媽，妳不能一個人這樣孤單下去，來跟我們一起住吧。」

這個句子在兩人的腦海裡迴盪許久，但他們沒有說出來。因為就在葬禮的第二天，大家滿懷感傷慢步走著，原本看來還是一樣可憐、一樣渺小的媽媽，突然沒頭沒腦地對他們破口大罵，把他們夫妻倆曾經對不起她的地方從頭到尾數落了一頓。「沒有什麼能讓她改變的，」上了火車以後，卡瑞爾對瑪珂達說，「這話說來傷感情，但我的原則始終是：離媽媽遠遠的。」

日子就這樣過了幾年，雖說媽媽還真的是本性難移，但瑪珂達卻多少有了些改變，因為她開始覺得婆婆過去的所作所為根本不算什麼，是她，瑪珂達自己，不應該把婆婆的牢騷看得那麼嚴重。過去，瑪珂達一向用小孩看大人的眼光來看媽媽，現在，角色卻逆轉了：瑪珂達是大人，而隔著如此遙遠的距離，媽媽看起來小小的，無助得像個孩子似的。瑪珂達心裡對媽媽產生了某種寬容與耐性，她甚至開始定期給媽媽寫信。老太太倒也很快地就習以為常，她仔仔細細地給瑪珂達回信，而且要瑪珂達更常給她寫信，因為，她說，只有這些信能夠撫慰她，陪伴著她忍受孤寂。

沒過多久，卡瑞爾父親入土之際浮現的那個句子，又開始在夫妻倆的腦海裡盤旋。一如往昔，兒子打消了媳婦的善意，所以他們並沒有對媽媽說：「媽媽，來跟我們一起住吧」，而只是邀她來玩一個禮拜。

那時，他們十歲的兒子剛好去度復活節的假期，夫妻倆等著艾娃一起來過週末。他們很樂意跟媽媽一起度過整個星期，但是並不包括星期天。於是他們對媽媽說：「來我們家住一個禮拜吧，從這個星期六到下星期六，下星期天我們有事要出去。」他們也沒有解釋出門有什麼事，因為他們並不想在媽媽面前提到艾娃。卡瑞爾在電話裡講了兩次：「從這個星期六到下星期六，下星期天我們有事要出門。」媽媽則說：「孩子們，我知道你們對我很好，你們也知道，你們要我什麼時候走，我就走。我只想讓孤單的生活有點變化。」

結果到了星期六晚上，瑪珂達去問媽媽明天早上要幾點送她去車站，媽媽卻斬釘截鐵地說她星期一才走。瑪珂達驚訝地看著她，她卻接著說：「卡瑞爾跟我說你們星期一有事要出門，所以我得星期一早上離開。」

其實瑪珂達只要肯定地說：「媽媽，妳弄錯了，我們是明天要出門。」可她卻說不出口。一時之間，她也編不出他們要去什麼地方。她知道當初他們扯謊的時候太粗心了，於是她什麼也沒說，默默地接受了她婆婆要待到星期天的事實。她心想，還好，她婆婆睡在孫子的房間，跟他們的寢室各踞公寓兩端，這樣，媽媽就不會干擾到他們。她還語帶譴責地對卡瑞爾說：

「別對她這麼壞行不行，你看看她，這麼可憐，我一見到她，心裡就好難過。」

2

卡瑞爾無奈地聳聳肩，沒再說什麼。瑪珂達說得對：媽媽變了。什麼事都可以讓她高興，她對一切都心懷感激。卡瑞爾總以為媽媽還是會為了一點小事跟他爭吵，沒想到他多慮了。

有一天散步的時候，媽媽看著遠方說：「那邊那個白色的小村莊好漂亮，叫什麼名字啊？」那不是什麼村莊，而是一些作為界標的石碑。卡瑞爾看到母親的視力衰退，心裡的同情油然而生。

然而，視力衰退似乎反映了某個更重要的事實：他們認為大的東西，媽媽覺得小，而對他們來說是界標的石碑，卻被她當成房子。

老實說，類似這樣的事發生在媽媽身上已經不是第一次了。譬如有天夜裡，來自龐大鄰國的戰車入侵了他們的國家，這事多麼令人震撼、多麼令人驚恐，所以有好一陣子，大家的腦子裡根本容不下別的事。那是八月時分，他們花園裡的梨子當熟的季節。一個星期前，媽媽邀了藥劑師來家裡摘梨子，但是藥劑師沒有來，甚至連聲抱歉也沒說。媽媽無法原諒藥劑師的失約，而這件事則把卡瑞爾和瑪珂達弄得快瘋了。他們責怪她說：大家都在關心坦克的事，而妳卻滿腦子想著梨子。後來他們搬了家，記憶裡還留存著媽媽的小心眼。

只是，戰車真的比梨子來得重要嗎？日子一天天過去，卡瑞爾慢慢了解，這個問題的答案並非如他當初所想的那般單純，他隱約開始認同媽媽的看法，從媽媽的眼裡望出去，前景是顆大梨子，背景遙遠的某處則有一輛戰車，體型不比一隻瓢蟲來得大，彷彿隨時都會飛走似的，不仔細看還看不清楚。噢，是的！其實媽媽說的才對：坦克終將凋零，梨子永垂不朽。

從前，媽媽總想對她兒子的一舉一動瞭若指掌，如果他隱瞞了什麼事，她就會生氣。所以，這次為了討媽媽歡心，夫妻倆告訴她，他們最近在做什麼，生活有什麼改變，未來有些什麼計畫。但沒過多久，他們就發現媽媽只是為了顧及禮貌才聽他們說這些，而且說著說著，媽媽總是把話題岔到她出門時拜託鄰居照顧的那隻鬈毛狗身上。

從前，卡瑞爾認為這是自我中心或是小心眼的表現；如今，他知道那並不代表什麼。時光流逝的速度超乎他們想像，媽媽已經放棄母性的權杖，走進了另一個世界。有一次散步的時候，突然下了一場大雨。夫妻倆一人一邊挽著媽媽的手臂，他們得扎扎實實地架住她，不然她就會被風吹走。卡瑞爾的手感受到母親輕如鵝毛的體重，心底一陣悸動，他知道母親屬於另一種生物的國度：那種生物比較小、比較輕，也比較容易被風吹走。

3

午餐過後，艾娃到了。到車站接她的是瑪珂達，因為她認為艾娃算是她的朋友。她不喜歡卡瑞爾的其他女性朋友，但艾娃就不一樣了。而且，她比卡瑞爾還早認識艾娃。

約莫六年前，瑪珂達跟卡瑞爾到一個以溫泉聞名的小城去度假。每隔一天，瑪珂達就會去做蒸汽浴。她汗水淋漓地跟其他太太一同坐在一條木頭板凳上，此時，她看到一個身材瘦高的女孩子光著身子走進來。兩人雖素不相識卻相視而笑，過沒多久，這個年輕的女人跟瑪珂達聊了起來。由於她十分率直，加上瑪珂達也很喜歡她表現出來的那種友善，兩人很快就成了朋友。

艾娃吸引瑪珂達的地方，是她獨特的個性所散發出來的魅力：尤其是她一進來就立刻跟瑪珂達說起話來的那個調調！好像她們早就約好了似的！她一點也沒浪費時間在客套的陳腔濫調上，像是蒸汽浴有益身體健康、促進食慾等，她劈頭就談到自己，那樣子有點像是靠徵友啟事認識的人，從第一封信開始，就竭力向未來的伴侶解釋自己是什麼樣的人，平常在做什麼，風格簡明扼要。

那麼，照艾娃自己的說法，她是什麼樣的人呢？艾娃是一個獵捕男人的快樂獵人。但是她狩獵並不是為了婚姻，她獵捕男人就像男人獵捕女人一樣。對她來說，愛情並不存在，只有友誼和情慾才是真實的。因此她有許多朋友：男人不擔心她會想嫁給他們，女人不怕她會想搶走她們的丈夫。即使有一天她真的結婚了，她丈夫也會是她的朋友，她會任他為所欲為，什麼也不要求他。

跟瑪珂達說完她的想法以後，她開始稱讚瑪珂達有一付美麗的骨架，她認為這是很少見的，因為很少有女人的身體是真正好看的。艾娃毫不矯飾脫口說出了這番讚美之辭，聽在瑪珂達的耳裡，比男人的恭維更受用。這女孩子深深地吸引了她。她覺得彷彿進入一個誠摯的國度，於是她跟艾娃約好後天同樣的時間在蒸汽浴裡碰面。後來，她把艾娃介紹給卡瑞爾，但是在這份友情裡，卡瑞爾總顯得像個配角。

走出車站的時候，瑪珂達不好意思地對艾娃說：「我婆婆在我們家，我會跟她介紹說妳是我表妹。妳不會介意吧！」

艾娃說：「怎麼會呢！」她還要瑪珂達跟她簡單地說些關於她家裡的事。

4

媽媽對她媳婦的娘家向來不怎麼感興趣，不過表妹、外甥女、阿姨，還有孫女這幾個字，總是讓她心頭暖暖的：那是由她熟悉的觀念所構築的美好國度。

而且，她剛剛又再次確定了一件事，一件她知之已久的事——她兒子是個無可救藥的怪人。他怎麼會以為別的親戚來的時候，她在那兒就會很不方便。她很了解他們想要自由自在地聊聊天，可是也用不著在前一天就把她趕走啊。還好，她知道怎麼對付他們。她的方法很簡單，就是假裝弄錯了日子，眼看著老實的瑪珂達就是開不了口要她星期天早上離開，她還真有點得意呢。

沒錯，夫妻倆對她比從前好，這點是不能否認的。要在幾年前，卡瑞爾早就毫不留情地要她走了。說起來，昨天她使的這個小手段，算是幫了他們一個大忙。至少這次，他們不會因為無緣無故提前一天把他們的母親送回孤獨的生活而感到自責。

而且，媽媽很高興認識了這位從來不曾謀面的親戚，一個很和善的女孩子。（太奇怪了，她讓媽媽想起了什麼人，可是，這個人是誰呢？）整整兩個小時裡，媽媽對她有問必答。媽媽年輕的時候是什麼髮型？她梳著一條辮子。當然，那時還在奧匈帝國的統治之下，維也納是當時的首都。媽媽讀的是一所捷克的中學，而且媽媽還是個愛國的中學生。突然間，媽媽很想唱幾首當時人們唱的愛國歌曲給他們聽，或是給他們朗誦幾首詩！她肯定還記得很多首。就在大戰剛結束的時候，（當然囉，那是在第一次世界大戰結束後，也就是一九一八年捷克斯洛伐克共和國成立的時候。天哪，這位表妹竟然不知道共和國是什麼時候宣佈成立的！）媽媽曾經在中學舉辦的一場莊嚴盛大的集會裡背誦一首詩。集會的目的是要慶祝奧匈帝國的終結，慶祝共和國的獨立！請試著想像這樣的景象，當她吟誦到最後一節的時候，腦袋裡突然一片空白，怎麼想也想不出接下來的句子。她緊閉著雙唇，汗水從額頭上滴落，她心想自己就要羞愧而死了。說時遲那時快，誰也沒想到，現場竟然響起了如雷的掌聲！大家都以為詩歌已經結束，沒有人發現她漏了最後一節！然而媽媽還是十分沮喪，她羞愧地跑進廁所，把自己鎖在裡面。後來，校長急急忙忙地跑來找她，敲門敲了好一陣子，還苦苦哀求她趕快出來不要再哭了，因為她的詩歌朗誦實在太成功了。

表妹笑了起來，媽媽盯著她看了好一會兒，然後說道：「您讓我想起一個人，天哪，這個人到底是誰……」

「可是大戰以後妳已經不上中學了。」卡瑞爾提醒她。

「我應該不會連自己什麼時候上的中學都不知道吧！」

「可是妳是在大戰的最後一年參加畢業會考的，那時候還是奧匈帝國啊。」

「我總該知道自己是什麼時候參加會考的吧。」媽媽怒氣沖沖地回答，但此刻她已心裡有數，卡瑞爾說得沒錯，她的確是在大戰期間通過了高中畢業會考。那麼，她參加學校在戰後所舉行的這場莊嚴盛大集會的記憶究竟從何而來？媽媽頓時失去了信心，緘默不語。

在這段短暫的沉默裡，我們聽到瑪珂達的聲音。她跟艾娃聊了起來，她們的話題與媽媽吟誦的詩歌無關，也跟大戰的終結搭不上邊。

「孩子們，你們慢慢聊吧，我先回房間去了，你們還年輕，而且你們還有很多話要說。」帶著這份突如其來的惱人情緒，媽媽走回孫子的房間。

5

艾娃不停地跟媽媽問東問西，卡瑞爾脈脈地望著她。他認識她已經十年了，她始終如此，率直、無畏。他同艾娃變成朋友（那時，他還跟瑪珂達一起住在他父母家裡）幾乎就像數年後他的妻子同艾娃變成朋友一樣快。有一天，他在辦公室收到一個陌生女子的來信。信上說她只是看過他，就決定要寫信給他，因為當她喜歡上一個男人，那些繁文縟節對她來說是毫無意義的。卡瑞爾合她的胃口，而她剛好是一個女獵人，一個追尋難忘經驗的獵者。她不承認愛情的存在，她只相信友誼與情慾。信上還附上一張女孩子的裸照，姿態撩人。

剛開始卡瑞爾還懷疑有人在開他玩笑，猶豫著該不該回信，但最後他還是受不了誘惑，按照地址給這個年輕女人回了信，邀請她到朋友的單房公寓裡見面。艾娃依約前來，她個兒高高瘦瘦的，衣著邋遢，看起來就像個長得太高的大女孩，穿著祖母的衣服來赴約。她在卡瑞爾對面坐下來，跟他說，當她喜歡上一個男人，那些繁文縟節對她來說是沒有意義的。還告訴他，她只相信友誼與情慾。艾娃臉上清楚寫著她的侷促不安與強作鎮定，此情此景在卡瑞爾心底激起的毋寧是某種兄妹般的愛憐，而非慾望。但他隨即告訴自己，還是應該把握每次機會，於是他說了些話來鼓勵艾娃：

「太棒了，兩個獵人在此相遇。」

卡瑞爾開口打破了年輕女人長篇獨白的窘境，艾娃也鬆了一口氣，重拾信心，畢竟她獨撐場面約莫有一刻鐘之久了。

他跟她說，她在寄給他的相片裡看起來很美，然後又問她（用一種獵人的挑逗口吻），展現自己的裸體是不是讓她很興奮。

「我是一個暴露狂。」艾娃一派天真地說，彷彿承認自己是個激進派的宗教改革分子。

他跟她說，他想要看她一絲不掛的樣子。

艾娃不再緊張，她問卡瑞爾公寓裡有沒有電唱機。

有的，電唱機是有的，但是卡瑞爾的朋友只喜歡巴哈、韋瓦第的古典音樂，還有華格納的歌劇。卡瑞爾想像這個年輕女人在華格納歌劇的伴奏下寬衣解帶，覺得實在不搭調，而艾娃也不喜歡這些唱片。「這裡都沒有流行音樂嗎？」沒有，這裡沒有流行音樂。由於想不出其他辦法，卡瑞爾最後只好無奈地放了一套巴哈的鋼琴組曲。他窩在房間的一角，坐擁屋裡的全景。

艾娃原本試圖跟著拍子扭動身體，但後來她還是跟卡瑞爾說，放這種音樂根本扭不起來。

卡瑞爾提高聲調嚴厲駁斥道：「閉嘴，專心脫妳的衣服！」

巴哈神聖的音樂籠罩在屋裡，艾娃順從地繼續扭動身體。在這段完全不適合跳舞的樂聲中，艾娃的表演顯得特別吃力，卡瑞爾心想，從脫掉毛衣到褪下底褲，這段時間可真有得她熬。伴著鋼琴聲，艾娃跳著不合拍的舞步，蠕動著身體，把衣服一件件脫掉。這段時間裡，她沒看卡瑞爾一眼，她全神貫注在自己的動作上，就像小提琴手在演奏一支高難度的曲子，生怕一抬頭望了觀眾一眼，就會讓自己分神似的。最後，艾娃終於脫到一絲不掛，轉身面對牆壁，將一隻手擱在雙腿之間。此時，卡瑞爾也已褪去衣物，從背後望著那正在自慰的年輕女人，不覺心蕩神馳。這種感覺實在棒透了，難怪卡瑞爾從此對艾娃著迷不已。

除此之外，也只有艾娃不會為了他對瑪珂達的愛而生氣。「你太太應該知道你是愛她的，問題在於你是個獵人，但這種追逐根本不會對她構成威脅。總之，沒有一個女人會瞭解這種事的。」

「真的，沒有一個女人瞭解男人。」她感傷地加上這句話，彷彿她就是那個不被瞭解的男人。

後來，艾娃跟卡瑞爾說，她願意盡全力來幫他。

6

媽媽回去休息的那個小孩房間，距離他們不過六公尺，中間也只有兩面薄薄的隔板，讓人覺得媽媽的影子在他們身邊揮之不去，瑪珂達心裡悶透了。

還好，艾娃聊天的興致不減。畢竟他們三個人已經好久沒見面了，其間發生了許

MILAN KUNDERA

多事，像艾娃搬去了另一個城市，更重要的是，她和一個比她年長的男人結婚了，這男人在艾娃身上找到一份無可替代的友誼。如你我所知，艾娃天生就對同志情誼這回事很有一套，而且她拒絕愛情，拒絕那與愛情相伴相生的自私和歇斯底里。

艾娃最近還換了新工作，待遇滿好的，但她為此幾乎無暇喘息。明天一早，她還得回去上班。

瑪珂達驚訝地說：「什麼！那妳幾點要走？」

「我得搭早上五點的直達車。」

「天哪！艾娃，那妳不是四點就得起床了嗎！太可怕了吧！」此刻，瑪珂達心裡的感受若說不上氣憤，也只能用怨懟來形容吧，她怨的是卡瑞爾的母親還留在他們家。艾娃住得遠，又沒什麼時間，但她還把這個星期天空出來留給瑪珂達，而瑪珂達卻連好好陪陪艾娃的小小心願都不得償，就因為她婆婆的身影在他們身邊，揮之不去。

瑪珂達愉快的心情就這樣被搞砸了，有道是禍不單行，這時電話鈴響了，卡瑞爾起身接了電話。他說話的聲音支支吾吾，簡短模稜的回答裡好像藏著什麼不尋常的事，這讓瑪珂達起了疑心，她覺得卡瑞爾刻意用一些特定的句子來掩飾話裡的原意。她很確定，卡瑞爾正在跟個女人敲定約會的時間。

「誰打來的啊？」瑪珂達問道。卡瑞爾回答說是住在鄰城的一個女同事，她下週得過來洽公，有些事想跟卡瑞爾討論一下。瑪珂達聽了這些話，什麼話也不想再說。

她真的那麼善妒嗎？

數年前，當他們還在熱戀的時候，這是無庸置疑的。然而隨著時日久遠，現在她所感受到的嫉妒，或許不過是一種習慣罷了。

這麼說吧：其實所有的愛情關係都是建立在一些不成文的公約上，那是戀人們還在熱戀的最初幾星期裡，未經深思熟慮就草草擬定的公約。那時戀人們還沉浸在夢裡，但這時候，他們其實已經不知不覺地扮演起難纏的法學家，開始逐條逐字編寫他們的愛情合約。噢！戀人們，開頭這幾個險惡的日子裡要當心哪！如果您幫別人把早餐端到床上，您就得一輩子幫他送早餐過去，否則您就會揹上讓愛情褪色與背叛的罪名。

從他們還在熱戀的那幾個星期開始，卡瑞爾和瑪珂達之間就大勢底定了——卡瑞爾將會是不忠的，而瑪珂達則會接受這個事實，但是瑪珂達有權扮演兩人當中比較好的那個，而卡瑞爾在她面前則會有罪惡感。沒有人比瑪珂達更清楚，當比較好的那個人有多悲哀。她一直是比較好的那個，而唯一的理由卻只是因為她也沒有其他更好的選擇了。

其實，瑪珂達心裡很清楚，這通電話本身實在沒有任何意義。然而重要的並不是這通電話的內容是什麼，而是它代表什麼。這通電話具體而微地呈現了瑪珂達的生命情境——瑪珂達所做的一切，都是為了卡瑞爾。她照顧他的母親，她介紹自己最要好的朋友給他，她把自己最要好的朋友當作禮物送給他。這一切都是為了他，為了讓他開心。而她做這一切又為了什麼？為什麼她要做到讓自己難過呢？為什麼她要像薛西弗斯一樣推著石頭上山呢？不論她為卡瑞爾做什麼，卡瑞爾的心根本就不在那兒。他跟別的女人訂約會時間，他總是要從她身邊逃走。

瑪珂達還是高中生的時候，個性桀驁不馴，而且可以說是精力過剩。她從前的數學老師最喜歡逗她說：瑪珂達，妳呀，就像一匹套不上韁繩的野馬！我對妳未來的丈夫預先寄予同情。她得意地笑了起來，這些話對她來說，像是某種幸福的預兆。但不知為何，她卻突然掉進一個完全相反的角色裡，一個跟她的期待、她的意志和她的品味大相逕庭的角色。而這一切，都是因為她在第一個星期裡沒有嚴陣以待，就不知不覺地擬定了那份愛情合約。

她已經厭倦再去扮演比較好的那個人了。突然間，過去這些年的婚姻生活變成一個過重的包袱，沉甸甸地壓在她身上。

7

瑪珂達愈來愈不高興，卡瑞爾則是一臉怒氣。艾娃在一旁不知所措，她覺得他們夫妻的幸福是她的責任，於是她說得越發起勁，試圖揮散籠罩在屋裡的愁雲。

然而這卻非她能力所及。卡瑞爾覺得自己被冤枉得太沒道理，氣得不發一語。而瑪珂達一則壓抑不住自己怨懟的情緒，再則無法忍受丈夫發怒，於是逕自走到廚房裡。

艾娃想勸卡瑞爾別把大家期待已久的夜晚給毀了，但卡瑞爾不肯讓步，他說：「人的忍耐是有限度的。我受不了了！每次不管什麼事都可以拿來指責我，我不想要心裡老是有罪惡感！就為了這麼一樁蠢事！這樣的蠢事！不要，不要，我不要再見到她了。我再也不要看到她了！」卡瑞爾踱來踱去，不斷地重複相同的話，艾娃在那兒低聲下氣地說情，他一句話也聽不進去。

於是艾娃只好留他一個人在房裡，走到廚房去看瑪珂達。瑪珂達縮在廚房的一角，她知道剛才的事情根本不該發生。艾娃試著要讓她了解，方才那通電話根本沒什麼好懷疑的。瑪珂達心裡很清楚，這次是她理虧，她答道：「我的忍耐可是有限度的。每次都是這個樣子。年復一年，日復一日，永遠都是女人和謊言。我受不了了！受不了了！我受夠了！」

艾娃知道夫妻倆的固執如出一轍，她想起自己來時所打的主意，雖說當初覺得自己的動機似乎有點可議，但現在看來也只能如此了。要幫他們的話，自己就得採取主動，不能逃避。他們夫妻倆彼此相愛，但是得有人幫他們卸下肩上的重擔。只要有人幫他們從重擔下解放出來就好了。她來此的目的並不只是為了自己（沒錯，來此的目的首先是為了自己，正因為意識到了這點，讓她心裡不甚自在，畢竟她待人處事從來就不自私），她也是為了瑪珂達和卡瑞爾著想。

「那我該怎麼做呢？」瑪珂達問道。

「去跟他說話呀。跟他說不要再臭著一張臉了。」

「可是我不想再看到他了。我再也不想看到他了！」

「那妳就垂著眼睛好了，這樣看起來還更迷人呢。」

8

瀕臨失敗的夜晚被挽回了。瑪珂達神情肅穆地把一瓶酒拿給卡瑞爾開，而卡瑞爾開瓶的誇大動作則跟奧運決賽起跑線上的鳴槍手沒有兩樣。三個人的杯子裡都斟滿了酒，艾娃搖擺著腳步走向電唱機，挑了一張唱片，然後伴著樂聲（這次不是巴哈，而是艾靈頓公爵的唱片），繼續扭動著身體，在屋裡轉來轉去。

「你想媽媽睡了嗎？」瑪珂達問道。

「去跟她說聲晚安會不會比較好？」卡瑞爾說。

「去跟她說晚安的話，她又要開始天南地北了，這樣又要浪費一個小時。你知道，艾娃明天一大早就要起床了。」

瑪珂達覺得他們實在浪費了太多時間；她拉著艾娃的手，不是去跟媽媽道晚安，而是一起走進浴室。

卡瑞爾一個人坐在房裡，獨自一人伴著艾靈頓公爵的音樂。他很高興烏雲終於散去，但他對今夜已經沒有任何期待了。電話鈴聲帶來的小意外，倏地喚醒他一向不願承認的事實。他倦了，什麼都不想要了。

好幾年以前，瑪珂達曾經慫恿他跟她還有他的情婦，三個人一起做愛，而瑪珂達對他的情婦一向是心懷嫉妒的。瑪珂達提議的當兒，卡瑞爾還覺得這主意很刺激，讓他暈暈然如在雲端！但是那一夜，他可沒嘗到什麼甜頭，反倒是累得要命！兩個女人在他面前相吻相擁，但卻一刻也不曾忘記她們是敵手，她們時時刻刻緊盯著他，看他對誰比較花心思、對誰比較體貼。他對兩個女人所說的每一句話都得斟酌再三，他得小心拿捏對兩個女人的愛撫，他不再是個情人，而是個行事謹慎，力求殷勤、體貼、有禮、公平的外交家。縱然如此，他還是失敗了。先是他的情婦做愛做到一半就哭成個淚人兒，接著是瑪珂達緊閉雙唇沉默不語。

要是卡瑞爾真能讓自己相信，瑪珂達玩這些群交的性遊戲，單純只是為了她的情慾——也就是說，瑪珂達是兩人當中比較壞的那個——那她跟他的情婦一定可以讓他快活得很。問題是，他從一開始就被認定要當那個比較壞的人，那麼，在瑪珂達放浪形骸的行為裡，他就只能看到痛苦的犧牲和無私的付出，而這一切都是為了迎合他多妻的想望，讓他們幸福的婚姻得以順利維持。瑪珂達嫉妒的眼神在他身上留下了永遠的印記，這是他在他們熱戀初期被劃開的傷口。當他看見瑪珂達在另一個女人的懷裡，他差點兒沒跪下來乞求她的寬恕。

可是，放蕩的嬉戲難道是贖罪的苦行嗎？

他腦海裡閃現一個念頭——三人行的性愛要好玩的話，就不能讓瑪珂達覺得她在跟一個敵手同床，得讓她帶她自己的朋友來，而且這個朋友既不認識卡瑞爾，對卡瑞爾也不感興趣。正因如此，他設計讓艾娃和瑪珂達在蒸汽浴場相遇。他的計畫得逞了，兩個女人成為好朋友，成為同盟、共謀，她們一同強暴他、逗弄他、尋他開心，把他當作慾求的對象。卡瑞爾希望艾娃能夠掃去瑪珂達心底對於愛情的焦慮，這樣，他才能真正得到自由，向罪惡感告別。

然而事到如今，他發現自己已然無力改變過去幾年底定的事。瑪珂達一直是老樣子，他也依然是被指責的人。

那麼，他為什麼要設計讓瑪珂達和艾娃相遇？他為什麼要跟她們做愛？他為什麼要這麼做？任何人都早該可以讓瑪珂達變得無憂、放蕩又幸福了。任何人都行，除了卡瑞爾。他覺得自己就像薛西弗斯。

真的嗎？他當自己是薛西弗斯？剛才瑪珂達不是才把自己比作薛西弗斯嗎？

沒錯，經歷這許多年，夫妻倆已經變成了雙胞胎，兩人用同樣的字彙，有同樣的想法，也擁有相同的命運。夫妻倆彼此都將艾娃當作禮物送給對方，讓對方快樂。夫妻倆都覺得自己在推石頭上山。夫妻倆都覺得倦了。

卡瑞爾聽見浴室裡傳來兩個女人戲水和嬉鬧的聲音，他心裡想著，自己從來就沒有辦法依自己的意願過日子，譬如擁有他所想望的那些女人，而且隨他高興、依他的方式去擁有她們。他很想逃到一個可以編織自己夢想的地方，獨自一人隨心所欲，遠離愛人的目光可及之處。

而事實上，他心底並不是這麼在乎能否編織自己的夢想，他只想要單獨一個人。

9

瑪珂達沒去跟媽媽道晚安，還當她已經入睡了，這樣的推想實在不合理，畢竟人在不耐煩的時候比較缺乏洞察的能力。媽媽來兒子家作客的這幾天，腦袋裡總是比平日湧現更多的念頭，這天晚上，她的思緒更是紛亂。這都是那位可愛的親戚引起的，她害媽媽一直想起她年輕時認識的一個什麼人。可是，這個人到底是誰？

終於，還是讓她給想起來了：娜拉！對啦，一模一樣的體型、一模一樣的儀態，配上那雙舉世無雙的修長美腿。

娜拉的個性不夠仁慈也不太謙虛，她的所作所為傷害了媽媽好多次，但現在媽媽沒想這些。此刻最重要的是，她剛才突然在這裡發掘到一塊青春的碎片，一個遠從半世紀之遙，向她發送過來的信號。她越想越高興，想到從前她所經歷的一切都一直跟著她，在她孤寂的時候圍繞著她，同她寒暄。雖然她從來沒有喜歡過娜拉，但她還是很高興在這兒遇見她，更何況娜拉現在對媽媽溫順得很，還以一副滿懷敬意的面貌出現。

想到這裡，媽媽恨不得馬上跑去跟他們說，不過她還是忍住了。她心裡很清楚，若非她略施小計，今天她是不可能還待在這裡的，而且那兩個怪胎根本只想跟表妹共處。好吧，就讓他們說悄悄話說個夠吧！她待在孫子的房間裡一點兒也不覺得無聊，可以打毛線，可以看看書，更何況她腦子裡總有些什麼事情占據她的心思。卡瑞爾卻把她的思緒全搞亂了。是的，他說得一點兒也沒錯，她確實是在大戰期間通過會考的，是她自己弄錯了。背誦詩歌，還有詩歌最後一節忘詞的事，至少都是更早五年以前發生的。她把自己關在廁所裡頭哭，結果校長跑來把門敲得乒乓響，這些都是真的，只不過那一年她才十三歲，而且這事是在她中學慶祝耶誕的活動中發生的。臺上一棵掛滿飾物的耶誕樹，一群孩子唱著耶誕歌曲，接著是她上臺背誦一首小詩。吟誦到最後一節的時候，她的腦袋裡忽然一片空白，怎麼樣也想不起接下來的句子。

媽媽對自己的記憶力感到很難為情。她該怎麼去跟卡瑞爾說呢？她該不該承認自己弄錯了？不論她怎麼做，他們都已經把她看作老太婆了。他們對她很好是真的，但她看得出來，他們把她當作小孩子，老是一派寬容的樣子，弄得她很不舒服。要是她現在就去向卡瑞爾低頭，承認自己把小孩子的耶誕慶祝活動跟政治集會搞混了，他們又會更趾高氣昂，而她又要覺得自己愈縮愈小了。不要，不要，她才不要讓他們過這個癮呢。

她要去跟他們說，沒錯，她是在戰後的那場慶典裡背誦了一首詩。當時她的確是已經通過了高中畢業會考，但是校長還記得她，因為她讀詩讀得最好，所以校長找她這個畢業校友來背誦詩。這是極高的榮譽！但媽媽當之無愧！媽媽是愛國的中學生！這幾個孩子對戰後奧匈帝國崩潰的情景根本一無所知！歡樂！歌聲！旗幟！媽媽又再次感受到一股強烈的衝動，想要跑出去把她青春時代的光景說給兒子跟媳婦聽。

她愈想愈覺得自己有義務去告訴他們。她確實是說過不要去打擾他們，但那只有一半是真的。另一半得歸咎於卡瑞爾，是他不瞭解媽媽怎麼會在戰後參加她從前的中學所舉辦的盛大集會。媽媽老了，有時候記憶力靠不住，所以沒辦法立刻跟兒子把事情交代清楚，但是現在，她總算想起來當初是怎麼回事，總不能假裝忘記兒子提出來的問題。這樣做不太好吧。她要去找他們（無論如何，這些孩子也沒什麼多重要的事情好聊的），然後道個歉說：她並不想打擾他們，要不是卡瑞爾問過她怎麼會高中都畢業了，還在中學的盛大集會上背誦詩歌，那麼，她肯定是不會回來打擾他們的。

此刻，她聽見有人開門然後關門，還有兩個女人說話的聲音，接著又有人打開了門，接下來則是一陣笑聲和水流聲。她想，兩個女孩子已經在盥洗準備就寢了，要跟這三個年輕人聊聊的話，現在正是時候，再不去就太晚了。

10

媽媽的再度出現，是愛尋人開心的天神帶著笑意，向卡瑞爾伸出來的一隻手。說起來，媽媽實在是個專挑不當時機出現的專家。這回，她還來不及開口說抱歉，卡瑞爾已經親切地問了她一堆問題：她整個晚上都在做些什麼？是不是心情不好，怎麼不出來跟他們聊聊呢？

媽媽說，年輕人總是有自己的話題，老人家得識趣一點。

這時候，我們聽見兩個女孩嬉鬧著從浴室跑出來的聲音。艾娃第一個跑進來，身上只穿著一件深藍色的T恤，下襬僅及濃密的恥毛終止之處。看到媽媽，她著實嚇了一跳，可是也已經來不及退回去了，她只好對媽媽笑一笑，然後快步走到小沙發前面坐下來，趕快把她不該裸露的身體遮起來。

卡瑞爾知道瑪珂達就跟在艾娃後面，他猜想瑪珂達大概穿著「晚禮服」。用他們共通的語言來說，就是她只在脖子上戴一串珍珠項鍊，在腰際圍上一條猩紅色的絲絨腰帶。他知道自己應該設法阻止瑪珂達闖進來，以免媽媽受到驚嚇。但是他該怎麼做呢？他該大叫「不要進來」嗎？還是「趕快穿上衣服，媽媽在這裡」呢？或許有更巧妙的辦法可以不讓瑪珂達闖進來，可是反應的時間只有一、兩秒，電光石火之間，他什麼主意也拿不定，反倒是一股遲鈍的反應帶著快意襲上心頭。他什麼也沒做，於是瑪珂達出現在房間門口。她真是全身光溜溜的，只戴著一串項鍊，圍著一條腰帶。

就在這個時候，媽媽轉過頭去，笑容可掬地對艾娃說：「你們一定準備好要睡了，我也不想耽誤你們。」艾娃從眼角的餘光瞥見了瑪珂達，她答道：「還沒呢！」她幾乎是用大叫的方式回答的，彷彿想用聲音來遮掩她朋友裸露的身體。終於，瑪珂達發現苗頭不對，趕緊退回到走廊。

過了片刻，瑪珂達穿著長長的浴袍走進來，媽媽又重複了一遍方才對艾娃說過的話：「瑪珂達，我不想耽誤你們睡覺的時間，你們一定準備好要睡了。」

瑪珂達正要回答說對，卡瑞爾卻開心地搖搖頭說：「還沒呢，媽媽，我們很高興妳來跟大家一起聊聊天。」於是媽媽終於有機會跟他們說那個第一次世界大戰後，奧匈帝國崩潰之際，她在中學莊嚴盛大的集會上背誦詩歌的故事，原來是校長邀請她這個畢業生回去背誦一首愛國詩歌的。

兩個女孩沒聽見媽媽說了什麼，只有卡瑞爾很專心地聽她說。我得再強調一次：卡瑞爾對於詩歌有一節忘詞的故事並不是很感興趣，他已經聽過好幾次，也忘了好幾次了。他感興趣的不是媽媽說的故事，而是說這個故事的媽媽。媽媽和她的世界，她的世界宛如一只梨子，上頭停著一輛瓢蟲般大的俄國戰車。出現在前景的，是廁所門被校長敲得乒乓作響的場面，而門後面，兩個年輕女人焦躁的場景近乎模糊難辨。

這正是卡瑞爾覺得有趣的地方，他饒有興味地看著艾娃和瑪坷達，她們赤裸的身體在T恤裡、在浴袍裡蠢蠢欲動，他卻火上加油地問了一些問題，問到校長，問到中學的情形，問到第一次世界大戰，最後還要媽媽為大家背誦她忘了最後一節的那首詩。

媽媽思索片刻，隨即開始專心背誦那首詩，那首她在十三歲的時候，在中學的慶祝活動上朗誦的詩。她吟頌的詩不是愛國詩歌，而是些關於聖誕樹和伯利恆之星的詩句，不過也沒有人注意到這麼小的細節。媽媽自己也沒發現。她心裡只惦著一件事：她是不是想得起最後一節的詩句？倒還真給她想起來了。伯利恆之星閃耀夜空，引領三王來到馬槽。她為自己的成功感動萬分，搖頭晃腦地笑了起來。

艾娃拍手叫好。媽媽盯著她看了半晌，才想起自己是來跟他們說一件更重要的事：「卡瑞爾，你知道你們的表妹讓我想起誰來著？娜拉！」

11

卡瑞爾看著艾娃，不敢相信自己的耳朵，他問道：「娜拉？妳的朋友娜拉？」媽媽的這個朋友出現在卡瑞爾的童年時期，他對她的印象還很清楚。她是個絕色美人，身材修長，容貌明豔有如女王。她驕傲且高不可攀，所以卡瑞爾不喜歡她，可他的眼睛卻一刻也離不開她。天哪，娜拉跟熱情的艾娃之間會有什麼相似的地方呢？

「沒錯，」媽媽回答說。「就是娜拉！你自己看嘛。這麼瘦高的體型，這麼優雅的步伐，這麼美的臉蛋！」

「艾娃，站起來！」卡瑞爾說。

艾娃不敢站起來，她不知道短短的T恤是不是蓋得住她的私處。但是卡瑞爾非常堅持，最後她只好乖乖聽話了。她站起來，雙手貼著身體，不露痕跡地把T恤往下拉。卡瑞爾目不轉睛地盯著她看，突然間，他真的感覺到她和娜拉的相似。那種相似之處遙遠而難以描述，隱隱閃現一絲微光卻又瞬即消逝，但卡瑞爾想抓住它，他渴望從艾娃身上看見娜拉美麗的身影，長長久久地看著。

「轉過去！」卡瑞爾對艾娃發出命令。

艾娃遲疑著該不該轉身，她腦中時時惦著自己在T恤底下赤裸的身體。然而卡瑞爾卻堅持不休，連媽媽都抗議說：「人家是小姐，又不是在軍隊裡出操。」

卡瑞爾還是固執地說：「不管，不管，我要她轉過身去。」最後艾娃只好從命。

不過也別忘了，媽媽的視力很糟，她會把一些作為界標的石碑看作村莊，她會把艾娃跟娜拉搞混。不過只要瞇起眼睛，卡瑞爾也可以把石碑看作房子，他不是一整個星期都在羨慕媽媽能從眼中看到這樣的世界嗎？他瞇起眼睛，舊時的美麗景象於是出現在眼前。

他心中一直保存著一份神秘又難忘的回憶。那時他約莫四歲，媽媽跟娜拉帶他去一個以溫泉聞名的小城（這小城在哪裡？他壓根兒想不起來了），他總是得在空無一人的更衣間等她們。他獨自一人在那兒耐心等候，身邊盡是些女人脫下來的衣服。一會兒，一個修長豔麗的女人，裸著身子走進來，她轉過身——背對著這個小孩——向她吊在掛衣鉤上的浴袍走去。這個女人就是娜拉。

這個赤裸的、氣質高貴的身體，這個從背後望去的影像，從來不曾自他的記憶中消失。那時他還小，得由下往上看著這具身體，有如螞蟻仰望世界的光景，以他今天的標準來說，就像抬頭看著一尊五公尺高的雕像。那是一種咫尺天涯的情境，讓人感到雙重的疏遠，一則因為空間的距離，一則因為時間。他頭上的這個身體，高聳在天際，和他相隔的歲月不可以數計。這雙重的距離讓四歲的小男孩頭暈目眩。此刻，他感受到同樣的暈眩，無比強烈。

他看著艾娃（她依然背對著他），看到的卻是娜拉。他們之間相隔兩公尺，相距一、兩分鐘。

「媽媽，」卡瑞爾說，「妳來跟我們聊聊真好，不過現在，女士們想去睡覺囉。」

媽媽乖乖地走了出去，卡瑞爾等不及要把他對娜拉的記憶說給兩個女人聽。他蹲在艾娃身前，要艾娃再轉過身去，好讓他從背後看她，好讓雙眼隨著逝去童年的凝視軌跡在她身上到處遊走。

疲憊就這樣一掃而空。卡瑞爾把艾娃推倒在地，艾娃趴在那兒，卡瑞爾則蹲著，任由目光順著她的雙腿滑至臀部，然後他撲到艾娃身上，占有了她。

他覺得往艾娃身上的這一蹦，是跨越無垠時光的一蹦，小男孩一跳，從童稚的年齡跳到男人的年紀。接著，他在艾娃的身上一進一退抽動著身軀，像是不斷重複著同樣的運動，從童年到成年，再從成年到童年，相同的運動一次又一次，從一個看著巨大女性胴體的可憐男孩，到一個控制著女性身體並將之馴服的男人。這前後移動不過十五公分的運動，在時間的維度上，卻有如三十年那麼長。

兩個女人都屈服在他狂亂的激情下，他從娜拉的身上跳到瑪珂達身上，再回到娜拉身上，就這樣在兩人身上反覆移動著。這麼做了好一陣子，他得停下來歇會兒。他覺得無比舒暢，感到一股前所未有的力量。他靠在一張小沙發上休息，一邊盯著橫臥在沙發床上的兩個女人。在小歇的短暫時刻裡，卡瑞爾眼裡沒有娜拉，而是兩位老朋友——見證他生命的兩個女人——瑪珂達和艾娃。他則覺得自己好像剛剛打敗了兩個對手的偉大棋士。這個比喻讓他開心得不得了，他忍不住高聲大喊：「我是巴比費雪，我是巴比費雪。」他一邊喊叫，一邊放聲大笑。

12

卡瑞爾怪聲亂叫著他是巴比費雪（約莫此時，此君剛在冰島贏得西洋棋的世界冠軍），艾娃和瑪珂達則躺在沙發床上相擁著。艾娃在瑪珂達的耳邊輕聲問道：「就這麼說定囉？」

瑪珂達回答說好，然後將雙唇輕按在艾娃嘴上，親吻著她。

一個小時之前，她們一起在浴室裡的時候，艾娃問瑪珂達（這就是艾娃來時心裡打的主意，她曾覺得自己的動機似乎有點可議）要不要找一天來她家玩，算是她回請瑪珂達。艾娃很願意請卡瑞爾跟瑪珂達一同來玩，只是卡瑞爾和艾娃的丈夫都愛嫉妒，他們無法忍受床上出現另一個男人。

艾娃剛問瑪珂達的時候，她還覺得無法接受這樣的邀請，所以只是笑了笑而未置可否。然而幾分鐘以後，他們一同待在房裡——就是在這兒，卡瑞爾的媽媽跑來叨叨絮絮，話語卻從瑪珂達的耳邊掠過——當初對她來說無法接受的提議，卻愈發糾纏不休，縈繞在她腦裡。艾娃丈夫的幽靈就在她倆的身邊。

後來，卡瑞爾蹲在地上看著站在那兒的艾娃，然後開始怪聲亂叫說他只有四歲，彷彿他在艾娃跟前朝向童年逃逸而去，只留下兩個女人跟他那精力異常旺盛的身體。機械般的身體強壯得不似人的肉身，而像是一具空洞的身體，可以給它安上任何靈魂。甚或有需要的話，也可以安上艾娃丈夫的靈魂——這個沒有臉孔，沒有形體，十足陌生的男人。

瑪珂達任由這具機械般的雄性身體在她身上做愛，然後，她看著這具身體撲到艾娃的雙腿之間，但她試著不去看這身體的臉孔，好讓自己想像這是一具陌生人的身體，這是一場化裝舞會。卡瑞爾為艾娃戴上娜拉的面具，幫自己戴上小男孩的面具，而瑪珂達則把他的頭從身體上摘掉。他是一具沒有頭的男體。卡瑞爾消失而奇蹟發生了：瑪珂達獲得了自由與快樂！

您或許要以為，我想要肯定卡瑞爾的揣測，他一直認為他們在家裡玩那些群交的性遊戲，對瑪珂達來說只是某種犧牲、某種痛苦。

不是這樣的，這樣的說法把事情太過簡化了。瑪珂達的身體和感官是真切地渴望卡瑞爾那些情婦的身體。而她的頭腦也渴望這些身體：這正應驗了數學老師的預言，她想要——至少在那致命的愛情合約所規範的界限之內——表現出一副膽大妄為又放蕩的樣子，好讓卡瑞爾吃驚。

只是，一旦跟這些女人在沙發床上裸裎相見，她腦子裡的情色綺想就立刻消失了，而且只要一看見她丈夫，就會喚醒她原有的角色——她是兩人當中比較好的那個，而且有人會對她不好。即使跟艾娃這個不會引起她嫉妒的好朋友在一起，只要她愛得過火的這個男人一出現，她就會感到沉重的壓力，感官的享樂都因此而窒息了。

在她把卡瑞爾的頭從身體上摘掉的那一刻，她感受到一股陌生且令人陶醉的自由。無名的身體，是不經意發現的樂園。她帶著一種莫名的歡愉，將她那受過傷害而過度敏感的靈魂逐出體外，將自己變形為單純的肉身，沒有記憶，也沒有過去，然而卻更容易接受挑逗，更加貪婪。當那具無頭的身體在艾娃身上猛烈抽動的時候，她溫柔地撫摸著艾娃的臉龐。

突然間，無頭的身體卻停了下來開始大聲說話，這聲音讓瑪珂達不太舒服，因為這又讓他想起了卡瑞爾。無頭的身體大喊了這麼句愚蠢不堪的話：「我是巴比費雪！我是巴比費雪！」

這就像一只鬧鐘把她從夢中驚醒。此刻，瑪珂達正摟著艾娃（就像人們醒來的時候，緊緊抱著枕頭，試圖遮擋那惱人的晨光），艾娃跟她說「就這麼說定囉？」而她答應了，然後將雙唇輕按在艾娃嘴上，親吻著她。瑪珂達一直很喜歡艾娃，不過，今天是第一次她用全身的感官——為了她自己，也為了她的肉體和肌膚——同艾娃做愛。她陶醉在這肉體的愛慾裡，宛如沉浸於乍現的神啟之中。

她們並排趴著，屁股微微翹起，瑪珂達的肌膚感受到那精力無窮的身體又在後頭盯著她們，隨時準備要再開始跟她們做愛了。她試著不去聽那聲音說他眼前是美麗的娜拉，她試著讓自己只當一具聽不見聲音的身體，緊貼著一個極親密的朋友，和一個沒有頭的無名男人。

當這一切都結束的時候，艾娃一下子就睡著了。瑪珂達很羨慕她沉睡得像隻小動物，她想從艾娃的唇間吸取這股睡意，順著艾娃呼吸的節奏一同入睡。她挨在艾娃身邊閉上眼睛，好讓卡瑞爾以為她們倆都睡著了。於是卡瑞爾走到隔壁房間去睡了。

第二天清晨四點，瑪珂達打開隔壁房門，卡瑞爾睡眼惺忪地看著她。她對卡瑞爾說，「你再去睡吧，我會送艾娃去車站。」然後給他溫柔的一吻。他翻過身去，沒一會兒又睡著了。

兩人坐在車裡的時候，艾娃又提了一次：「就這麼說定囉？」

這次，瑪珂達已經不像昨天那麼篤定了。沒錯，她是很想違反那份老舊的不成文公約，可是要怎麼做才不會危及愛情呢？該怎麼做呢？畢竟她還是如此深愛著卡瑞爾啊！

「放心，」艾娃說，「他什麼都不會知道的。你們倆之間有些事已經不會改變了，會起疑心的永遠是妳而不是他。妳真的不用擔心他會懷疑什麼。」

13

艾娃在顛簸的車廂裡打著盹，瑪珂達則從車站回到家中睡回籠覺（她得在一小時後再次起床趕去工作），現在輪到卡瑞爾開車載媽媽去車站了。這是屬於火車的一天。再過幾個小時（到時，夫妻倆就已經在工作了），他們的兒子會走下火車，為這個故事劃上句點。

卡瑞爾還是滿腦子縈繞著昨夜的綺麗回憶。他很清楚在他一千次或三千次的性愛經驗裡（他一生中做了幾次愛？）只有兩、三次是真正意義重大且令人難忘的，至於其他的經驗不過是些回音、模仿、重複或追憶。卡瑞爾知道昨夜的繾綣正屬於這兩、三次偉大的性愛經驗之一，想到這裡，他的心底無比感激。

他開車送媽媽去車站，一路上，媽媽說話說個不停。

她說了些什麼呢？

首先，她跟卡瑞爾道謝：她在兒子和媳婦家度過了一段愉快的時光。

接著，她開始罵人了：他們過去做了很多對不起她的事。當卡瑞爾跟瑪珂達還住在她家的時候，卡瑞爾對她很沒有耐心，有時候甚至很粗魯，對她漠不關心。是啊，她承認，這次他們對她很好，跟從前不一樣。他們改變了，確實是這樣。可是，為什麼他們要過這麼久才有所改變呢？

卡瑞爾聽著她叨叨絮絮的責備之詞（他都會背了），卻絲毫未被激怒。他從眼角的餘光看著媽媽，還是很驚訝媽媽變得這麼小，她的一生彷彿就是逐漸縮小的過程。

可這種縮小究竟意謂著什麼？

這是肉體真正縮小的結果嗎？是一個人卸下成人的尺寸，開啟一段漫長旅程，經歷老邁與死亡，走向空無一物的遠方，走向那失去尺度的空無嗎？

或者說這種縮小只是一種視覺的幻象？只因為媽媽走遠了，走到另一個地方，而卡瑞爾從遠方遙望著她，所以她看起來像是一頭小羔羊、一隻山雀、一隻蝴蝶。

媽媽的責備之詞告一段落後，卡瑞爾問她說：「娜拉最近怎麼樣？」

「她現在已經是老太婆了，你知道的，她眼睛都快瞎了。」

「妳們沒有偶爾碰個面嗎？」

「你難道不知道嗎？」媽媽被惹毛了。事實上，兩個女人失和已久，形同水火，早就老死不相往來了。這事，卡瑞爾應該記得的。

「那妳還記不記得我小時候，我們跟她一起去度假的地方在哪裡？」

「怎麼會不記得！」媽媽說了波西米亞一個以溫泉聞名的城市。卡瑞爾對這個城市很熟悉，但他從不知道，那竟然就是更衣間所在之地，也就是他看見娜拉一絲不掛的地方。

現在，他眼前浮現那溫泉小城崗巒悠悠的景致，木雕的廊柱、一群群綿羊在山丘上的草原覓食、羊頸上的小鈴叮叮噹噹地晃著。他在腦海裡把娜拉赤裸的身體安插在這片鄉野景致之中（就像拼貼畫的作者在一幅畫裡貼上從另一幅畫剪下來的圖片），他腦中閃現一個想法：美，就是兩個不同的年代跨越了時光之距，在相遇時迸濺激射的火花。美，就是對編年紀事的棄絕，就是對時間概念的反叛。

這種美，滿溢在他心裡，此情此景，讓他滿心感激。他突然開口說：「媽媽，瑪珂達跟我都想過，說不定妳還是喜歡跟我們住在一起。我們要換個大一點兒的公寓，其實並不難。」

媽媽摸摸他的手說：「卡瑞爾，你對我很好，真的很好。你這麼說，我聽了好高興。不過，你也知道，我的鬈毛狗已經很習慣那邊的生活了，而且我在那兒也跟左鄰右舍那些女人成了好朋友。」

他們一同上了火車，卡瑞爾想找個車廂讓媽媽坐下來，但他看每節車廂都覺得太擠、太不舒服。最後，他終於幫媽媽在頭等車廂找了個位子，然後趕快去找列車長補票。補完票，錢包還在手上，於是他拿出一張一百克朗的紙鈔塞在媽媽手裡，彷彿媽媽是個即將被送到遠方、被投入茫茫人海的小女孩，而媽媽也不覺奇怪，自自然然地把錢收了下來，那樣子就像個小學生，很習慣大人偶爾會給她一點零用錢。

火車開動後，媽媽坐在窗邊，卡瑞爾則在月臺上不停地向媽媽揮手，不停地揮手，直到火車駛出了他的視界。

第三部

天使們

1

《犀牛》是尤涅斯柯寫的一齣戲，劇中人物瘋狂地追求彼此之間的相似性，於是一個接著一個變成了犀牛。賈布麗葉和米榭兒這兩個美國女孩，正在課堂上讀這齣戲，她們在地中海岸的一個小城裡，參加專為外國學生開設的暑期課程。她們兩人是這門課的老師拉斐爾夫人最寵愛的學生，因為上課的時候，她們總是聚精會神地看著她，並且把她所說的每一句話都做成筆記。今天，老師要她們回去一起準備，下次上課的時候上臺報告這齣戲。

「我不太懂，這些人全都變成犀牛是什麼意思？」賈布麗葉說。

「這個嘛，我們得把它詮釋成一種象徵。」米榭兒對賈布麗葉提出解釋。

「沒錯，」賈布麗葉說，「文學正是由符號構成的。」

「犀牛，首先它就是一個符號。」米榭兒說。

「話這麼說是沒錯，不過即使我們認為這些人不是真的變成了犀牛，而只是變成了一種符號，那他們為什麼會變成犀牛這個符號，而不是其他的符號呢？」

「對，這顯然是個問題。」米榭兒垂頭喪氣地說。兩個女孩正走在回宿舍的路上，為此，她們沉默了好一會兒。

最後，賈布麗葉打破了沉默，她說：「妳不覺得那是一個陽具象徵嗎？」

「妳說什麼？」米榭兒問道。

「他的角嘛。」賈布麗葉回答她。

「這倒是真的！」米榭兒興奮地叫出聲來，可是沒一會兒，她又猶疑了起來。

「那他們為什麼會全部變成陽具象徵呢？不管男的、女的都一樣？」

兩個女孩再度陷入沉默，繼續往宿舍的方向走著。

「我想到了。」米榭兒突然這麼說。

「妳想到什麼？」賈布麗葉好奇地問。

「我想到的東西，拉斐爾夫人還提過呢。」米榭兒這麼一說，更激起了賈布麗葉的好奇心。

「好啦，那妳到底想到了什麼？快說。」賈布麗葉不耐煩地追問。

「作者想製造一個喜劇效果！」

賈布麗葉被米榭兒提出的詮釋深深吸引著，滿腦子都是剛才米榭兒說過的話，她想得出神，不知不覺愈走愈慢。兩個女孩於是停下了腳步。

「妳認為劇中犀牛的象徵是為了要製造一個喜劇效果？」賈布麗葉問道。

「沒錯。」米榭兒回答。她以一種真理發現者的姿態，綻放出一抹得意的微笑。

「妳說得對。」賈布麗葉說。

兩個女孩很滿意她們的創見，兩人看著對方，嘴角輕顫著一絲驕傲。接著發出一連串尖銳、短促、斷斷續續的聲音，這光景用文字實在難以描繪。

2

「笑？你從來沒有認真想過什麼是笑？我要說的是真正的笑，超越玩笑、嘲笑、可笑的那種笑。笑，無邊的歡愉、甜美的歡愉、全然的歡愉……

「從前，我總是跟我妹妹說，或者她跟我說，來，我們來玩『笑』的遊戲好不好？我們挨著身子躺在床上，遊戲就開始了。一開始當然是假裝的。刻意的笑。可笑的笑。如此可笑的笑，讓我們笑了出來。然後真正的笑就來了，完全的笑，它把我們捲向巨濤澎湃的笑浪之中。迸發的笑、笑了又笑、乾笑、失控大笑、美好的笑、奢靡的笑、狂笑……為了那引發我們笑意的那些笑，我們笑到彷彿沒有止境……啊！笑！歡愉的笑，笑的歡愉；笑，笑得如此真徹。」

方才引用的這段文字摘自一本名為《女性的話語》的書。這本書是一位情感豐富的女性主義者在一九七四年所寫的，這些女性主義者可說是刻畫了我們時代氛圍的一個特徵。這是一份神秘的歡樂宣言。作者認為，雄性的性慾乃基於轉瞬即逝的生殖器勃起，因此不可避免地與暴力、毀滅、消逝息息相關，相反地，作者極力歌頌女性的「歡愉」——溫和、無處不在、持續。對女性來說，只要她並未異化於自己的本質，「吃、喝、拉、撒、摸、聽，甚或只是活著」，一切都是歡愉。這洋洋灑灑的感官之樂如長篇連禱詞般貫穿全書。「活著是快樂的：看、聽、摸、吃、喝、拉、撒、潛入水

MILAN KUNDERA

中與仰望藍天、歡笑與流淚。」而男女交歡之所以稱美，乃因為此事集合了所有「生命中可能的歡愉：撫觸、觀看、聆聽、說話、感覺，還有吃、喝、拉、撒、認識、舞蹈」。哺乳也是一種歡樂，生產是一種歡愉，月經是一種快樂——這「溫潤的汁液，這暗沉的乳汁，這血流溫暖的湧出近乎甜蜜，這灼熱又帶著幸福的痛楚」。

只有傻瓜才會嘲笑這份歡樂宣言。所有的神秘主義都是極端的。一個神秘主義者不該害怕所謂的可笑，如果他想臻於極限之境——臻於謙卑的極境，或是歡愉的極境。就像聖德蕾莎在她臨終之際依然微笑，聖安妮．勒柯列克（這正是我前文摘錄那本書的作者）肯定死亡乃歡樂之一隅，只有雄性害怕死亡，因為很不幸地，他們依戀著「他們小小的自我和小小的權力」。

笑，從天而降，彷彿來自感官之樂的神殿之巔，宛如「幸福的甜美附身，歡愉的極度飽足。歡愉的笑，笑的歡愉」。不容爭辯的是，這種笑是「超越玩笑、嘲笑、可笑的」。躺在床上的姊妹倆並不是為了任何特定的事情而笑，她們的笑沒有對象，她們的笑所表達的是她們活著，而且她們活得很高興。就像生病的人藉由呻吟，把自己和身體受苦的當下那一刻相連相繫（呻吟的病人完全全無涉於過去，也無涉於未來），同樣地，笑得心蕩神馳的人，是沒有記憶、沒有慾望的，因為他高聲對話的對象是當下，他的心裡只有當下。

您一定還記得，您在好幾十部爛電影裡頭都看過這樣的畫面：一個男孩子跟一個女孩子手牽著手，跑在春天（或是夏天）的美麗鄉野裡。他們跑啊，跑啊，跑呀跑，笑呀笑的。他們的笑彷彿要向全世界，也要向每家戲院的觀眾宣告：我們很快樂，我們很高興能在這世界上活著，我們對於活著這回事深表同意！這一幕真是夠蠢的，也很刻板印象，不過它倒是展現了人類的一個基本姿態：嚴肅的笑——「超越玩笑」的笑。

所有教會，所有內衣製造商、所有將軍、所有政黨都對這種笑深表同意，而且有志一同迫不及待地要把這對笑著跑著的戀人形象放在海報上，為他們的宗教、為他們的產品、為他們的意識形態、為他們的人民、為他們的性事、為他們的洗衣粉做宣傳。

米榭兒和賈布麗葉發出來的，正是這種笑。她們手牽著手從文具店走出來，兩人都用另一隻手拎著一小包東西晃來晃去，裡頭裝著彩色紙、膠水和橡皮筋。

「妳看著吧，拉斐爾夫人一定會覺得很棒。」賈布麗葉一邊說，一邊發出一連串尖銳、斷斷續續的聲音。米榭兒覺得她說得沒錯，也發出大致相同的怪聲。

3

西元一九六八年，俄國人占領我的祖國後，過沒多久，我就被人剝奪了工作（跟其他成千上萬的捷克人一樣），而且任何人都不准再雇用我。當時有幾個年輕朋友來看我，這些人的年紀輕到還沒被俄國人列在黑名單上，所以他們都還留在編輯檯上、留在學校裡、留在攝影棚內工作。這些年輕的好朋友，這些我永遠不會背叛的好朋友，他們要我以他們的名義寫些廣播劇、電視劇、舞臺劇、評論文章、報導、電影劇本等，好讓我可以餬口飯吃。有幾次我接受了這樣的好意，但大部分我都婉拒了，一方面因為這些工作我不可能做得完，另一方面則是因為這麼做太危險了。這麼做不是為了自己，而是為了他們。秘密警察就是要把我們餓到走投無路，逼我們求饒、逼我們當眾悔過。這就是為什麼秘密警察要把每一道我們試圖逃生的出口都監視得密不透風，並且嚴厲懲罰那些把名字借給我們用的人。

這些好心的朋友當中，有位名叫R的女孩（事到如今，我也沒什麼好隱瞞的了，反正一切都已經被揭發了）。這個女孩子個性靦腆、容貌細緻、人又聰明，她在一份為年輕人出版的雜誌擔任編輯，雜誌的發行量相當驚人。由於當時這份雜誌不得不刊登數量難以估計、內容難以消化的政治性文章，來歌頌情同手足的俄羅斯人民偉大的功勛，編輯部只得想個辦法來吸引群眾的注意力。於是他們決定破例跳開馬克思主義意識形態的純正性，開闢一個占星的專欄。

在被逐出工作崗位的這幾年裡，我替人批過幾千次的星象命盤。既然偉大的哈薩克[4]曾經當過賣狗的（他賣了許多偷來的狗，還把不少雜種狗當作純種名犬來賣），那我為什麼不能替人占星卜命？從前，巴黎的一些朋友曾經寄給我安德烈．巴博的占星術全集，作者的名字大剌剌地印在國際占星研究中心主任的頭銜後面，我呢，我故意改

4. 哈薩克（Jaroslav Hasek，一八八三—一九二三）：與卡夫卡齊名的捷克作家，小說《好兵帥克歷險記》（Aventures du brave soldat Chveik）的作者。

變筆跡，用沾水筆在扉頁寫上：送給我敬佩的米蘭．昆德拉——安德烈．巴博。我把這些題了字的書放在桌上若隱若昭之處，然後對那些吃驚的布拉格顧客說，我曾經在巴黎待過幾個月，在大名鼎鼎的巴博手下擔任助手的工作。

R要我隱姓埋名幫她的週刊寫占星專欄，我的反應顯然相當熱中，我還建議她跟編輯部宣稱，專欄的作者是一位傑出的原子科學家，他不想洩漏自己的姓名，以免成為同事間的笑柄。這麼一來，我們的計畫看來似乎有了雙重的掩護：一個不存在的學者，再加上他的假名。

於是，我寫了一篇關於占星的浩浩長文，接下來的每個月，我都會寫一篇夠蠢的短文分析十二個星座，還自己畫了一些金牛座、牡羊座、處女座、雙魚座的插圖。稿酬其實少得可憐，工作本身也毫無趣味，一點價值也沒有。這裡頭只有一件事是好玩的，那就是我的存在，一個從歷史上、從文學課本上、從電話簿上被塗掉的人的存在，一個死去的人的存在。令人驚奇的是，這個死去的人現在化身轉世，向某個社會主義國家的數十萬青年佈道，向他們傳佈占星術的偉大真理。

有一天，R跟我說她的總編輯很迷占星術，還要R幫他弄一份個人的星象命盤解說。我簡直樂透了。總編輯是俄國人安插進雜誌社來當家的，他大半輩子都在布拉格或是莫斯科研讀馬列主義！

「他跟我說的時候還不太好意思呢。」R微笑著對我說。他並不希望他迷信這種中世紀把戲的事情流傳出去，但是他實在對占星術太著迷了。

我說：「沒問題。」其實我心裡很高興。我認得這個總編輯，他除了是R的老闆以外，還是黨部高等委員會的成員，掌管所有行業的雇員名冊，不少朋友的「存在」就是被他銷毀的。

「他想要完全保密，不讓人知道他的名字。我得給您他的生辰，但是您不應該知道那就是他。」

「太好了！」我愈聽愈樂。

「他會給您一百克朗做為幫他占星的酬勞。」

「一百克朗？他把我當成什麼了？這個吝嗇鬼。」

最後他給了我一千克朗。我洋洋灑灑寫了十頁，描寫他的性格、他的過去（我的消息來源很充分），以及他的未來。我為這篇傑作花了整整一個星期，還跟R詢問了一些細節。事實上，藉由星象命盤解說，我們可以巧妙地影響人們的行為，甚至去操控他們。我們可以建議他們做這做那，也可以要他們不要做這做那，甚至可以告訴他們未來的災禍，讓他們變得謙卑。

不久之後，我又遇到了R，我們著實為此笑了好一陣。她說總編輯看過命盤解說之後，脾氣的確變好了。比較少大吼大叫，開始檢討自己嚴厲的態度——因為命盤解說裡頭提醒他注意這一點——他十分重視自己可以表現的這種小小善意。他還經常眼神茫然地盯著空無一物之處，這種感傷，一看就知道是屬於一個有所領悟的人，他領悟到天上眾星許給他的，從此只有苦難。

4（關於兩種笑）

如果有人認為魔鬼是惡的信徒，而天使是善的戰士，那就是受到了天使的蠱惑，事情顯然是更為複雜的。

天使不是善的信徒，而是神所創造的世界之信徒。魔鬼剛好相反，魔鬼的信念是拒絕給神的世界一個合理的意義。

支配世界的權力，誠如我們所知，是由天使和魔鬼分享的。然而，世上的善並不能保證天使就比魔鬼占優勢（像我小時候所相信的那樣），事實上，兩者的權力差不多是平衡的。如果世界上有太多不容爭辯的意義（天使專權），人類就會被這些意義的重量壓垮。而如果世界失去所有的意義（魔鬼統治），人們也一樣活不下去。

有些事物突然被人剝奪應有的意義，突然被人從所謂秩序裡的既定位置移開（一個在莫斯科受教育的馬克思主義者相信占星術），就會引發我們的笑。原先，笑是屬於魔鬼的範疇。笑帶有某種壞的成分（事物的呈現突然跟原先設想的不同），不過也有好的一面，它可以讓人得到抒解（事物變得比其外表來得輕逸，讓我們活得比較自由，事物也不再以其肅穆莊嚴的外表來壓迫我們）。

天使第一次聽到魔鬼笑聲的時候，嚇得驚慌失措。這情景發生在一場盛筵上，宴會廳裡擠滿了人，在場的賓客一個接一個感染了魔鬼的笑，這種笑的感染力實在太驚人了。天使的心底深知，這種笑違抗了上帝，也貶抑了祂所創造的世界之尊嚴。天使意識到，不論用什麼方法，總之得立即採取行動，但是天使卻感到虛弱而無力招架。天使苦無對策，只好笨拙地模仿他的敵手，張開嘴巴，發出斷斷續續、短促的聲音，不時還參雜著一些不連續的高音（有點像是米榭兒跟賈布麗葉在濱海的城市街上所發出來的聲音），不同的是，天使賦予它相反的意義：魔鬼的笑意味著事物的荒謬，天使的笑則恰恰相反，天使的歡欣是為了人間秩序井然，萬物各就其位，諸事美好各彰其義。

於是，天使和魔鬼面對著面，張著嘴巴，各自發出大致相同的聲音，但對峙兩造喧囂的理由卻是大相逕庭。魔鬼看著天使在那兒笑，忍不住笑得愈來愈厲害，愈來愈不能自已，因為天使的笑實在是滑稽到了極點。

笑一旦變得可笑，就是潰敗的開始。話雖如此，天使們還是稍有斬獲，天使編織了一個語義學上的騙局來誆我們——天使模仿的笑和真正的笑（魔鬼的笑），只有同一個字可以指稱。今天，甚至已經沒有人知道，這個從外表看起來相同的表現方式，裡頭卻隱藏著兩種截然不同的心態。這個世界上有兩種笑，而我們卻沒有詞彙來區辨它們。

5

我在一份雜誌上看到這張照片：一排身穿制服的男人，肩著步槍，戴著附有透明塑膠護罩的鋼盔；他們看著一群身穿牛仔褲、T恤的青年男女，手牽著手圍成一圈，在他們的面前跳舞。

顯然這是年輕人和警方衝突前的小插曲，這些警察守衛的約莫是某個核電廠，或是某個軍事訓練中心、某政黨的中央黨部，要不就是某大使館的玻璃窗。這群年輕人利用衝突前枯等的時間圍成圓圈，伴著一段眾人耳熟能詳的曲子跳起舞來，原地踏兩步，然後前進一步，先抬起左腳，再抬起右腳。

我想我瞭解他們的感覺：這群年輕人覺得他們在地上畫出來的這個圓圈充滿魔力，這圓圈將他們連結成一枚指環。他們滿腔天真無邪的熱切情懷：將他們連結在這兒的，可不是如士兵或法西斯特遣隊般的齊步走，而是如孩童般的舞蹈。他們要在警察面前恣意宣洩的是他們的天真無邪。

攝影師看到的正是這般光景，於是他以影像凸顯出這個極為動人的對比：一邊是警方一字排開的虛假團結（被強制的、被命令的），另一邊則是年輕人圍成一圈的真實團結（真誠的、自然的）；前者，警察伺機出擊的行動讓他們看起來悶悶不樂，而後者，年輕人則沉浸於遊戲的歡樂中。

圍著圓圈跳舞是很神奇的；圓圈向我們訴說的故事，來自遙遙數千年的記憶深處。戲劇老師拉斐爾夫人看著她從雜誌上剪下來的這張照片，她幻想著自己也能跟人圍成圓圈一起跳舞。她一生都在追尋一群可以同她攜手圍著圓圈共舞的男男女女，最初她到衛理公會的教堂裡去找（她的父親是一位狂熱的教徒）；然後她到共產黨裡頭找，接著她到托洛斯基派裡頭找，再來是托洛斯基派裡的異議派，再來是反對墮胎的運動（嬰兒有生存的權利！）；再來是支持墮胎合法化的運動（女人有權支配自己的身體！）；再來，她找到馬克思主義者的陣營裡去，找到了心理分析學家那兒，再來又找到了結構主義者，找到列寧那兒，找到佛教的禪學裡，找到毛澤東，找到瑜伽大師們，找到法國的新小說派裡頭去；最後，她希望至少能和她的學生們處於完全和諧的狀態，也就是說和他們成為一個整體，意思就是說，她要學生們永遠都得跟她有相同的想法、相同的說法，她要學生們跟她形同單一的身體、單一的靈魂，在相同的圈子裡跳著相同的舞步。

此刻，她的學生賈布麗葉和米榭兒正在學生宿舍的房間裡，埋首於尤涅斯柯的劇本裡。米榭兒高聲讀著：

「邏輯學家（對老先生說）：請拿一張紙來做計算。如果從兩隻貓的身上卸下兩條腿，每隻貓還剩幾條腿？

「老先生（對邏輯學家說）：這有好幾種可能性。可能其中一隻貓還有四條腿，而另一隻貓只剩兩條腿。從兩隻貓的八條腿裡頭卸下兩條，結果也可能是一隻六條腿的貓，和一隻沒有半條腿的貓。」

米榭兒停下她的朗讀說：「我不懂，怎麼會有人忍心把貓的腿卸下來。他狠得下心把貓腿從牠身上割下來嗎？」

「米榭兒！」賈布麗葉大叫了一聲。

「我也搞不懂，一隻貓怎麼可能有六條腿呢？」

「米榭兒！」賈布麗葉又大叫了一次。

「怎麼啦？」米榭兒問道。

「妳是不是忘了？妳自己還曾經說過呢！」

「我說過什麼？」米榭兒又問道。

「妳說這些對白是為了要製造一個喜劇效果！」

「對呀，的確是這樣。」米榭兒興高采烈地看著賈布麗葉。兩個女孩互相看著對方的眼睛，嘴角輕顫著一絲驕傲，最後，從兩人的嘴裡溢出一連串短促、斷斷續續的聲音，不時還參雜著一些不連續的高音。然後又是一連串相同的聲音，一陣接著一陣。刻意的笑。可笑的笑。如此可笑的笑，讓她們不由得笑了出來。然後真正的笑就來了。迸發的笑、笑了又笑、乾笑、放縱的笑，爆發出美好的笑、奢靡的笑、瘋狂的笑……為了她們自己的那些笑，她們笑到彷彿沒有止境……啊！笑！歡愉的笑，笑的歡愉……

此時，拉斐爾夫人正獨自一人在那地中海濱小城的市街上閒晃。她突然抬起頭來，像是聽見空氣中輕輕傳來遠方片段的樂聲，又像是無意間嗅到遠處飄來的某種香氣。她停下腳步，聽到腦子裡一陣空虛的吶喊，這反抗的呼聲冀望著空虛能被填滿。她隱約感覺到，就在她身邊不遠處，一陣大笑正如火焰般綻放著，或許就在近處，人們正手牽著手，圍著圓圈跳舞……

拉斐爾夫人於是駐足片刻，神經兮兮地東張西望了一陣，突然間，這神秘的樂音消失了（米榭兒和賈布麗葉不再笑了，兩人突然覺得倦了，眼前等著她們的，是個沒有愛情的漫漫長夜），心情無端激盪又不得滿足的拉斐爾夫人，沿著濱海小城燠熱的街道走回家去。

6

我也跟人圍著圓圈跳過舞。時間是一九四八年，共產黨在我的祖國剛剛掌權，社會黨和基督教民主黨的部長都逃亡到國外，而我，我和共黨學生們手牽著手，或搭著肩，原地踏了兩步再前進一步，先向一側抬起右腳，然後再向另一側抬起左腳。幾乎每個月我們都這麼做，因為總有些事情值得慶祝，什麼紀念日啦或什麼事件啦，我們敉平了舊時代的不公不義，再造成新的不公不義，工廠收歸國有，成千上萬的人被送進監獄，醫療變成免費，菸草專賣店的老闆眼看著自己的店鋪被充公，年老的工人第一次在政府徵收的別墅裡度假，我們的臉上洋溢著快樂的微笑。後來有一天，我說了些不該說的話，於是被黨逐出門外，也被逐出了那個圓圈。

至此我才明白這個圓圈的神奇意義。如果我們遠離的是一列行伍，或許還有歸隊的機會。但圓圈是封閉的，一旦脫離，斷難回頭。要知道，行星繞著圓周運行絕非偶然，一顆石頭脫離了行星，無可避免地會被離心力拋擲出去。我的處境就像從行星飛出的流星一般，我脫離了那個跳舞的圓圈，而直到今天，我還在不停地墜落。有些人注定至死都會待在圓圈裡打轉，有些人則在墜落的時候粉身碎骨。墜落的這些人（我也身列其中）對於失去的圓圈總是懷抱著某種私密的鄉愁，畢竟在我們所居住的宇宙裡，萬事萬物都繞著圓周運行。

有一次，天知道那又是什麼紀念日，布拉格的市街上又出現了年輕人跳舞的圓圈。我漫步其間，和這些年輕人聲息相聞，然而，沒有一個圓圈是我可以加入的。那天，正確的時間是一九五〇年六月，蜜拉妲·霍拉蔻華被絞死的第二天。她是社會黨籍的國會議員，共黨法庭指控她密謀顛覆政府。札維斯·卡藍德拉也在同一天被絞死，他是捷克的超現實主義者，也是法國超現實主義者安德烈·布烈東和保羅·艾呂雅的朋友。捷克的年輕人為此上街跳舞，他們知道就在前一天，就在這個城市裡，有一個女人和一個超現實主義者被吊在繩索的末梢上晃來晃去，他們卻舞動得更加瘋狂，因為他們的舞蹈是一場天真無邪的演出，在他們的純真和絞刑犯的罪行之間劃清了界線，他們跟這兩個背叛人民、背叛人民希望的叛徒徹底不同。

安德烈·布烈東不相信卡藍德拉會背叛人民和人民的希望，因此他在巴黎呼籲艾呂雅（他在一九五〇年六月十三日寫了一封公開信給艾呂雅）一起抗議這項荒誕的指控，設法營救他們的老朋友。可這會兒艾呂雅正圍在一個連結了巴黎、莫斯科、布拉格、華沙、索非亞和希臘的巨大圓圈裡跳著舞，這個巨大的圓圈連結了所有社會主義國家以及世界上所有的共產黨，艾呂雅正忙著四處朗讀他那些歌頌兄弟之愛的歡樂詩篇。讀完了布烈東的信，艾呂雅原地踏了兩步，然後再前進一步，他搖搖頭，拒絕為一個人民的叛徒辯護（刊在一九五〇年六月十九日的《行動》週刊），他還以金屬般的聲音朗誦了如下的詩句：

「我們就要滿足那純真
用如此長久以來
不曾擁有的力量
我們永遠不再孤單。」

而我仍漫步穿越布拉格的市街，歡笑舞蹈的捷克人圍成一個個的圓圈，在我身邊轉呀轉，我很清楚自己並不屬於他們那一邊，而是屬於卡藍德拉這邊，卡藍德拉和我一樣，也從圓周的軌道上掉了下來，他向下跌落，跌落，直到墜入死刑犯的棺材裡。儘管我和他們不在同一邊，我還是無法不以豔羨的眼光，滿懷著鄉愁看他們跳舞，一刻也無法移開我的眼睛。正是此時，我看見了他，就站在我的面前！

他搭著他們的肩膀，他同他們一起哼唱了兩、三個簡單的音符，他向一側抬起左腿，然後向另一側抬起右腿。沒錯，就是他，布拉格的寵兒，艾呂雅！突然間，同他跳舞的人們靜了下來，人們沉浸在一股全然靜默的感動裡，艾呂雅就著人們舞步踏出的節奏，頓挫分明地吟誦著：

「逃離歇息，逃離休眠，
我們將超越黎明和春天
為日日月月和流轉的四季做準備
踏著夢想的腳步前進。」

接著，所有人突然都開始哼唱那三、四個簡單的音符，並且加快了舞蹈的節奏。他們逃離了歇息和休眠，超越了時間，也滿足了他們的純真。所有人都在微笑，艾呂雅搭著一個女孩子的肩膀，倚身對她說：

「嚮往和平的人永遠帶著微笑。」

那女孩笑了起來，踏在柏油路面上的雙腳跺得更加起勁，蹬離地面幾公分，連帶把其他人也拉向空中，片刻之後，已經沒有人碰得著地面了，他們原地踏兩步再向前踏一步，完全不接觸地面，是的，他們飛在聖溫賽拉斯廣場上空，跳舞的圓圈就像一個凌空飛躍的大花環，而我，我在地面上奔跑，抬眼望著他們漸漸遠去。他們飛翔著，先向一側抬起右腳，然後再向另一側抬起左腳，飛翔的大花環之下，布拉格的小酒館裡詩人滿座，城裡的監獄關滿人民的叛徒，而焚屍爐裡頭正在火化一個社會黨的國會議員和一個超現實主義作家的屍體，煙霧升起宛如某種吉兆飄向天空，此時我聽見艾呂雅金屬般的聲音：

「愛在工作中永無倦意。」

我跟隨這聲音穿街過巷疾奔而去，為的是不讓那人身串成的壯麗花環飛出我的視野。花環在城市的上空翱翔，我則是滿心恐慌與不安，我知道，他們會如鳥兒一般在空中飛翔，而我會像石頭一樣向下墜落；我也知道，他們都長著翅膀，而這樣的東西，我卻永遠不可能擁有。

7

卡藍德拉在遭到處決的十八年後，得到全面平反，但就在幾個月後，俄國坦克卻突然入侵波希米亞，結果，數萬人被控以背叛人民及人民希望的罪名，其中有些人被丟進監獄，大多數人則被剝奪了工作的權利，兩年以後（也就是艾呂雅在聖溫賽拉斯廣場飛上天空之後的二十年），這些新近被指控的人士之一（也就是我）得到了一個工作機會，幫一份針對捷克年輕人出版的雜誌寫了十二個月的占星專欄。在我最後一次寫到射手座的一年以後（也就是說，這事發生在一九七一年十二月），一個素不相識的年輕男子突然跑來我家找我，他不發一語就遞給我一封信。我把信封撕開，讀了好一會兒才明白，那是R寫的信。她的字跡凌亂到幾乎無法辨認，我想，這封信應該是她在精神狀態非常緊張的時候寫的，她試圖在話裡藏話，好讓其他人看不懂她在寫什麼，結果連我也看得似懂非懂。唯一確定的一件事，就是他們終於在一年之後發現了作者的身分。

那時候，我在布拉格的巴多洛梅斯卡街上有間單房公寓，此街雖小但頗富盛名，街上所有的建築物都屬於警方，只有兩幢例外（我住在其中一幢裡）。從我家四樓的落地窗看出去，向上可以看見赫拉德欽廣場的諸多高塔，凌駕在我家屋頂之上，向下看去，則是警察局的院子。往上看的風景像是列隊展示著波希米亞諸王輝煌的歷史，下頭的光景則敘述著囚犯們的顯赫事蹟。卡藍德拉和霍拉蔻華、史隆斯基[5]和克雷蒙提斯、

5. 史隆斯基（Slansky）：戈特瓦的戰友。一九四五年至一九五一年間任捷克共產黨總書記，後於史達林時期遭整肅，被判處死刑。

我的友人薩巴塔和徐布勒，他們通通都打這兒走過。

這個年輕人（一切跡象都顯示，他就是R的未婚夫）極為審慎地環視四周，顯然他認為警方在我住的地方安裝了竊聽器。我們靜靜地點頭示意，然後一起走了出去。我們先走了一會兒，什麼話也沒說，直到我們走入鬧哄哄的納洛尼·崔達大街，他才告訴我，R想見我，她有個我不認識的朋友願意把郊區的公寓借給我們秘密會面。

於是第二天，我就搭了很長的一段電車，一直坐到布拉格的城郊，那時已經是十二月，我的雙手幾乎要凍僵了。早上這段時間裡，城郊的住宅區空空蕩蕩的。我依照那個年輕人昨天給我的解釋，終於找到公寓，搭電梯上了三樓，核對一遍門上的名牌之後，我摁了門鈴。公寓裡寂靜無聲。我又摁了一次鈴，還是沒人來應門。我下樓走回街上，在冰冷的寒氣裡漫無目的地走著，心想R應該是遲到了，一會兒要是她從電車站走上這空無一人的人行道，我就會看到她。走了半個小時，卻沒見任何人走來。我又搭電梯上了三樓，再摁一次門鈴，幾秒鐘之後，公寓裡傳來抽水馬桶的沖水聲。此刻，彷彿有人在我心中塞入某種堅寒如冰的恐慌與不安。我在自己體內感受到這個女孩子的恐懼，她的焦慮弄得她翻腸攪肚，以致無法過來幫我開門。

R打開門，臉色蒼白，不過還是帶著微笑，試著讓自己看來跟平日一樣親切。她說了幾句笨拙的玩笑話，像是：我們終於可以在一間空蕩蕩的公寓裡單獨相處了。我們坐了下來，R跟我說她最近被警方約談了，他們花了一整天盤問她。最初兩個鐘頭，他們問了一大堆無聊的問題，她甚至開始認為自己應付得很好，她跟他們說笑，還很不遜地問他們能不能想像她得為了這樣的蠢問題而耽誤用餐的時間。就在這時候，他們問她：親愛的R小姐，那麼，幫您的刊物寫占星專欄的是誰？R紅了臉，扯說是一位知名的物理學家寫的，不過她不能透露他的名字。他們問她：您認識昆德拉先生嗎？R回答說她認識我。這有什麼不對嗎？他們回答說：一點兒也沒有，不過您知道昆德拉先生對占星術有興趣嗎？這我倒沒聽說過，R這麼說。這事兒您沒聽說過？他們笑著說。全布拉格全城的人都在談論昆德拉幫人占星算命的事，您竟然會不知道？R又扯了一段原子物理學家的故事，話才說完，其中一個警察就開始對她厲聲大吼：別再扯謊了，聽懂了沒有？

R對他們托出了實情。編輯部希望開闢一個不錯的占星專欄，可是他們不知道該找誰，R認識我，於是她要我幫忙寫。她很確定這麼做並沒有觸犯任何一條法律。她不過是違反了雜誌社的內部規則，根據規則，受雇者禁止與某些辜負黨國栽培的罪民進行業務往來。她提醒他們，這事並沒有那麼嚴重：昆德拉先生的名字並沒有出現，這樣應該沒有冒犯到任何人。至於昆德拉先生得到的稿酬，那就更不值一提了。警察又說她說得對：這事一點兒也不嚴重，沒錯，他們只要做個筆錄就好了，她簽個字就不必再擔心了。

R在筆錄上簽了字，兩天之後，她被總編輯約見，總編輯當面告訴她，她被解雇了，而且立刻生效。R當天就到她朋友工作的電臺去找他們，這些朋友長期以來經常問她要不要到他們那兒工作，他們很歡迎R，然而就在第二天她再回來填寫一些文件資料的時候，一向都很喜歡R的人事主管語帶抱歉地說：「孩子，妳到底做了什麼傻事？妳已經毀了妳的一生。我什麼忙都幫不上了。」

起初，R很猶豫該不該告訴我這件事，因為警察要求她不得洩漏約談內容的隻字片語。不過，由於她又接到警方第二次的約談通知（她明天得去警局一趟），所以她想還是偷偷跟我見個面，好跟我商量一下，萬一我也被約談的話，兩人的說詞才不會彼此矛盾。

請不要誤會，R並不是膽小，只是她太年輕，對於世事還懵懵懂懂的。她剛剛遭遇到生平第一次打擊，這是令人不解又出乎意料的一擊，她永遠也無法忘記。我知道自己已經被挑選出來，成為把警告和懲罰傳送給眾人的信差，想到這裡，我自己也害怕了起來。

「您想，他們會不會知道您分析星象命盤賺了一千克朗的事？」R哽著嗓音說。

「別害怕，一個在莫斯科學習了三年馬列主義的傢伙，說什麼也不敢承認他要人家幫他用占星術算命。」

她笑了，這笑雖然才持續了半秒鐘，卻在我的耳際輕響如銀鈴，彷彿為靈魂帶來一絲得救的希望。寫這些關於雙魚座、關於處女座、牡羊座的愚蠢短文，為的就是想聽到這樣的笑，我私心想望的報酬正是這樣的笑，但這報酬卻從來不曾實現，因為在此期間，天使們在世界各地占據了一切重要的位子、所有的領導班子，天使們包辦了左派、右派，不論阿拉伯或是猶太陣營，天使們一概通吃，天使們馴服了俄羅斯的將軍，也掌控著俄羅斯的異議分子。天使冷懾的眼睛望著我們，這目光來自四面八方，從我們身上剝去插科打諢的快樂外衣，卸除我們的彩妝，把我們變得可憐兮兮像在招搖撞騙鬻文為生，我們這些人又不信仰青春，也不信仰社會主義，可我們卻幫社會主義的青年雜誌工作；我們既不把總編輯當回事兒，也不相信占星術，卻幫總編輯排了一個星象命盤；正當我們身邊所有人（左派和右派、阿拉伯人和猶太人、將軍和異議分子）都在為人類未來奮戰的時候，我們卻在搞些荒誕不經的事兒。天使的目光沉甸甸地壓在我們身上，把我們化成一隻隻小蟲，一踩即碎。

我收拾起恐慌的心情，試著幫R編造一個最合理的說詞，好讓她明天可以跟警方交代。在談話進行中，R起身上了好幾次廁所，她總是在馬桶的沖水聲中，帶著一臉驚惶難堪的表情走回來。這位勇敢的女孩因為恐懼而覺得難為情，這位氣質高雅的女性為了腸胃腑臟在外人面前翻攪肆虐而覺得難堪。

8

約莫二十來個不同國籍的男、女學生坐在課桌前，心不在焉地看著神經兮兮的米榭兒和賈布麗葉。兩人站在拉斐爾夫人端坐的講臺前，手裡拿著好幾張紙，上面寫著今天要報告的內容，她們還戴著一個紙板做的怪玩意兒，上頭綁著一條橡皮筋。

米榭兒說：「今天我們要報告的是尤涅斯柯的戲《犀牛》。」她低頭把紙板做的筒子戴在鼻子上，紙筒子上黏滿不同顏色的碎紙片，她先把紙筒蓋在鼻子上，然後將橡皮筋繞過腦勺固定好。賈布麗葉在一旁也做了相同的動作。接著，兩人看著對方，發出一陣短促、斷斷續續的尖銳聲音。

總之，班上的同學很快就瞭解了，這兩個女孩子想要表現的，首先是犀牛的鼻子是一隻角，其次是尤涅斯柯的戲是齣喜劇。不消說，她們會用一些話來說明這兩個想法，不過更重要的是，她們會用到自己身體的動作。

兩支長長的圓錐在她們臉上搖來晃去，班上的同學看了都有些尷尬，那光景有如一個殘障者跑到教室的課桌前，向眾人展示被截去的手臂。

只有拉斐爾夫人對她這兩個乖學生的創見激賞不已，於是她也發出一樣尖銳、斷斷續續的聲音來回應她們。

兩個女孩把長鼻子甩來甩去，晃得很高興，接著米榭兒開始唸她負責報告的那一

MILAN KUNDERA

部分。

在這群學生裡，有一個名叫莎拉的猶太女孩。幾天前，她曾經向這兩個美國女孩借過筆記（班上每個學生都知道，她們倆不會遺漏拉斐爾夫人所說的任何一個字），不過她們卻拒絕了，她們說：「妳不蹺課去海邊玩不就沒事了。」從那天起，莎拉就懷恨在心，這會兒，她很高興看到她們兩人在臺上耍寶。

米榭兒和賈布麗葉輪流唸著她們對《犀牛》的分析，長長的圓錐紙筒長在她們臉上，看似徒然又無奈。莎拉知道這次機不可失。米榭兒唸到一個段落，停下來把頭轉向賈布麗葉，跟她示意：現在輪她了。就在此時，莎拉從椅子上起身向臺上的兩個女孩走去。賈布麗葉被莎拉嚇了一跳，忘記該繼續唸稿，她從假鼻子的洞裡望著莎拉，張口結舌地愣在那裡。莎拉走到臺上，避開兩個女孩（對她們的頭來說，這個加上去的鼻子似乎太重了，重到她們甚至無法轉過頭看看背後發生了什麼事），一個箭步跳到米榭兒後面，在她屁股上踹了一腳，接著又跳到賈布麗葉後面，也給了她一腳，然後再從容不迫地走回座位，神情肅穆。

事情發生的當兒，四下寂靜無聲。

然後米榭兒的淚水開始滑落，緊接著是賈布麗葉的淚水。

然後是全班哄堂大笑。

然後莎拉坐回她的座位。

然後是拉斐爾夫人，剛開始，她被這突如其來的演出嚇呆了，後來她發現莎拉的出現其實是學生們事先精心安排的一段鬧劇，目的就是為了要讓她們分析的主題更清晰（藝術作品的詮釋不能侷限於傳統理論的方法，必須採取現代的方法，像是在讀稿之外，加上實踐、動作、現場突發事件等），由於她並未看見兩個乖學生眼中的淚水（她們面對班上的同學，所以背對著她），她也仰頭大笑表示贊許。

米榭兒和賈布麗葉聽見背後傳來她們敬愛的老師的笑聲，她們有種被背叛的感覺。現在，兩人可是淚如雨下。受到羞辱的痛苦如此強烈，以致兩人的身軀抽搐不已，彷彿正遭受胃部痙攣的折磨。

拉斐爾夫人以為她那兩個乖學生的身體抽搐是舞蹈的動作，此刻，突然有股力量強過她做為師長應有的莊嚴，將她從座椅中拋擲出來。她笑得連眼淚都流了出來，她張開雙臂，身體不停扭動，頭懸在頸子上前擺後晃活像一只手搖鈴——被教堂司事倒握在手裡，使盡全力地搖著。拉斐爾夫人走近那兩個還在抽搐的女孩，牽起米榭兒的手。這會兒，三個人一起站在學生們的課桌前了，三人的身體都扭來扭去，眼裡也都含著淚水。拉斐爾夫人在原地踏了兩步，先向一側抬起左腳，再向另一側抬起右腳。兩個女孩噙著淚，也開始怯怯地學起步子，淚水順著紙做的鼻子流下，兩人的身體在那兒扭來扭去，在原地蹬蹬跳跳。拉斐爾夫人拉起賈布麗葉的手；此刻，三人在課桌前圍成了一個圓圈，她們手牽著手，踏踏原地，又踏踏旁邊，在教室的地板上轉圓圈。三人一會兒左、一會兒右地向前踢著腳，而賈布麗葉和米榭兒啜泣扭曲的苦臉，不知何時也已笑得變了形。

三個女人又跳又笑的，紙做的鼻子晃啊晃，全班同學都看得目瞪口呆。然而此刻她們已經看不見別人的反應了，她們的注意力全都集中在自己身上，集中在自己的歡愉裡。突然間，拉斐爾夫人用力蹬了一下，蹬離了地板幾公分，再蹬一下，她已經觸不著地了。她後面拉著兩個同伴，過沒多久，三個女人在地板上方轉啊轉，繞著螺旋緩緩地轉上去。她們的頭髮很快就碰到了天花板，天花板慢慢打開一個缺口，三人從缺口向上飛升，先是紙做的鼻子看不見了，只見三雙鞋穿越大開的缺口，但最後連鞋子也消失了蹤影，而此刻，三個大天使漸漸遠去的燦爛笑聲從天際傳來，飄進那些瞠目結舌的學生耳中。

9

在借來的公寓裡跟R碰面，對我來說，意義相當重大。彼時，我終於確定自己已經變成厄運的信差，如果我不想害我所愛的人們受苦，就得離他們遠遠的，彼時，我只剩下一條路可走，那就是離開我的祖國。

會想起跟R碰面的事，其實還有其他原因。我一直都很喜愛這個女孩，但那是一種無邪的愛，完全無涉情慾。她耀眼的聰明才智、謙虛的舉止、合宜的妝扮似乎總是將她的身體完全隱藏在裡面，我也從來沒有任何可能窺見一絲她的裸露。可轉瞬間，恐懼如屠刀一般，將她在我眼前剖開，像頭被人宰殺的小牡牛，赤裸裸地吊在店頭。我們並肩坐在公寓的大沙發上，廁所裡傳來水箱淅瀝淅瀝的蓄水聲，我突然感到一股想和R做愛的狂暴慾望。說得更清楚些：就是一股想要強暴她的瘋狂慾望。我想撲上去緊緊抱住她，將她占有，同時占有她身上令人無法忍受又令人興奮的一切矛盾，占有她完美的衣著和翻攪肆虐的腑臟腸胃，占有她的理智和她的恐懼，占有她的驕傲和她的難堪。我總覺得這些矛盾裡藏著她的本質，如同翡瑙金鑽般埋藏在她靈魂的最深處。我想蹦到她身上，把這寶藏挖掘出來。我想把她整個人都吞沒，連同她的糞便，以及她無以名狀的靈魂。

但我看見兩顆恐慌不安的眼珠正注視著我（聰明的臉上卻有著恐慌的眼睛），這對眼睛愈是顯得恐慌，我就愈是想要強暴R，然而這慾望卻又如此荒謬、愚蠢、敗德、難解又虛幻。

我步出公寓走在布拉格城郊空無一人的市街上（R在公寓裡多留了一會兒，她怕被人看見跟我一起走出公寓），有好長一段時間，我滿腦子都被這股巨大無比的慾望所占據，心頭溢滿方才想要強暴我那善良朋友的慾念。這慾念困鎖在我心中，像隻困在布袋裡的小鳥，不時還會甦醒過來，拍拍翅膀。

也許這股想要強暴R的瘋狂慾念，只是我在墜落的過程中，絕望地掙扎著想要抓住什麼。因為自從被逐出圓圈以後，我就一直往下跌，直到今天還在不停地墜落，如今，他們不過是再推了我一把，讓我跌得更遠、更深，跌得離祖國愈來愈遙遠，跌落到人間的荒涼異境，彼處迴盪著天使駭人的笑聲，那笑聲如同奏樂禮讚排鐘齊鳴，淹沒了我的一切話語。

我知道，在某個地方，有個人名叫莎拉，就是那個猶太女孩，我的姊妹莎拉。可我，在何處，才能與她相遇？

後記：本篇引號裡的楷體文字，摘自下列著作：
安妮・勒柯列克（Annie Leclerc），《女性的話語》（Paroles de femme），一九七六年出版。
保羅・艾呂雅（Paul Eluard），《和平的面貌》（Le visage de la paix），一九五一年出版。
厄簡・尤涅斯柯（Eugene Ionesco），《犀牛》（Rhinoceros），一九五九年出版。

第四部

失去的信件

1

照我估計，每秒鐘都有兩、三個新的小說人物經歷受洗命名般的過程，來到人間。正因如此，我不知該不該也來湊這熱鬧，投身那無以數計的施洗者約翰之列。但我該怎麼做呢？我還是得幫我的小說人物起個名字啊。這回，為了讓我的女主角屬於我，而且僅屬於我一個人（我對她的迷戀遠甚其他任何角色），我將為她起個絕無僅有的名字，一個從來沒人用過的名字：塔米娜。想像裡，她是個美麗、修長的女人，三十三歲，布拉格人。

在想像的畫面裡，她從西歐某個小鎮的街道上走來。是的，您也注意到了：布拉格遠在天邊，我直指其名，作為故事背景的小鎮，我卻隱去它的真名。我知道這完全違反了繪圖時遠景模糊、近景清晰的透視法則，但您也只好將就了。

塔米娜在一家小小酒館當服務生，老闆是一對夫妻。由於小酒館幾乎沒賺錢，老闆只好去外頭隨便找份差事，小酒館裡原先歸他打理的工作就由塔米娜來接替。老闆在外頭新掙那份少得可憐的薪水，扣去付給塔米娜更低微的工錢，其間的差額就是老闆夫妻倆微不足道的收入。

塔米娜的工作是幫客人端端咖啡和蘋果燒酒（其實也沒什麼客人，店裡經常有一半的座位是空著的），然後回到吧檯裡面，坐在高腳凳上。吧檯邊總有客人想跟她閒聊，大家都喜歡塔米娜，因為她知道如何聆聽別人的故事。

但塔米娜真的在聽嗎？或者只是神情專注，安安靜靜地看著說話的人呢？我不知道，而且這事也壓根兒不打緊。重要的是，她不會打斷別人的話。您也知道所謂兩個人閒聊是怎麼回事，總是一個人先開口，然後第二個人把第一個人的話打斷，說道：「對，我也是這樣，我……」然後開始說他自己的故事，直到第一個人也揀到插話的空檔說：「對，我也是這樣，我……」

這句「對，我也是這樣，我……」看似某種附和的回聲，好像要接續別人的想法，但其中卻有詐：事實上，這句話是一種以暴制暴的粗魯行徑，說話的人粗魯地把自己受奴役的耳朵拯救出來，同時迫使對手的耳朵成為階下囚。人們沉浮在跟自己相似的人群裡，而人生也不過是一場征服他人耳朵的戰爭。塔米娜受歡迎的秘密就在於她不想談她自己的事，她任由別人占領她的耳朵，而且從來不說：「對，我也是這樣，我……」

2

碧碧比塔米娜小十歲。這一年來，她天天都來跟塔米娜說她的故事，日復一日。前不久（其實，故事就是從這兒開始的），碧碧跟塔米娜提到，她今年夏天打算跟先生一起去布拉格度假。

此刻，塔米娜彷彿從多年的沉睡中甦醒。碧碧繼續說她的話，塔米娜（一反常態地）打斷了她：

「碧碧，如果你們去布拉格的話，方不方便到我父親家走一趟，幫我拿個東西回來？不會很重，就是一小包東西，放到行李箱一點兒也不占位子。」

「妳的事，有什麼不行的！」碧碧語氣十分熱切地回答。

「實在太感謝妳了。」塔米娜說。

「沒問題啦，這事就交給我。」碧碧說。兩個女人又聊了一下布拉格，塔米娜的雙頰已經開始發燙。

碧碧接著說：「我想寫一本書。」

塔米娜惦著留在波希米亞的小包裹，心想從現在起，可得跟碧碧弄好關係。塔米娜馬上表現出很感興趣的樣子，還問碧碧說：「寫書嗎？妳想寫哪方面的書？」

碧碧的小女兒一歲大，在她坐的高腳凳下爬來爬去，吵個不停。

「不要吵！」碧碧朝地磚的方向大喝一聲，然後若有所思地吐出一口煙。

「寫我對這世界的看法。」

碧碧的小女兒愈來愈吵，塔米娜在嬰孩的尖叫聲中問道：「那妳知道怎麼寫書嗎？」

「怎麼不知道？」碧碧又是一副若有所思的樣子。「當然我得先去打聽一下，看看別人是怎麼開始的。對了，妳認不認識班納卡？」

「他是做什麼的？」塔米娜問道。

「是個作家，」碧碧回答，「他就住這附近。我得想個法子來認識他。」

「他寫過什麼？」

「我什麼都不知道，」碧碧說，然後又若有所思地加上一句：「或許我該讀點他寫的東西。」

3

電話那頭傳來的不是驚喜的聲音，而是冷冰冰的回應：「怎麼！妳終於想起我來啦？」

「妳也知道我沒在開金礦，電話費很貴嘛。」塔米娜語氣裡帶著抱歉。

「妳可以寫信啊。郵票又花不了妳幾個錢，這我可清楚得很。上回妳寫信來是什麼時候，我都快想不起來了。」

塔米娜眼看跟婆婆說沒兩句話就要碰壁，於是又噓寒問暖了半晌才鼓起勇氣說：「我想請妳幫個忙。我們離開前，留了一包東西在你們家。」

「一包東西？」

「對，帕維爾跟妳一起把這包東西放在他爸爸的書桌裡，他還用鑰匙把抽屜給鎖了起來。妳記不記得？書桌裡有個抽屜是帕維爾專用的，他把鑰匙交給妳保管，不是嗎？」

「我可沒拿你們的鑰匙。」

「可是，媽媽，鑰匙應該是在妳那兒呀。帕維爾把鑰匙交給妳保管，我很確定的，我當時也在那兒。」

「你們什麼也沒交給我保管。」

「這是好幾年前的事，妳會不會忘了？我只想請妳幫忙把鑰匙找出來，妳一定可以找到的。」

「那妳要我拿鑰匙做什麼？」

「我只是想請妳看看那包東西還在不在那兒。」

「怎麼會不在呢？你們不就把包裹放在那兒嗎？」

「是啊。」

「那幹嘛要我把抽屜打開？妳以為我會去動你們那些記事本嗎？」

塔米娜愣了一下，心想：這些記事本都用好幾層膠紙包得好好的，婆婆怎麼會知道抽屜裡放的是記事本呢？不過她還是不動聲色地說：

「我沒那個意思。我只是想拜託妳看看東西是不是都在那兒，我下次再跟妳說清楚些。」

「妳不能現在就跟我說到底怎麼回事嗎？」

「媽媽，我不能說太久，電話費真的很貴！」

塔米娜的婆婆抽噎著說：「這樣的話，就不要再給我打電話了，既然妳嫌電話費太貴。」

「媽媽，不要哭嘛。」塔米娜說。她很熟悉婆婆這一套，婆婆總是用淚水逼他們接受一些事，或是用淚水控訴他們。沒有什麼比婆婆的眼淚更厲害。

電話裡依然傳來抽噎的聲音，塔米娜說：「媽媽，再見囉，我很快就會再打電話給妳。」

婆婆還是在哭，塔米娜不敢在她說再見之前先掛電話。但眼淚抽抽搭搭沒完沒了，每滴都價值不菲。

塔米娜終於掛上電話。

「塔米娜，」老闆娘指著計時器，哀嘆著說，「您講太久了。」然後算了算這通撥到波希米亞的電話多少錢，塔米娜看到數字著實吃了一驚。在領到下個月薪水以前，塔米娜每分錢都得精打細算。不過這回她卻連眉頭也沒皺一下，就把錢給付了。

4

塔米娜跟她丈夫是非法離開波希米亞的，他們報名參加官方旅遊單位舉辦的海濱度假，目的地是南斯拉夫。才到目的地，他們就脫隊出走，越過奧地利邊境，直奔西歐。

為了不要在旅行團裡引人注意，夫妻倆都只帶了一個大行李箱。直到出發前一刻，他們還是沒有勇氣把那個厚鼓鼓的包裹帶走，包裹裡頭裝的是兩人來往的信件和塔米娜的記事本。他們擔心，萬一哪個波希米亞占領軍的警察在通關檢查的時候把行李打開，那麼，參加十五天的海濱假期卻帶著一輩子寫的私人書信，不是顯得很可疑嗎？他們也清楚，一旦出走，房子鐵定會被政府沒收充公，所以他們不想把包裹留在家裡，最後，夫妻倆決定把包裹放在塔米娜的婆婆家，擱在一張舊書桌的抽屜裡。這是塔米娜公公死後留下的書桌，現在已經不堪用了。

塔米娜的丈夫在國外染上重病，塔米娜只能眼睜睜看著死神慢慢奪走他的生命。丈夫死後，葬儀社的人問塔米娜要將他土葬還是火化，塔米娜的決定是火化。葬儀社的人又問她要不要把骨灰裝罈，還是就給撒了，塔米娜心想自己無處為家，而且她也害怕一輩子都得帶著她丈夫，像帶件隨身行李似地，於是她請人幫忙把骨灰撒了。

在我的想像裡，塔米娜的周遭世界如圍牆般愈升愈高，塔米娜則是一片貼在地面的草皮，草皮上只長了一株玫瑰，那是她對丈夫的回憶。

或者，我來想像一下塔米娜現在的處境（包括在小酒館當班，還有把耳朵提供給旁人）就像一艘漂流的木筏，她在木筏上向後望，一逕向後望。

最近，塔米娜開始感到絕望，因為她的過去變得愈來愈蒼白。她只能在護照上的相片看到她丈夫，其他的相片都留在布拉格，擱在充公的房子裡。這張從正面拍攝的相片（就像犯人的檔案照）上面蓋著戳印又缺了角，跟她丈夫看起來一點兒也不像。每天她都凝望著這張相片，進行某種精神上的操練：她集中精神想像丈夫從側面看是什麼模樣，然後想像他半面的側臉，一直到剩下四分之一的側臉。於是，丈夫鼻子和下巴的線條會重新浮現，而她的恐懼卻也與日俱增，因為在這幅想像的素描上，每天都會出現新的模糊之處，顯然她的記憶的確出了問題。

進行這種精神操練的時候，塔米娜努力地想要憶起丈夫的膚質、膚色，憶起他皮膚上一切細微的地方，小疙瘩、贅疣、紅斑、青筋等等。她記憶中的顏色並不真實，用這些顏色根本拼湊不出人的膚色，最後她悟出了一套特殊的記憶重建法。只要她和任何男人面對面坐著，她就把這男人的頭當成雕塑材料：先是目不轉睛地盯著男人的頭看，然後在腦海裡將男人臉部的輪廓重塑，把臉部的顏色塗得暗沉些，再加上一些紅斑和小疙瘩，然後把耳朵捏小，把眼睛染成藍色。

然而她所付出的一切努力不過證明了一件事，那就是：不論她願不願意接受，丈夫的影像正從她的記憶裡漸漸淡出。打從兩人剛開始交往的時候，塔米娜的丈夫就曾經要她把兩人生活裡發生的事情寫成日記（丈夫比她大十歲，已經到了對人的記憶力沒有信心的年紀）。塔米娜本來很抗拒，認為這是對他們愛情的一大諷刺。她對丈夫的愛戀太深，根本無法接受——她認定永誌難忘的這些事，有一天竟然會被遺忘。

最後，她還是依著丈夫的話做了，不過從記事本的內容看來，顯然她對寫日記沒什麼興趣，記事本裡頭是成頁成頁的空白，片片段段的雜記。

5

塔米娜跟丈夫在波希米亞一起生活了十一年，留在她婆婆家的記事本也有十一本。丈夫過世後不久，她去買了本筆記本，然後把本子分作十一份。在朦朦朧朧的記憶裡，她的確是挖出了不少過去的故事和背景，但究竟該寫在本子的哪個部分，她卻完全沒個準兒。時間的順序已然遺落在記憶裡，不復追尋。

一開始，塔米娜試著尋回一些往事，為逝去的歲月畫出參考座標，替這個重建過往記憶的工程搭出一個基本架構。像是夫妻倆每年一起去度的假，算起來應該有十一次，可她只記得其中九次，另外兩次，是怎麼也想不起來。

接下來，她努力把這重新尋獲的九次假期分別放進筆記本的十一個章節裡。結果只有在幾個發生過特殊事件的年份裡，她有把握可以確定事件的時間背景。譬如塔米娜的母親在一九六四年過世，一個月後，夫妻倆到塔特拉斯山區度過了一個悲傷的假期。第二年，他們則是在保加利亞的海邊度假。她還想起了一九六八年和一九六九年度的假，因為那是他們在波希米亞度過的最後兩次假期。

雖說塔米娜想盡辦法要把過去的假期勉強拼湊起來（並不是每次假期的時間背景都想得出來），但在聖誕節和新年的回憶方面，她還是完全挫敗了。十一個聖誕節，她只在記憶深幽之處尋獲其中兩次的印象，十二個除夕團圓飯，則是想起了五個。

她也想把丈夫喚她的小名逐一想起。她丈夫只有在初識的前半個月裡用真名叫她，丈夫的柔情像臺暱稱創造器，幫她起了許許多多的小名，一個用膩了就換一個，從不停歇。在夫妻倆一同經歷的十二個年頭裡，她擁有過二、三十個小名，每個小名都屬於他們生命裡特定的一段時期。

可是，如何才能再次尋獲那遺落在這些小名和時光律動之間的關聯呢？只有幾次塔米娜真的找到了，她憶起母親過世後的那幾天，丈夫在她耳邊輕聲喚著她的名字（屬於那個時期的名字，屬於那個時刻的名字），急急切切，彷彿要將她從夢中喚醒。她想起這個小名，她很確定可以把它記在筆記本上標著一九六四年的那個部分。而其他的名字，卻如出籠的飛鳥，無邊無際地逸散在時間的範疇之外。

這就是為什麼她會如此絕望地想要拿回那個包裹。

她當然知道，記事本裡面也寫了好些不愉快的事——記錄了不滿、爭吵，甚至厭倦的時刻，但這些都不是重點，她無意把過去譜成詩篇，她只想尋回失落的過去。驅使她這麼做的，並非美學上的慾望，而是一股生命的慾望。

塔米娜在木筏上漂流，她向後望，一逕向後望。她存在的意義之總和，不過就是她在木筏上放眼所及的一切，一切遙遙飄蕩在她身後的事物。她的過去漸漸萎縮、變形、融解，她的身影也開始縮小，輪廓慢慢消失。

塔米娜想把從前的記事本拿回來，因為在她新買的筆記本上，她以種種事件撐起了一個脆弱的骨架，她要用從前的記事本為這骨架添上邊牆，成為可以居住的房子。

不然，這往事之屋搖搖欲墜，萬一像鬆垮的帳篷般傾塌下來，塔米娜就只剩眼前的現在——一個看不見的小點，一片緩緩邁向死亡的空無。

6

那麼，為什麼過了這麼久，她都沒要她婆婆把記事本寄過來呢？

在塔米娜的祖國，和國外通信得通過秘密警察的檢查，而塔米娜無法忍受秘密警察將魔掌伸入她的私生活，再加上她丈夫的名字一定還留在黑名單上（她一直冠著夫姓），警方對他們這些異己分子的任何文件都很有興趣，從出生甚至到死後，絕不放過任何機會。（就這一點來說，塔米娜的擔心倒是一點兒也沒錯：我們生命中絕無僅有的不朽，正存在警方的檔案資料裡。）

因此碧碧是她唯一的希望，她要盡一切努力跟她打好關係。塔米娜心想，既然碧碧想認識班納卡，那碧碧多少也得知道班納卡的書在寫些什麼，隨便哪一本都行。閒聊的時候，碧碧一定得插上一句：「對呀，您在書裡就是這麼說的。」或是：「班納卡先生，您實在太像您筆下的人物了！」塔米娜知道碧碧家裡連本書都沒有，而且她一看到書就想睡，所以塔米娜只好幫碧碧去瞭解一下班納卡在書裡到底寫了些什麼，好讓他們碰面的時候不至於冷場。

雨果坐在小酒館裡，塔米娜把咖啡端給他，問道：「雨果，您知道班納卡嗎？」

雨果的口臭很嚴重，除此之外，塔米娜覺得這個人沒什麼不好：這男孩子靜靜的，有點害羞，約莫比她小個五歲。一星期來小酒館一次，有時候看著一堆他自己帶來的書，有時候看看站在吧檯後面的塔米娜。

「知道啊！」雨果回答。

「我想知道他的書在寫些什麼，隨便哪一本都好。」

「塔米娜，您可說對了，誰讀過班納卡的東西呢？讀班納卡的書很難不被人當作笨蛋。誰都知道班納卡是個二流、三流甚至不入流的作家。我可以跟您保證，班納卡也受到他自己臭名在外的影響，所以連他都瞧不起他自己的讀者。」

於是塔米娜打消了找書來看的念頭，不過她決定要自己來安排跟班納卡的聚會。她的房間白天空著，有時她會把房間借給一個已婚的日本女人，讓她跟個也結了婚的哲學教授幽會，這個日本女人個子小小的，綽號叫「珠珠」。她的哲學教授認識班納卡，塔米娜拜託這對情人找一天趁碧碧也在的時候，帶班納卡來家裡坐坐。

碧碧對這件事的反應是：「塔米娜，說不定班納卡長得很帥，那妳的性生活就有轉機了。」

7

沒錯，自從塔米娜的丈夫死後，她就沒有做過愛。倒不是因為她有什麼原則，相反地，對塔米娜來說，為死去的人守貞幾乎可以說是可笑的，她也從來不會拿這事來說嘴。不過，每當她想像（而且她經常這麼想）自己在別的男人的面前寬衣解帶，丈夫的形象就會出現在眼前。塔米娜知道每到這一刻就會看見丈夫，她知道會看見丈夫的臉孔，也會看見那雙盯著她看的眼睛。

塔米娜自己也知道，這樣確實很奇怪，甚至可以說很荒謬。她並不相信丈夫死後靈魂會重現，她也不覺得找個情人會傷害到過去的記憶。但她對這事一點兒辦法也沒有。

塔米娜甚至還有個奇特的想法：她現在要背叛丈夫的話，跟從前比起來容易得多了。她丈夫生前是個快樂、傑出，又堅強的人，跟他比起來，塔米娜柔弱多了。她總覺得就算自己使盡全力也傷害不了他。

如今物換星移，要是她傷害這個人，這個人卻連抵抗的能力都沒有，只能像孩童般任她擺佈。現在，她丈夫已經死了，除了塔米娜之外，什麼都不再擁有，在人世間僅僅擁有塔米娜一個人！

正因如此，她只要一想到跟其他男人有發生性愛的可能，丈夫的影像就會馬上湧現，隨之而來的是一陣椎心的想念，讓她很想大哭一場。

8

班納卡長得很醜，醜到難以喚醒女人心底潛伏的慾望。塔米娜幫他倒了點茶，他必恭必敬地說了聲謝。大家在塔米娜的住處都覺得很舒服，有一搭沒一搭地閒聊著，沒多久，班納卡就把大家斷斷續續的談話給打斷，帶著微笑轉過頭來問碧碧：

「聽說您想寫本書？是怎麼樣的一本書呢？」

「很簡單哪，」碧碧回答，「就是寫個小說，寫我對這個世界的看法。」

「小說？」班納卡頗不以為然地問道。

碧碧含混地改口說：「也不一定是小說啦。」

「您只要想想小說是怎麼回事就好了，」班納卡說，「您想想，一本小說有多少人物，您認為您真的瞭解這些人的一切嗎？您真的瞭解這些人的長相？這些人的想法？這些人穿衣服的方式？這些人的出身？您得承認，這些事，您一點兒也不感興趣！」

「這倒是真的，」碧碧承認，「我對這些事一點兒也不感興趣。」

「您知道的，」班納卡說，「小說是人類錯覺的結晶，一種自以為可以瞭解他人的錯覺。說起來，我們對彼此能有幾分瞭解呢？」

「什麼也不瞭解。」碧碧說。

「沒錯。」珠珠說。

哲學教授點頭表示贊同。

「我們唯一能做的，」班納卡說，「就是分析自己。每個人都去分析自己。除此之外，都是濫用權力，都是胡說八道。」

碧碧熱切地表示贊同：「沒錯！您說得一點兒也沒錯！我也不想寫小說！我剛才

說得不太清楚。我想做的，其實就像您說的那樣，寫我自己，分析我的生活，而且我也不想掩飾我生活平淡無奇的事實，我什麼特別的事也沒經歷過。」

班納卡微笑說道：「這有什麼關係！我也一樣，從外表看起來，我也沒經歷過什麼特別的事。」

「對呀！」碧碧大叫，「說得太有道理了！從外表看起來，我什麼也沒經歷過。從外表看起來是這樣的！不過我覺得我內在的經驗很值得寫下來，大家都會有興趣讀的。」

塔米娜幫大家的杯子加滿了茶，她很高興從奧林匹斯神山上降臨她公寓的這兩個男人跟碧碧聊得很起勁。

哲學教授抽起他的煙斗，彷彿害羞似地藏身於煙霧後面。

「從詹姆士．喬埃斯開始，」哲學教授說，「我們就瞭解了一件事：生命中最大的奇遇，就是沒有奇遇。在特洛伊城作戰的尤利西斯，自己駕了一艘戰船，穿梭諸多海域歷劫歸來，他在每座島上都有一個情人。但我們的生活不是這樣。在我們的時代，荷馬的奧德賽已經轉化為生活的情境，這樣的史詩已經內化了，那些島嶼、海域，那些引誘我們的人魚，那召喚著我們歸去的故國，在今天不過是來自我們內在的聲音。」

「對呀！我的感覺就是這樣！」碧碧高興得叫了起來，她又轉過去跟班納卡說：「就是因為這樣，我才想問您該怎麼動手寫書。我常常覺得全身充滿表達的慾望、說話的慾望、要讓人聽見的慾望。有時我以為自己就要瘋了，因為我覺得整個人都被這慾望脹得幾乎要爆炸，脹得讓我想大叫。班納卡先生，這種感覺您一定知道。我知道我的生活、我的感覺絕對是非常平淡無奇的，但我想把它們呈現出來，可是每當我坐下來把紙拿出來，腦袋裡就突然一片空白。我在想，這一定是技術上的問題，我缺少的顯然就是某些您所知道的東西。您寫的書這麼吸引人……」

9

兩位蘇格拉底給這個年輕女人上的寫作課，就暫且不提了，我來談點別的。不久之前，我搭計程車穿過巴黎市區，開車的司機很愛說話。他得了慢性失眠症，晚上都睡不著覺。他這症狀始於大戰時期，那時他是船員，有一天，他工作的那艘船沉了，他游了三天三夜才被人撈起。他在死生之間掙扎了好幾個月才痊癒，但是卻失去了睡眠能力。

「我的人生比您多出三分之一。」他微笑著說。

「那這多出來的三分之一，您拿來做什麼？」我問他。

他回答說：「我寫作。」

我又問他寫些什麼。

他寫他的生活，關於一個在海裡泅泳三天三夜的人，如何與死神搏鬥，最後失去了睡眠能力，卻還是保有足夠的力量面對生活。

「您寫這些是為了給您的孩子看嗎？就像家族史那樣？」

他苦笑了一下說：「寫給我孩子看？他們才沒興趣呢。這是我寫的書，我想應該會對不少人有幫助。」

與計程車司機的一席話，突然讓我意識到作家寫作的本質。我們寫書，是因為我們的小孩對我們沒興趣；我們以無名的大眾為對象，是因為我們的妻子對我們說的話充耳不聞。

您或許要辯駁，計程車司機的例子其實是個寫作狂，根本和作家扯不上關係。這會兒，我們只得好好琢磨一下，這兩個概念有什麼異同。一個每天寫四封信給情人的女人並不是寫作狂，她只是個熱戀的女人。但我有位朋友，他把每封情書都影印下來，準備哪天要拿來出版，這就是寫作狂了。寫作狂並不是那種想要寫信、寫日記、寫家族史的欲望（也就是說，為自己或為身邊的人而寫），而是一種想要寫書的欲望（亦即擁有一群不知名的讀者大眾）。在這層意義下，計程車司機的欲望跟歌德是一樣的，他們之間的差別只在於欲望導致的結果。

當社會發展足以實現以下三項基本條件的時候，寫作狂（想寫書的狂熱）必然會如流行病一般肆虐：

1. 高水準的社會福利，讓人們得以從事某些無用的活動；
2. 社會生活的高度原子化，導致個人與個人之間的普遍疏離；
3. 一個國家人民的生活裡，完全沒有大規模的社會變動。（就此觀點而言，我覺得什麼事也不會發生的法國是很典型的，該國作家占全國人口的比例比起以色列高出二十一倍。碧碧倒是說得很真切，從外表看起來，她什麼也沒經歷過，而驅使她寫作的，正是這種生命內涵的欠缺，這種空無。）

不過，在反作用力的衝擊下，這個現象的結果卻回過頭來影響其原因。普遍的疏離引發了寫作狂，而普遍化的寫作狂又強化了疏離。過去，印刷術的發明讓人們得以相互瞭解。然而值此寫作狂遍地可見的年代，寫書這回事的意義卻大異其趣：人人都被困在自己的言詞裡，像被大片鑲著鏡子的牆壁所圍繞，任何外界的聲音都無法穿透。

10

「塔米娜，」有一天，雨果在空無一人的小酒館跟她閒扯，「我知道自己不可能有機會得到您的芳心，所以我也沒什麼企圖，不過，星期天我請您去吃個飯總不為過吧？」

包裹放在塔米娜的婆婆家，她希望婆婆能把包裹寄到布拉格她父親家，這樣碧碧才方便過去拿。這事說來很簡單，可是要說服年紀大、脾氣又古怪的人，可就得花她不少時間和金錢了。電話費很貴，而塔米娜的薪水才剛好夠應付吃住的開銷。

塔米娜說：「可以呀。」她記得雨果家應該有一支電話。

雨果開車帶她去鄉間的一家餐廳吃飯。

塔米娜的處境對雨果來說，應該是有機可乘的，他可以扮演征服者高高在上的角色。然而，在這個薪水微薄的女服務生角色背後，雨果卻看到一種外國寡婦的神秘經歷，這讓他感到害怕。塔米娜的和善彷彿一襲刀槍不入的冑甲。雨果想要吸引她的注意，擄獲她的芳心，鑽進她的腦子裡！

雨果試著在路上為塔米娜安排些有趣的事。在到達目的地之前，他停下車子帶塔米娜去參觀鎮上一座漂亮城堡花園裡的動物園。兩人漫步於猴群和鸚鵡之間，背景是幾座歌德式的高塔。花園裡沒有別人，只有一個看起來很土氣的園丁在清掃覆滿落葉的走道。他們看到了一匹狼、一隻海狸、一隻猴子、一頭老虎，最後他們來到四周圍著鐵網的一片大草地，上面有幾隻鴕鳥。

鴕鳥一共有六隻，牠們一發現塔米娜和雨果，就拔腿向兩人跑來。這會兒，鴕鳥全圍在鐵網前，伸著長長的頸子盯著他倆看，寬寬扁扁的鳥嘴張得開開的。鳥嘴激動地一張一闔，速度相當驚人，彷彿每隻鴕鳥都有話要說，而且要說得比別人更大聲。無奈鳥嘴只能啞然開闔，根本發不出任何聲音。

這些鴕鳥像是將重要訊息牢記在心的信差，但卻在路上被敵人割去聲帶，當信差到了目的地，也只能奮力動著失聲的嘴巴。

塔米娜看得出了神，鴕鳥則依舊說個不停，而且神態愈來愈急切。後來，塔米娜跟雨果要走了，這些鴕鳥還沿著鐵網追趕他們，鳥嘴繼續一開一闔地拍擊著，彷彿想警告他們什麼似的，不過到底是什麼事，塔米娜也不知道。

MILAN KUNDERA

11

「這簡直就像鬼故事裡的情節，」塔米娜一邊切著餡餅一邊說，「那些鴕鳥好像有什麼非常重要的事要跟我說似的。到底是什麼事？牠們到底想跟我說什麼？」

雨果跟塔米娜解釋說，那都是些小鴕鳥，牠們一向如此。上次他去逛動物園的時候，牠們也跟今天一樣，六隻一起跑到鐵網前，啞然無聲地開闔著嘴。

塔米娜還是一副心神不寧的樣子，她說：「您知道，我留了一些東西在波希米亞——那是一包文件。如果我要人家把它寄給我，有可能會被警方沒收。碧碧今年夏天想去布拉格，她答應要幫我把那包東西帶回來。現在我開始擔心，剛才那些鴕鳥是不是要來警告我，告訴我那包東西出了問題？」

雨果知道塔米娜是寡婦，她丈夫好像是因為政治問題才移居國外的。

「是政治文件嗎？」雨果問道。

許久以來，塔米娜已經確定了一件事，如果要讓這兒的人了解她生命裡的什麼事，一定得把事情簡化。為什麼這些私人信件和日記有可能被警方查扣？還有為什麼她這麼堅持要把這些東西拿回來？這些問題實在太難解釋了。於是她說：「是啊，是些政治文件。」

她開始擔心雨果會問她關於這些文件的內容，然而她的擔心是多餘的。前面不是說過，從來沒有人問過她什麼問題嗎？人們有時會對塔米娜說說他們對她祖國的看法，至於塔米娜經歷過的事，他們可沒什麼興趣。

雨果問道：「碧碧知道包裹裡面是政治文件嗎？」

「她不知道。」塔米娜說。

「那就好，」雨果說，「別跟她說裡頭是政治文件，不然，到最後說不定她一害怕，就不去幫您拿包裹了。塔米娜，您不知道人們對這種事有多怕。就讓碧碧以為那包東西無關緊要、沒什麼特別好了。譬如說，情書啦。對，就這樣，跟她說裡面放的是情書！」

雨果為這點子樂得大笑：「情書！對呀！這樣剛好符合她的水準！這個好，這個很對碧碧的胃口！」

塔米娜心想，對雨果來說，情書是無關緊要、沒什麼特別的東西，也沒有人會想到，她曾經愛過一個人，而這份愛對她的意義重大。

雨果又加上一句：「萬一碧碧去不成的話，您別擔心，這事交給我就行了，我去幫您拿包裹。」

「謝謝。」塔米娜語氣熱切地說。

「我會去幫您拿包裹，」雨果又說了一次，「即使因此被逮捕我也願意。」

「別胡說了，」塔米娜制止雨果說，「這種事不會發生的。」她跟雨果解釋，外國旅客在她的國家都很安全，在那兒，只有捷克人的生活充滿危機，而捷克人對此也已經習以為常了。突然間，塔米娜的語氣激動起來，一反常態地說了不少話，她對這國家可說是瞭若指掌，我也可以保證，她說的真是一點兒也沒錯。

一小時後，塔米娜手裡拿著雨果家的電話筒，這次，她跟婆婆的談話也沒比上回好到哪兒去：「你們從來就沒有交給我什麼鑰匙！你們什麼事都背著我做！妳為什麼要逼我去回想，從前你們是怎麼對我的？」

12

如果塔米娜對往事如此堅持，為什麼她不乾脆回到波希米亞呢？政府已經對一九六八年之後非法離境的人實施特赦，並且邀請這些人返國。塔米娜有什麼好怕的呢？她的分量太輕，根本不會有什麼危險！

沒錯，她是可以放心回去，可是她辦不到。

家鄉，所有的人都背叛了她丈夫，她心想，回到這些人身邊，不啻是對她丈夫的一種背叛。

當年，她丈夫不斷地被降職，最後還被逐出工作崗位，那時，沒有人出來為他說過話。連親朋好友也噤聲不語。當然，塔米娜也知道，這些人心底是支持她丈夫的，他們之所以噤聲不語，只是因為恐懼。然而正因為他們知道塔米娜的丈夫並沒有錯，他們對自己的恐懼就更加感到可恥，所以在街上遇見她丈夫的時候，他們會假裝沒看見。塔米娜夫妻倆很有技巧地避免同這些人碰面，以免喚醒他們內心的羞愧。沒多久，夫妻倆在眾人眼裡簡直成了痲瘋病患。兩人離開波希米亞之後，從前的同事連署了一份詆毀譴責她丈夫的公開聲明。他們這麼做，其實也只是害怕自己像塔米娜的丈夫一樣丟了差事。話雖如此，他們終究是這麼做了。這份公開聲明在眾人和這對流亡夫妻之間，彷彿劃下了一道鴻溝，塔米娜再也不願躍過這道鴻溝，回到當年他們出走的地方。

逃亡的第一夜，他們住在阿爾卑斯山村裡的一家小旅館，醒來的時候，他們知道自己已經與世隔絕，跟他們過去生活了一輩子的世界完全分離，塔米娜心裡浮現一股終獲釋放的感覺，舒坦極了。夫妻倆在深山裡，完全與世隔絕，四周無比寂靜。寂靜對塔米娜來說，是件意外的禮物，她心想，丈夫為了躲避迫害而離開祖國，她則是為了尋找一片寂靜，一片屬於他們兩人的寂靜，屬於愛情的寂靜。

丈夫過世以後，塔米娜的心裡倏地湧現一股鄉愁，她想念兩人共同生活了十一年的故鄉，那裡處處都是記憶的痕跡。一時衝動之下，她把訃聞寄給十來個朋友，卻沒有接到一絲回音。

一個月以後，她用盡先前的積蓄來到海邊。她換上泳裝，吞下整罐鎮定劑，然後向外海游去。原本以為鎮定劑會讓她非常疲憊，這樣她就會溺水而死。不料，冰冷的海水加上她選手般的動作（她的泳技一向傲人）讓她無法昏睡過去，再者，鎮定劑的藥性大概也沒她想像的那麼強。

塔米娜游回岸邊，走進房間一睡就是二十個小時。清醒後，心裡充滿安詳與平靜，於是她決心要活在寂靜裡，同時也要為寂靜而活。

13

碧碧的電視發出銀色的藍光，映著眾人：塔米娜、珠珠、碧碧和她丈夫迪迪。迪迪是個旅行推銷員，昨夜才剛結束四天的旅程。房間裡飄著一股淡淡的尿騷味，電視上出現一張圓圓的肥臉，是個上了年紀的禿頭，背景的聲音是個記者，用挑逗的語氣在發問：

「我們在您的回憶錄裡讀到一些相當驚人的情色告白。」

那是個很受歡迎的節目，主持的記者每星期都在節目裡訪問上週出版新書的作者。

肥臉很開心地笑著回答說：「喔，不會吧！沒有什麼驚人的東西吧！只不過是個精確的計算罷了！請您跟我一起來算算看。我從十五歲開始有性生活，現在我六十五歲，也就是說我已經有了五十年的性生活。假設我每週平均做愛兩次——這可是很保守的估計——一年就有一百次，所以我這輩子已經有五千次了。我們再繼續算下去，如果每次高潮持續五秒鐘，我就經歷過兩萬五千秒的高潮，算起來有六小時五十六分鐘的高潮。還不錯吧，嗄？」

房間裡，大家都猛點頭，塔米娜想像那個老禿頭連續不停高潮會是什麼德行：他蠕動著身體，揪著心窩，一刻鐘之後，假牙會從嘴巴裡掉出來，再過五分鐘，他會倒斃在地上。想到這裡，塔米娜大笑起來。

碧碧的話把塔米娜拉回現實：「什麼事這麼好笑？這數字也不怎麼糟嘛！六小時五十六分鐘的高潮。」

珠珠接著說：「從前有好長一段時間，我根本不知道高潮是怎麼回事，不過最近這幾年，我經常有高潮。」

大家於是開始談論珠珠的高潮，此時螢幕上又出現另一張憤怒的臉。

「他這麼生氣幹嘛？」迪迪問道。

作家在螢幕上說：

「這非常重要，非常重要，我在書上解釋過了。」

「什麼事非常重要？」碧碧問。

「他在胡胡村度過童年。」塔米娜跟碧碧解釋。

這個在胡胡村度過童年的傢伙鼻子很長，像個秤錘沉甸甸地掛在那兒，壓得他頭愈垂愈低，有時看起來簡直就像要從螢光幕裡掉出來，跌到客廳的地板上。被長鼻子壓得很沉重的臉孔突然變得非常激動，他說：

「這個我在書上解釋過了。我所寫的一切都跟胡胡村這個小村莊有關，不了解這一點的人根本完全無法理解我的作品。畢竟我最早期的詩就是在那兒寫的。是的，我得說，這非常重要。」

「有些男人，」珠珠說，「我跟他們永遠都不會有高潮。」

MILAN KUNDERA

Kniha Smíchu a Zapomnění

「別忘了，」作家的神情愈來愈激動，他說，「我第一次騎腳踏車就是在胡胡村。是的，這些故事的細節我在書裡都有交代。大家都知道腳踏車在我書裡的意義是什麼，那是一個象徵。腳踏車對我來說，是人類走出家族世界，邁進文明世界的第一步，是第一次跟文明的調情，就像沒有接吻經驗的處女在調情，雖說還保有貞節，但已經是一種罪過了。」

「這倒是真的，」珠珠說，「我同事田中的第一次高潮就發生在騎腳踏車的時候，那時候她還是個處女。」

眾人開始討論田中的高潮，這時塔米娜問碧碧說：「可以用一下妳的電話嗎？」

14

隔壁房間的尿騷味更重，那是碧碧的女兒睡覺的地方。

「我知道你們老死不相往來，」塔米娜低聲說，「可是不這麼做的話，我實在沒辦法要她把那個包裹還給我。唯一的辦法就是你去她家把包裹拿回來。如果她說找不到鑰匙的話，就逼她把抽屜撬開。那是我的東西，一些信件之類的東西，我有權利把它們要回來。」

「塔米娜，妳不要逼我去找她！」

「爸爸，你就去一趟，幫我把這件事解決一下嘛。她很怕你，你說什麼她都不敢不答應。」

「塔米娜，妳朋友來布拉格的話，我拿件皮毛大衣要他們帶回去給妳，那還比較有用。」

「可是我要的不是皮毛大衣，我要我的包裹！」

「大聲一點！我聽不見！」父親說，可他不知女兒壓低嗓子是故意的，因為她不想讓碧碧聽見她在用捷克語說話，這樣碧碧就會發現她打電話到國外，而這長途電話可是每一秒都貴得驚人。

「我說我要的是我的包裹，不是皮毛大衣！」

「妳還是跟以前一樣，喜歡人家寫的那些傻話！」

「爸爸，電話費貴得要命。拜託你，你真的不能去找她嗎？」

這通電話實在讓人很痛苦，塔米娜的父親不斷要她重複剛說過的話，可是不論她怎麼說，父親都堅持不願去找她婆婆，最後父親說：

「妳打電話給妳哥哥！叫他去找妳婆婆不就成了！然後再叫他把包裹拿來給我！」

「可是他根本不認識我婆婆！」

「這樣才好，」父親笑著說，「不然他絕不會答應去找她。」

塔米娜很快地考慮了一下，覺得這點子也不壞：叫她那精力旺盛又粗魯的哥哥去找她婆婆。可是塔米娜不想打電話給她哥哥，自從塔米娜離開之後，他們連一封信也沒寫過。哥哥的工作待遇很好，他只有跟移居國外的妹妹斷絕一切關係才保得住位子。

「爸爸，我不能打電話給他。你可不可以幫我去跟他說一下，拜託你了，爸爸！」

15

爸爸的個子很小，十分瘦弱，從前牽著塔米娜走在街上的時候，總是一副趾高氣昂的樣子，活像要全世界都來看看他在那英勇之夜所創造的稀世珍品。他對女婿從來就沒有好感，兩人永遠處在爭戰裡。方才他跟塔米娜提說要送她一件大衣（想必是從哪位過世的親戚那兒得來的），他心裡想到的不是女兒的健康，而是跟女婿之間由來已久的競爭，他希望塔米娜比較喜歡父親（那件皮毛大衣）而不是丈夫（那包信件）。

塔米娜一想就覺得恐怖：那包信的命運竟然掌握在父親和婆婆那兩雙充滿敵意的手裡。最近，她愈來愈常想到自己的記事本曾被陌生人看過，對塔米娜來說，陌生人的眼睛就像雨水一樣，可以刷盡鏤刻在牆上的文字，或者像光線一樣，太快照在還浸著顯影劑的相紙上，破壞了影像。

她很清楚自己寫下的往事有什麼意義和價值，那就是這些往事只屬於她一個人。一旦失去這項特質，那麼，連結這些往事的親密關係也會一起剝落，她也不可能再用自己的眼睛去看它們，只能跟眾人一樣，像用公眾的眼睛看著別人的檔案。如此一來，連當初在記事本上寫東西的那個塔米娜，也會變成另一個人，一個陌生人。而即便她變了，她還是會跟記事本的作者有著驚人的相似，這樣的相似造成的效果多麼像是滑稽模仿，多麼像嘲諷之作。不，她決不可能再去看那些被別人讀過的記事本。

這正是為什麼塔米娜急著要把這些記事本和信件拿回來，她要盡力在過去的影像還沒被破壞之前，趕緊把這些東西找回來。

16

碧碧來到小酒館，坐在吧檯前面說：

「嗨，塔米娜！給我一杯威士忌！」

通常碧碧喝的是咖啡，只有某些例外的時候喝點甜酒。會點威士忌來喝，表示她心情不太對勁。

「妳的書有沒有什麼進展？」塔米娜幫她倒了一杯酒，順便問道。

「那要看我心情好不好。」碧碧答完話，把威士忌一飲而盡，然後又點了第二杯。小酒館還有些剛進來的客人，塔米娜幫每個人都點好東西，回到吧檯後面，幫碧碧倒了第二杯威士忌，又馬上去招呼其他的客人。塔米娜回來的時候，碧碧對她說：

「我再也受不了迪迪了。他每次去旅行賣完東西回來，就蒙頭大睡兩天兩夜。整整兩天都穿著睡衣！妳受得了嗎？他想搞的時候情況更糟。他根本不懂，我對那回事一

Kniha smíchu a zapomnění

點兒也沒興趣，一點兒興趣都沒有。我一定要離開他。他整天都在計劃他的白痴假期。穿著睡衣躺在床上，手裡拿著地圖。先是想去布拉格，現在他腦子裡已經沒有這個城市了。他看到一本關於愛爾蘭的書，現在他說什麼都要去那兒。」

「那你們要去愛爾蘭度假囉？」塔米娜問道，聲音幾乎哽咽。

「我們？我們哪兒也不去。我要留在這兒寫東西，哪兒也不該去。反正我不需要迪迪，他對我也沒半點興趣。我寫我的，妳可以想像嗎？他連我在寫什麼都沒問過，我想我們之間已經沒什麼話好說了。」

塔米娜想問她說：「那你們不去布拉格囉？」可她喉頭哽咽，說不出話來。

此時，那個嬌小的日本女人珠珠走了進來，蹦蹦跳跳地坐上碧碧身邊的高腳凳。她說：「妳們敢在眾目睽睽之下做愛嗎？」

「妳在說什麼呀？」碧碧問。

「譬如說就在這裡，就在小酒館的地板上，當著大家的面，或者在電影院，趁放映師換帶子的時候。」

「不要吵！」碧碧朝著地磚的方向大吼一聲，她的女兒在高腳凳下吵個不停。她接著說：「有什麼不敢的？做愛是很自然的事。我幹嘛為一件自然的事感到不好意思？」

再一次，塔米娜又準備好要問碧碧是不是會去布拉格，可是她心裡明白，這問題其實是多餘的。事情再清楚不過了，碧碧不會去布拉格了。

老闆娘從廚房走出來，對碧碧笑了一下說：

「最近怎麼樣啊？」

「我們需要一場革命啊，」碧碧說，「一定得發生些什麼事，唉！」

那夜，塔米娜夢見那些鴕鳥。六隻鴕鳥在鐵網前擠成一堆，七嘴八舌地跟她說話。她嚇壞了，嚇得動彈不得，她著魔似地盯著牠們啞然的嘴。塔米娜雙唇抽搐緊閉，因為她嘴裡含著一枚金戒指，她生怕戒指會掉出來。

17

為什麼我會想像塔米娜的嘴裡含著金戒指呢？

我自己也不知道，反正我就是這麼想。突然間，有個句子從我記憶裡浮現：「一個輕柔、明澈、金屬般的音符；彷彿一枚金戒指掉進銀瓶的聲音。」

湯瑪斯．曼[6]還很年輕的時候，曾經寫過一則關於死亡的短篇小說，風格既天真又迷人：在這篇小說裡，死亡是美麗的，就像人們年輕時夢想的死亡那般美麗，在那個年紀，死亡還很虛幻迷人，如同遠方飄來泛藍的聲音。

有個得了不治之症的年輕人，搭火車搭到一個不知名的車站下車，來到一個他連名字都不認得的城市。他走進一個額上覆滿紅斑的老婦人家裡，跟她租了個房間。請別誤會，我沒打算要說後來在這分租的小房間裡發生了什麼事，我只是想重提一件微不足

MILAN KUNDERA

道的事：這個生病的年輕人在房間裡走來走去，「他覺得好像聽見隔壁傳來的聲音，在自己規律的跫音之間，他聽見一種無以名狀的聲響，一個輕柔、明澈、金屬般的音符。但這也可能只是幻覺。彷彿一枚金戒指掉進銀瓶的聲音，他心裡這麼想……」

這段關於聲音的小小細節，在小說裡並沒有後續的描述或解釋。若僅就情節來看，刪掉這段文字也不會有任何影響。那個聲音就只是響了起來；出其不意地響了起來，如此而已。

我相信湯瑪斯．曼緩緩敲響這個「輕柔、明澈、金屬般的」音符，是為了營造一片寂靜。他需要這片寂靜，好讓人聽見什麼是美（因為他談到的死亡是一種唯美的死亡），而要讓人感受到美，必須要有某種最小限度的寂靜（這個限度，不多不少，剛好就是一枚金戒指掉進銀瓶所發出的聲音）。

（是的，我知道，您不明白我在說什麼，因為美已經消失很久了。美已經被噪音所淹沒——文字的噪音、汽車的噪音、音樂的噪音——而我們身陷其中，還活得挺安穩的。美的消失就像傳說中的亞特蘭提斯島沉沒在大西洋裡。關於美，只剩下一個字，而其定義卻日趨不明。）

塔米娜第一次聽見這種寂靜（珍貴得像是沉沒的亞特蘭提斯島上大理石雕像的碎片）是在逃離祖國以後，在林木蓊鬱的山間旅館悠悠清醒之際。第二次聽見，是在海裡

6. 湯瑪斯．曼（Thomas Mann，一八七五—一九五五）：德國小說家。

泅泳的時候，肚子裡滿滿的鎮定劑帶來的不是死亡，而是意想不到的寧靜。這片寂靜，塔米娜要用肉體來捍衛它，將它保留在身體裡。這就是為什麼我看見她在夢裡站在鐵網前；雙唇抽搐緊閉，嘴裡含著一枚金戒指。

在她面前，六根長長的脖子上長著小小的頭，頭上的扁嘴無聲無息地一開一闔。她不明白鴕鳥在說什麼。她不知道鴕鳥究竟在跟她預示著什麼危險，要她小心提防，或是在勸告她，還是在乞求她。塔米娜毫無頭緒，一股巨大的恐慌襲上心頭。她擔心她的金戒指（這枚為寂靜定音的音叉），她雙唇抽搐緊閉，將戒指緊緊含在嘴裡。

塔米娜永遠也搞不懂這些大鳥跑來要跟她說些什麼。可我，我知道。這些鴕鳥跑來，既不是要提醒她，也不是要勸告她，更不是要跟她預示什麼危險。牠們對塔米娜一點兒也不感興趣。每隻鴕鳥跑過來，都是為了要告訴塔米娜關於自己的事。每隻鴕鳥都是來跟塔米娜說牠吃得好不好、睡得好不好，說牠是怎麼跑到鐵絲網前面的，說牠在鐵絲網後面看到了什麼。說牠在意義重大的胡胡村度過了意義重大的童年。說牠意義重大的高潮持續了六個小時，說牠看見一個圍著披肩的女人在鐵網後面散步，說牠去游泳，說牠生了病然後又好了，說牠年輕的時候騎腳踏車，還有今天牠吃了一袋草料。六隻鴕鳥全擠在塔米娜面前，七嘴八舌地跟她說話，熱烈、急切、咄咄逼人，因為在這世界上，沒有什麼事會比牠們想跟塔米娜說的話更重要了。

18

過了幾天，班納卡出現在小酒館。他來的時候已經爛醉如泥，先是坐上吧檯旁邊的高腳凳，跌下來兩次又爬上去，點了一杯蘋果燒酒，然後就埋頭趴在吧檯上。塔米娜發現班納卡在哭。

「班納卡先生，您怎麼了？」塔米娜問道。

班納卡抬起頭，雙眼含淚望著她，指著自己的胸口說：「我不存在，您懂吧！我不存在！我根本不存在！」

話說完，班納卡走進廁所，然後直接走出小酒館，連錢也沒付。

塔米娜把這事告訴了雨果，雨果沒說什麼，卻拿出一張刊了好幾篇書評的報紙給她看，報上有四行尖酸刻薄的短評，對象是班納卡的新書。

班納卡哭哭啼啼地用食指指著自己胸口，原因是他發現自己不存在，此情此景讓我想起歌德《西東詩集》（Westostlicher Divan）裡的一行詩：「別人活著的時候，我也活著嗎？」歌德的提問裡，隱藏著作家處境的奧秘：人拿起筆寫書，就會把自己轉化成世界，（我們不是會說巴爾札克的世界、契訶夫的世界、卡夫卡的世界嗎？）而世界（univers）的本義正是獨特自存（etre unique）。每個世界的存在對另一個世界來說，都是一種威脅。

就拿兩個鞋匠來說好了，只要他們的鞋舖不開在同一條街上，就可以相安無事。不過，要是他們開始提筆為文，寫起了鞋匠的命運，他們就會馬上變成揉進對方眼中的細砂，他們會開始懷疑：「其他鞋匠活著的時候，我這個鞋匠也活著嗎？」

塔米娜認為，她的私人記事本只要被陌生人看了一眼，其價值就會被摧殘殆盡；歌德則確信，只要世界上有一個人沒看過他的大作，他存在的價值就會動搖。塔米娜和歌德的不同之處，就是一般人和作家的差別。

寫書的人，要嘛化身為全部（一個獨特的世界——為他，也為所有人而創的世界），要嘛就是個零。由於沒有人能夠化身為「全部」，所以我們這些寫書的，每個人都是個「零」。我們被人看輕，我們善妒又尖刻，我們恨不得別人都去死。就這一點來說，班納卡、碧碧、我和歌德，都是一個樣。

不論政客或是計程車司機、產婦還是情婦，也不論殺手、小偷、妓女、警察局長、醫生還是病人，各行各業裡，寫作狂的激增說明了一件事：人類無一例外，皆有成為作家的潛能，因此大家都可以理直氣壯地跑到街上大喊：我們都是作家！

這是因為大家都害怕自己會隱沒在一個無關輕重的世界裡，沒人聽，沒人理，所以要趁著還來得及的時候，把自己轉化成一個世界，一個用話語堆砌而成的世界。

總有一天（這一天也不遠了），每個人都會發現自己是作家，當這一天來臨的時候，人類就會進入一個全面聾聵、全面誤解的年代。

19

現在，雨果是塔米娜唯一的希望了。他邀請塔米娜去吃晚餐，這回塔米娜毫不猶豫地答應了。

雨果隔著餐桌坐在塔米娜對面，心裡只想著一件事：塔米娜還是在躲著他。雨果對自己沒有信心，不敢採取正面攻勢。而他愈是抓不到這清清楚楚近在眼前的獵物，他就愈想要征服那模糊無垠遠在天邊的世界。他從口袋裡拿出一份報紙，攤開之後遞給塔米娜，打開的那一版上有篇文章是他寫的。

雨果滔滔不絕地演說起來，說到他剛給塔米娜看的這份刊物，沒錯，這是一份地區性的刊物，不過它的理論性很強，編這份刊物的都是些勇氣十足、會堅持下去的人。雨果一直說，說個不停，他希望自己的話能帶有侵略性的情色隱喻，展現出他的男性雄風。在他堅定具體的話鋒裡，時時閃現著各種抽象的可能性。

塔米娜看著雨果，開始在心裡修整他的臉龐，這種心理遊戲儼然成了一種癖。塔米娜已經不知道還能怎麼看男人了。她努力發揮全副的想像力，後來，雨果褐色的眼珠果真開始變色了，突然間，那對眼珠變成藍色。塔米娜緊緊盯著雨果，為了不讓這藍色消散，她得全神貫注，才能讓這顏色停留在雨果的眼裡。

塔米娜的眼神讓雨果感到不安，於是他繼續說，說得更加起勁。他的眼珠變成一種迷人的藍，前額開始慢慢由兩側向上延伸，直到剩下一小綹頭髮，像個尖尖的倒三角形。

「我總是批評我們西方國家，而且也只會批評這個。不過，我們主流的想法在這方面很不公平，這可能會導致我們對別的國家產生一種錯誤的縱容。多虧了您，是啊，塔米娜，多虧了您，我才瞭解權力造成的問題不管到哪兒都一樣，不論在您的國家還是在這裡，也無分西方或東方。我們要追求的，不該是用一種權力來取代另一種權力，而是該去否定權力的根源，而且不論在哪裡都要去否定它。」

雨果倚著餐桌傾身跟塔米娜說話，他呼出的酸氣擾亂了塔米娜的心理遊戲，於是雨果的前額又重新覆滿了濃密的頭髮。雨果又說了一次，多虧了塔米娜，他才會瞭解這一切。

「怎麼會呢？」塔米娜打斷他的話，「我們在一起的時候，從來沒談過這個話題呀！」

雨果臉上只剩下一顆眼珠是藍色的，而且這顆眼珠也開始慢慢褪成褐色。

「塔米娜，您不必告訴我什麼事，我只要常常想到您就可以瞭解了。」

服務生俯身在他們面前擺上一些冷盤。

塔米娜說：「我回家會把這篇文章讀一讀。」她把報紙塞進袋子之後，接著說：「碧碧不去布拉格了。」

雨果說：「我就知道。」然後加上一句：「塔米娜，別擔心。我答應過您，我會為您去布拉格。」

20

「我有個好消息要告訴妳，我跟妳哥哥說了，他星期六會去找妳婆婆。」

「真的嗎？那你都跟他說清楚了嗎？你有沒有跟他說，如果我婆婆找不到鑰匙，就逼她把抽屜撬開？」

塔米娜掛上電話，一副陶醉的樣子。

「有好消息嗎？」雨果問道。

「對。」塔米娜說。

父親精神奕奕、愉快的聲音還在耳邊迴響，塔米娜心想自己過去錯怪他了。

雨果起身走近小吧檯，拿出兩個杯子，倒了些威士忌，然後說：

「塔米娜，您有需要的時候就來我家打電話吧。我可以再跟您說一次我先前說過的話。我跟您在一起很開心，雖然我也知道您絕不會跟我上床。」

雨果說到「我也知道您絕不會跟我上床」這幾個字的時候，還特別加了重音，他只是想證明自己能對一個可望而不可即的女人說出某些話（雖然讓人隱約感到是一種負面的方式），他覺得自己這麼做，幾乎可以說是膽大妄為了。

塔米娜起身迎向雨果，接過一杯酒。她想到她哥哥：他們之間已經不說話了，但他們還是愛著對方，隨時願意幫助對方。

「祝您心想事成！」雨果說完話，一飲而盡。

塔米娜也一口把酒喝乾，然後把杯子擱在矮桌上。她想坐回去，可雨果已經把她抱在懷裡。

塔米娜沒有抵抗，只是撇過頭去，她的嘴角抽搐著，眉頭皺得緊緊的。

雨果把塔米娜抱在懷裡，自己也不知道事情是怎麼發生的。剛開始他也被自己的大膽動作嚇了一跳，要是此時塔米娜把他推開，他會羞怯地放開塔米娜，然後跟她道歉。不過塔米娜並沒有推開他，她扭曲的臉和撇開的頭更讓雨果興奮至極。到目前為止，雨果交往過的幾個女人對他示愛的動作從來沒有如此激烈的反應。如果這些女人決定跟他上床，她們會靜靜地、若無其事地把衣服脫掉，等著看雨果會拿她們的身體玩什麼把戲。塔米娜扭曲的臉卻讓雨果的擁抱產生某種鮮活的意象，一個前所未有的夢想，雨果狂野地擁著塔米娜，開始剝去她身上的衣服。

可是，為什麼塔米娜不抵抗呢？

三年來，她心裡一直害怕這個時刻的到來，三年來，她一直活在這個時刻的凝視之下，這凝視彷彿具有催眠能力似的。這個時刻終於來臨了，完完全全如她所想像。這就是為什麼塔米娜不去抵抗，她接受這個時刻的來臨，就像接受上天注定的事一樣。

塔米娜只能撇過頭去，可她這麼做也是徒勞，她丈夫的影像還是在那兒，無論她的臉轉向哪邊，這影像就在屋裡跟著她轉。那是一幅肖像，一個大得荒誕離奇的丈夫，比正常的樣子來得大，沒錯，三年來她所想像的就是這般光景。

此刻，塔米娜已然一絲不掛，雨果則是興奮不已，因為他誤以為塔米娜的表現是興奮的反應，可這會兒他卻赫然發現，塔米娜的私處竟然是乾澀的。

21

有一次，塔米娜動了個小手術，沒有麻醉。在整個開刀的過程裡，塔米娜強迫自己默唸英文的不規則動詞變化。現在，她又想如法炮製，於是她把全副精神都集中在她的記事本上，她想這些記事本過沒多久就會安安穩穩地出現在她父親家，然後好心的雨果會去幫她把本子都拿回來。

好心的雨果在塔米娜身上粗暴地扭動身體，這樣扭了好一會兒，塔米娜發現他怪模怪樣地用手臂支著身體，臀部開始往不同的方向蠕動。塔米娜知道雨果對她的反應並不滿意，雨果覺得她不夠興奮，所以他正努力地從各個不同角度亂戳亂刺，想在塔米娜體內某個深邃之處，尋得塔米娜隱藏的那個神秘的敏感帶。

塔米娜不想看他那副賣力的樣子，於是把頭撇開。她試著收斂自己的思緒，把思緒重新拉回到那些記事本上。她強迫自己像先前那樣，依照時序回想過去的假期，好讓這份未完成的記憶重建工作更完整：先是在波希米亞一個小湖邊度過的第一次假期，接著是南斯拉夫，然後又是波希米亞的一個小湖，還有一個溫泉小城，也是在波希米亞，不過前後順序不是很確定。一九六四年，他們去了塔特拉斯山，第二年，去了保加利亞，再接下來的回憶就亂了線索。整個一九六八年的假期，他們都留在布拉格，第二年，他們去了一個溫泉小城，再接下來就是逃離國境的那次假期，而最後一次假期，他們則在義大利度過。

雨果抽身起來，想把塔米娜的身體翻轉過去，塔米娜發現雨果要她用雙手雙腳把身體撐起來。此刻，塔米娜想起雨果的年紀比她輕，想到這裡她就覺得可恥。她努力封閉自己的一切感覺，無動於衷地任由雨果擺佈。她感到雨果的身體猛烈地撞擊她的臀部。她知道雨果要用他的精力和持續力來炫惑她，雨果進行的是一場決定性的戰役，他正在振筆疾書通過一場會考，他必須證明自己有能力征服塔米娜，證明他配得上她。

塔米娜不知道雨果沒在看她。雨果才看了她的臀部一眼（那成熟美麗的臀部所張綻的眼眸，那冷酷無情看望著他的眼眸）就興奮莫名，於是他閉上眼睛，放慢節奏，深深呼吸。雨果和塔米娜一樣，現在，他努力讓思緒固定在其他事情上（這是兩人唯一相同之處），好讓做愛的時間持續久一點。

就在這時候，塔米娜在雨果家壁櫥的白色隔板上，看見她丈夫巨大的臉龐出現在面前。她趕緊閉上雙眼，開始重新默想假期的先後順序，那光景就像在默背不規則動詞變化：先是湖濱的假期；接著是南斯拉夫；然後又是湖濱、溫泉小城；要不就是先去過溫泉小城，才去南斯拉夫、湖濱；後來又去了塔特拉斯山和保加利亞，再下來，線索就亂了；後來就是布拉格、溫泉小城，最後一次則是義大利。

雨果擾人的喘息聲把塔米娜從回憶中喚醒，她張開雙眼，在白色的壁櫥上看見了丈夫的臉龐。

這會兒雨果也突然睜開了眼睛，他看見塔米娜臀部張綻的眼眸，一陣快意如閃電般襲遍全身。

22

塔米娜的哥哥不必撬開抽屜就把記事本拿回來了，他去的時候抽屜沒鎖，十一本記事本都在那兒，不過並沒有包在一起，而是七零八落地丟在抽屜裡。信件也只是亂七八糟地疊著，像堆廢紙似的。塔米娜的哥哥把信和記事本都裝進一只小手提箱，帶到父親家。

電話裡，塔米娜要父親幫她把這些東西小心地包起來，用膠紙把包裹封好，她還特別交代，要父親和哥哥都不可以偷看。

父親語帶惱怒地說，他絕不會跟塔米娜的婆婆一樣，偷看跟自己不相干的東西。不過我知道（而塔米娜也很清楚），有些東西對眼睛的誘惑是沒有人能抵抗的：譬如車禍、譬如別人的情書。

終於，這些私密的文字都到了塔米娜父親的家裡，可塔米娜還是一本初衷嗎？她不是說了好幾百遍，說陌生人的眼睛就像雨水一樣，刷盡了鏤刻在牆上的文字嗎？

她錯了。現在的她，比從前更想要這些東西，這些東西對她的意義比從前更加珍貴。因為這些記事本跟她一樣，都曾經遭受摧殘、遭受蹂躪，她和她的往事就像一對命運相仿的姊妹，她對這些本子的愛戀更甚於從前了。

話雖如此，塔米娜還是覺得自己被羞辱了。

許久以前，塔米娜七歲的時候，被叔叔在臥室裡撞見她一絲不掛。塔米娜羞愧得無地自容，跟著羞愧而來的則是反抗的情緒。塔米娜立下莊嚴又稚氣的誓願，她發誓一輩子都不要再看這個叔叔一眼。不論家人怎麼責罵她、喝斥她、嘲笑她，她也絕不抬眼看這位常來家裡走動的叔叔。

現在的情況跟當年有些類似，雖然塔米娜很感激父親和哥哥，但她卻不想再見到他們。她知道，而且她比從前想得更清楚，她再也不會回到他們的身邊。

23

雨果在性事方面意想不到的成功，帶給他的竟然也是預料之外的失落。雖然現在他想要的時候就可以跟塔米娜做愛（她答應了一次之後就很難再拒絕了），可是他卻覺得自己既無法擄獲塔米娜的心，也迷惑不了她。噢！怎麼會這樣呢？他身體下面壓著的另一具身體，一絲不掛，可卻如此無動於衷，如此無法捉摸，如此遙遠，如此陌生！這具身體難道不希望塔米娜加入雨果的內在世界，加入他血肉與神思糅合而成的這片雄偉的宇宙？

雨果跟塔米娜在餐廳裡面對面坐著，他說：「塔米娜，我要寫一本書，一本關於愛情的書，對，關於妳和我，關於我們兩人，我們倆最親密的日記，我們倆身體的日記，對，我要打破一切禁忌，暢所欲言，說出我的一切，我的一切特質和想法，這本書也是很政治的，這是一本關於愛情的政治書，一本關於政治的愛情書……」

塔米娜一直看著雨果，突然間，雨果覺得再也無法承受塔米娜的目光，他的話漸漸偏離了主題。雨果想把塔米娜抓進他血肉與神思糅合而成的宇宙裡，可她卻完全封閉在自己的世界裡。缺少了這份被認同的感覺，雨果的話變得愈來愈沉重，速度也變慢了：

「……一本關於政治的愛情書，呃，對，因為世界應該依照人的形像來創造，依照我們的形像，依照我們倆身體的形像，塔米娜，依照妳的形像，依照我的形像，呃，就是這樣，這樣人們才能找出其他方式來相吻或是相愛……」

雨果的話愈來愈沉重，彷彿嘴裡有一大口一大口嚼不爛的肉乾。最後他終於閉上了嘴。塔米娜愈顯美麗，雨果愈恨她。他覺得塔米娜在玩弄他的命運，塔米娜利用她政治難民和寡婦的身分，帶著虛假的自尊宛若高棲於摩天大樓的頂端，在那兒睥睨眾人。雨果滿心妒恨，想到自己也曾試圖在這幢摩天大樓前樹立一座高塔，可塔米娜卻拒絕看見：這座高塔是由一篇已經發表的文章，再加上以他們的愛情為寫作藍圖的一本書所堆砌起來的。

塔米娜接著問他說：「你什麼時候要去布拉格？」

雨果心想塔米娜根本從未愛過他。她會跟他在一起，只是因為她需要他去一趟布拉格。一股無法遏止的復仇慾望占滿了雨果的心底：

「塔米娜，」雨果說，「我以為妳自己會了解。妳不是已經讀過我的文章了嗎？」

「對呀，我是讀過了。」塔米娜答道。

雨果不相信她說的話。如果塔米娜真的讀過，那顯然她對這篇文章沒有任何感想，因為她從來沒有提過文章裡的任何字句。此時，雨果心中僅能感受到一種偉大的情操，那就是對這座遭人輕蔑、遭人棄置的高塔展現忠誠（這座由一篇刊載報上的文章，再加上以他對塔米娜的愛為寫作藍圖的書所堆砌而成的高塔），他願意為這座高塔出征，他將迫使塔米娜睜眼正視高塔的存在，他將迫使塔米娜為了高塔的崇偉而驚呼。

「妳也知道我在文章裡談到權力的問題，我在文章裡分析了權力運作的機制。文章裡也批評了你們國家的情況，我毫無保留地把問題挑開來講。」

「雨果，你真的以為布拉格的人會讀到你的文章？」

塔米娜的譏諷刺傷了雨果，他反駁道：「妳離開你們國家太久，妳已經忘記你們的警察有多厲害了。這篇文章引起很大的迴響，我收到一大堆讀者的來信，你們的警察一定認得我。我很確定。」

塔米娜不發一語，容貌卻變得愈來愈美麗。天哪，只要塔米娜輕瞥雨果的世界一眼，看看他想把塔米娜抓攬進來的這個世界是什麼光景，看看他血肉與神思糅合而成的宇宙是何等面貌，這樣，就算是往返布拉格一百趟，雨果也願意去！突然間，雨果改變了說話的語氣。

「塔米娜，」雨果悲傷地說，「我知道妳因為我不能去布拉格而在生我的氣。我也別無選擇呀，剛開始我也想說我可以過些時候再發表這篇文章，後來我領悟了一件事，那就是我沒有權利繼續保持沉默。妳明白我的意思嗎？」

「不明白。」塔米娜說。

雨果知道自己說的盡是些荒謬的廢話，這些話把他引到一個他萬萬不想陷入的境地，可這會兒回頭已晚，空留沮喪。雨果的臉一陣紅一陣紫，聲音也顫了起來，他說：「妳不明白我的意思嗎？我不希望事情在我們國家最後變得跟你們一樣！如果每個人都保持沉默，最後大家都會變成奴隸。」

此刻，一股駭人的厭惡感占據了塔米娜的心頭，她從椅子上跳起來跑進廁所，胃裡翻騰不已直湧喉頭，她跪在馬桶前嘔吐，身體扭絞彷彿因啜泣而顫動，眼前出現的是那男人的睪丸、陽物、體毛，嗅到的是那男人嘴裡逸出的酸氣，她感覺得到雨果大腿跟她屁股的接觸，她驚覺自己再也想不起丈夫生殖器和陰毛的樣子，她驚覺令人作嘔的記憶竟然比溫柔的記憶清晰，（啊，天哪，沒錯，令人作嘔的記憶是比溫柔的記憶要來得清晰！）而往後她可憐的腦袋裡頭，就只會剩下這個有口臭的男人了，塔米娜不停地嘔吐，扭絞身軀，不停地嘔吐。

塔米娜從廁所裡走出來，緊抿著雙唇（嘴裡仍然滿是胃酸的氣味）。

雨果十分尷尬，他想陪塔米娜走回家，可是塔米娜一語不發，一直緊抿著雙唇（就像她在夢中，嘴裡含著金戒指那樣）。

雨果不停地找話說，而塔米娜唯一的回應則是把腳步加快。沒多久，雨果就詞窮了，他靜靜地陪塔米娜又走了一會兒，然後就停下腳步站在那兒。塔米娜頭也不回，筆直地向前走去。

後來，塔米娜繼續幫客人端咖啡，再也沒打電話回布拉格。

第五部

Litost

克莉絲汀是誰？

克莉絲汀約莫三十歲，有個小孩，丈夫是肉店老闆，夫妻倆相處融洽。她跟鎮上一個修車工人偶有出軌的私情。修車工人收工後，兩人有時相約在亂七八糟的車房裡做愛。小鎮上根本容不下婚外情，或者換個方式說，在這兒搞婚外情不只要有膽量偷吃，吃完還得要很有技巧把嘴抹得乾乾淨淨，這方面的能耐，克莉絲汀女士只能說是差強人意。

遇上這個男學生，克莉絲汀更是被弄得暈頭轉向。這個學生是跟他母親來小鎮度假的。肉店老闆娘平時站在櫃臺後面收錢，有兩次機會，這學生經過肉店的時候盯著她看了半晌。第三次，兩人在河邊的浴場相遇，男學生就上前搭訕了。男學生神情裡散發出一種靦腆的魅力，對這位習於周旋在肉店老闆和修車工人之間的少婦來說，這股靦腆的魅力可說是無法抗拒的。婚後至今（也整整十年了），除了丈夫之外，她從來不敢碰別的男人，唯一的例外是躲在上鎖的車庫裡，在一堆堆解體的汽車和廢輪胎的空隙裡安安穩穩地偷情。這會兒，克莉絲汀不知打哪兒來的膽量，光天化日眾目睽睽地，她就去約會了。雖然他們漫步所經之處，都是偏僻的地方，被人撞見的機會微乎其微，不過克莉絲汀女士還是緊張得心臟怦怦跳。面對危險，她愈來愈勇敢，但對男學生卻顯得愈發保守。結果他們也沒做什麼，男學生只得到了幾個輕輕的擁抱，幾個溫柔的吻，克莉絲

Kniha Smíchu a Zapomnění

汀一再從他的懷裡溜走，當他要愛撫克莉絲汀的時候，她卻緊緊夾住雙腿。

倒不是因為她不想跟這學生做愛，而是因為她打從一開始就被他那股溫柔的靦腆樣給迷住了，她想讓這種感覺持續下去。聽一個男人侃侃談他的人生大道理，聽他提起詩人、哲學家的大名，這對克莉絲汀女士來說，都是前所未有的經驗。而對這位不幸的學生來說，除了這些東西，他也說不出什麼別的，他搭訕唬人的伎倆其實很有限，他也不知道該怎麼配合克莉絲汀的出身背景來調整說話的內容。再者，他發現這樣也沒什麼不好，畢竟哲學家說的話，拿來用在單純的肉店老闆娘身上，比起用在大學女生身上要管用得多。但是他卻沒想到：向哲學家借用的句子或許可以迷惑肉店老闆娘的靈魂，但這些句子卻也在兩人的身體之間構築了一個障礙。因為在克莉絲汀女士混沌的腦海裡，她覺得要是把身體交給這個學生，他們的關係就會貶低到跟肉店老闆或是跟修車工人的關係一樣，她也無緣再聽他談起叔本華了。

在男學生面前，她感到一種不曾有過的不自在。跟肉店老闆或是修車工人在一起的時候，她可以高高興興想說什麼就說什麼。譬如說，她可以要這兩個男人在那方面特別小心，因為克莉絲汀生完小孩以後，醫生警告她不能再懷第二胎，她的身體無法承受，甚至可能會因此賠上性命。這則故事的背景年代十分久遠，那時候，墮胎是嚴格禁止的，女人也沒有任何自行避孕之道。肉店老闆和修車工人很了解克莉絲汀心裡的恐懼，而克莉絲汀在讓他們進入她的身體之前，也總是開開心心地檢查，看他們是不是已經做了萬全的準備。但她一想到要對這位從雲端下凡、與叔本華鎮日交遊的天使來這一套，就不知該如何開口。我想，克莉絲汀之所以要壓抑她的情慾，可以歸結為兩個原因：她想在這神奇魅惑的疆界裡，盡可能延長這份溫柔的靦腆；另一方面，她也想盡可能拖延時間，她心想，性愛行為無可避免的瑣碎要求和避孕準備，一定會讓她的天使倒胃口。

不過，雖說男學生柔情款款，他的腦筋倒是固執得很。儘管克莉絲汀女士使盡氣力夾緊雙腿，他還是毫不氣餒地抓住她的屁股，而這一抓正說明了，一個人即使開口閉口都是叔本華，也不代表他就會輕易放棄他喜歡的身體。

假期終告結束，兩位戀人心知無法忍受終年相隔兩地的痛苦，而唯一的辦法就是讓克莉絲汀女士找個藉口去看男學生。兩人心裡都很清楚這次探訪意味著什麼，男學生在布拉格住的是一間小閣樓，到時克莉絲汀女士想躲也躲不了。

litost是什麼？

捷克文litost是個無法翻譯成其他語言的字。這個字的第一音節li發長聲加重音，讓人想到喪家之犬的呻吟。儘管我很難想像，少了這個字，我們如何理解人類的心靈，但我終究無法在其他語言裡找到與此意義相當的字詞。

我可以舉個例子：男學生跟他女朋友在河裡游泳。他的女朋友也是大學生，年輕、運動細胞發達，但男學生的泳技就甭提了。他不會換氣又游不快，總是時時刻刻緊張兮兮，把頭浮在水面上。女學生莫名其妙深愛著他，小心翼翼地跟他一起慢慢游。後來因為河邊浴場關門的時間快到了，女學生於是想要放肆施展一下自己的運動天賦，她以快速捷泳的姿勢游到對岸。男學生試圖加快速度，但卻喝了幾口水。他覺得自己被貶低了，自己身體孱弱不如人的事實被赤裸裸地掀開了，此時，litost的感覺油然而生。他憶起自己在母親過度寵愛的深情注視下，度過了體弱多病、沒有玩伴的童年，他對自己灰心，對人生感到絕望。兩人默默無語，沿著村郊小路走回家去。他的心靈受創、受辱，湧現出一股無法抗拒的慾望——他想打她。女學生問說：「你怎麼了？」話才說完，他就開始責罵她：明知對岸有激流，他也跟她說過不可以游到那邊去，要是溺水的話怎麼辦？然後他給了女學生一巴掌。女學生挨了耳光，開始哭泣，男學生見她雙頰垂淚，卻又心生憐憫，於是把女學生擁在懷裡，litost於焉消散無蹤。

或者我們再舉男學生的另一件童年往事為例：他的父母送他去上小提琴課。由於他天分不太高，老師經常用一種冷酷得讓人無法忍受的聲音打斷他，指責他犯的錯。他感到屈辱，難過得想哭。然而他並沒有更盡力要拉得合拍合調避免犯錯，反倒是故意把一些東西弄錯，老師的聲音因此變得更加嚴厲、更加令人無法忍受，而他則在litost裡頭愈陷愈深。

那麼，litost到底是什麼呢？

litost是一種陷人於苦惱的狀態，它誕生於我們自身悲慘遭遇突然被揭露的真實現場。要撫平自身的悲慘遭遇，愛情是彌補的方法之一，畢竟擁有絕對愛情的人也根本悲慘不起來。任何匱乏在愛情的神奇目光注視下都可以得到救贖，即便是愣頭愣腦浮在水上的笨拙泳姿，在情人眼裡也會變得迷人。

愛情的絕對性其實是一種追求絕對認同的渴望：我們愛戀的女人游泳的速度得跟我們一樣慢，我們愛戀的女人不可以擁有讓她想起來就開心的過去。一旦絕對認同的假象被戳破（年輕的女學生開心地想起她的過去，或是加快她游泳的速度），愛情就會轉變成深深的苦惱，源源不絕地襲擾戀人，我們稱之為litost。

對一般人常有的缺陷擁有深刻體驗的人比較不會受到litost的衝擊。對這種人來說，他自身悲慘遭遇的真實現場不過是件稀鬆平常的事。所以，litost只屬於未經世事的年紀，litost是妝點青春的飾物。

litost發作的時候像個兩段變速的馬達。苦惱過後就是報復的慾望，目的就是要讓對方看起來跟自己一樣悲慘。男生不擅泳技，可那挨了耳光的女生卻在哭泣。這下他們就扯平了，愛情也可以持續不懈。

由於報復行動的真正起因不能讓人知道（男學生不能對女學生承認他之所以打人是因為女學生游得比較快），結果女學生只能往錯誤的方向去理解這件事。因此，litost總少不了一些哀怨動人的虛情假意：男學生宣稱，他因為擔心女友溺水，急得快要發瘋；小男孩不斷地把提琴拉得荒腔走板，佯裝自己欠缺天賦、無可救藥。

這一章的標題本來應該叫做〈男學生是誰？〉。雖說本章處理的主題是litost，然究其實，本章談的還是這個男學生，他恰恰就是litost的化身。所以，他愛的那個女學生後來離開他，其實也沒什麼好驚訝的。為了游泳游得好而挨巴掌，畢竟不是什麼讓人開心的事。

至於在家鄉認識的肉店老闆娘，她就像一帖現成的大塊膏藥，走進他的生活為他封裹傷口。肉店老闆娘愛他，她把男學生當作天上的神，當男學生跟她談起叔本華的時候，她不會為了表現自己特有的獨立個性而跟男學生唱反調（就像男學生苦難記憶中的那個女學生一樣），她只是默默地看著男學生，而被克莉絲汀女士深情打動的男學生，則兀自想像她的雙眼泛著淚光。當然，我們也不該遺漏這一點：自從跟女學生分手以後，男學生一直沒有跟女人做愛。

伏爾泰是誰？

伏爾泰在大學裡當文學系的助教，他機智橫溢生性好鬥，盯著人看的時候，眼神總是十分尖酸刺人。別人拿伏爾泰當他的綽號倒也不是沒有原因。

伏爾泰滿欣賞這個男學生的，而擁有這份殊榮可不是一件容易的事，因為在對什麼人有好感這種事上頭，伏爾泰是很挑剔的。討論課結束後，他問男學生明天晚上有沒有空。哎呀！明天晚上，克莉絲汀女士會來找他。要跟伏爾泰說沒空，可得要有相當的勇氣。而伏爾泰才手背一揮，就把他婉拒的話給清理掉了：「好吧，您得把約好的事情延後，您不會後悔的。」伏爾泰跟男學生說，國內最優秀的詩人明天要在文人雅士俱樂部聚會，而他，也就是伏爾泰，會同這些詩人一道出現在那兒；他希望男學生去跟他們認識一下。

是的，那位大詩人也會去，伏爾泰是這位大詩人家裡的常客，他正在撰寫一篇以大詩人為主題的論文。大詩人身體狀況不佳，走路還得拄柺杖，所以他平日深居簡出，能見他一面的機會實在是不可多得。

明天要聚會的這些詩人寫的書，男學生都看過，至於那位大詩人的作品，有些詩句他甚至可以成頁成頁地背誦。能參加他們的私人聚會，比什麼事都讓他興奮。可此時他又想起，他已經有好幾個月沒跟女人做愛了，於是他又說了一次他不能去。

伏爾泰無法理解，世上竟然有比跟大人物見面更重要的事。女人嗎？這種事不是可以排到後面去嗎？突然間，伏爾泰的眼鏡閃射出譏諷的光芒。可此時男學生的眼裡只有肉店老闆娘的身影，整整一個月的假期裡，她都害羞地逃開。儘管男學生內心掙扎不已，最後他還是對伏爾泰搖了搖頭。在這一瞬間，克莉絲汀的價值跟全國的詩歌加起來一樣重要。

求全之計

克莉絲汀早上就到了，白天她先在城裡辦件事，這是到布拉格來的藉口。晚上他們約在一家男學生事先決定的小酒館碰面。男學生才走進小酒館就吃了一驚：店裡滿是

MILAN KUNDERA

醉鬼，而他在假期邂逅的那位土裡土氣的小仙女正坐在廁所旁的角落裡，她占的桌子不是給顧客坐的，而是拿來堆髒碗盤的。她的穿著看得出煞費苦心，可那打扮卻又如此笨拙，只能說像個幾百年沒進過城的村婦，想要痛痛快快地來首都好好玩一玩。她戴了頂帽子，脖子上吊著一圈炫目的珠子，腳下踩的是雙黑色淺口鞋。

男學生感到雙頰發燙——不是感動而是沮喪。如果背景是在小鎮上，跟那些肉店老闆、修車工人、退休老人站在一起，克莉絲汀給人的印象跟在布拉格是大不相同的。噢！布拉格，這滿是女學生和漂亮美容師的城市。那些可笑的珠子和那顆隱約可見的金牙（在上排牙齒的裡面），在他眼裡，克莉絲汀簡直是某種女性美的反面代表人物，跟她的相反的那一面，是穿牛仔褲的女孩洋溢的青春女性美，而他被這種青春之美殘酷地拒於門外已經有好幾個月了。他腳步搖晃地向克莉絲汀走去，腦中縈繞著litost的感覺。

雖說男學生很失望，可是克莉絲汀女士的感受也好不到哪裡去。男學生邀她去的餐廳名字很好聽——溫賽拉斯王——克莉絲汀對布拉格不熟，她本以為他們即將共進晚餐之處會是個豪華的地方，她以為男學生邀她去那兒，是為了讓她見識布拉格浪漫情趣的燦爛火花，但卻發現溫賽拉斯王跟那種給修車工人喝啤酒的地方沒什麼兩樣，而且她得在廁所旁的一角等候男學生，她心裡並沒有感受到我描述的那種litost，而是燃起了一把很常見的怒火。我要說的是，克莉絲汀既不覺得自己可憐，也沒有受到屈辱的感覺，可她覺得男學生的表現實在太差勁了，這話她也毫不猶豫地告訴了男學生，她說話的時候一肚子氣，那樣子跟對肉店老闆說話沒有兩樣。

兩人面對面直挺挺地站在那兒，克莉絲汀大聲責怪他，詈罵滔滔不絕，他則是有氣無力地辯解著。克莉絲汀在他心中激起的反感卻愈來愈鮮明，他想要立刻把克莉絲汀帶回家藏起來，不讓任何人看見，看看兩人躲在那麼親近的地方，會不會讓消失的魅力復活。不過克莉絲汀卻不願意。她已經很久沒來首都布拉格了，她想到處看看玩玩。她腳下踩的黑色淺口鞋和脖上掛的珠子也在那兒高聲主張它們的權利。

男學生告訴克莉絲汀：「可是這家小餐廳真的很棒，這是最懂門路的人上的館子。」他這麼說，好讓肉店老闆娘覺得她根本不懂布拉格什麼東西有趣、什麼東西無趣。「不幸的是，今天這裡客滿了，我只好帶妳去別的地方。」然而，事情竟像刻意安排似的，他們所到的每一家小酒館也都一樣擠滿了人，從每家酒館到另一家都得走上一小段路，而克莉絲汀女士在他眼裡簡直滑稽得令他無法忍受，她可愛的帽子，她那串珠子，她嘴裡閃著金光的假牙。後來他們走過幾條盡是年輕女人的街道，此時男學生方才知道自己犯下了一個不可原諒的錯誤，他竟然為了克莉絲汀而放棄與國內所有文學巨人宴遊的機會。不過他也不想惹克莉絲汀生氣，畢竟，就像我說過的，他已經很久沒跟女人做愛了。除非能巧妙地安排一個求全之計，否則根本無法走出這樣的兩難之境。

最後，他們終於在一家偏僻的小酒館裡找到位子。男學生點了兩杯餐前酒，然後悲傷地看著克莉絲汀說：在這裡，在布拉格，生活總是充滿未知數。就在昨天，他接到國內最負盛名的詩人打來的電話。

男學生說到詩人名字的時候，克莉絲汀女士著實嚇了一跳。從前唸書的時候，她背過他寫的幾首詩。這些偉大人物的名字，我們都是在學校讀到的，他們的特質就是不真實，彷彿不具形體似的，他們活著的時候，名字就已經被列在莊嚴尊榮的封神榜了。克莉絲汀簡直不敢相信這是真的，她無法相信男學生跟大詩人會有私交。

男學生宣稱，他當然認識這位大詩人，而且他在碩士班的研究主題就是這位大詩人，他正在撰寫論文，將來應該會出書。他從來沒跟克莉絲汀女士提過這件事，因為他怕她會以為他在自吹自擂，可是現在他也不得不說了，因為大詩人突如其來地跑來擋在他們倆的路上。事情是這樣的：今晚在文人雅士俱樂部有一個私人性質的討論會，與會者是全國的詩人，只有幾個評論家和圈內人被邀請。這場聚會極為重要，大家都期待一場唇槍舌劍、火光迸射的辯論。不過，男學生當然是不會去的，因為他實在太想待在克莉絲汀女士的身邊了！

在我那甜蜜又奇特的國家，要拿詩人的魅力來迷惑女人的心，其威力一直不曾稍減。克莉絲汀開始對男學生感到欽佩，心底升起一股母性的慾望，她勸男學生要把握機會。她一副捨己為人的模樣，態度出人意料但又有點誇張，她宣稱，如果男學生不去參加大詩人要出席的那個聚會，實在太可惜了。

男學生說他試過一切方法要帶克莉絲汀一起去，因為他知道克莉絲汀如果能見到這位大詩人和他的朋友們，一定會很開心。不幸的是，這並不可能。連大詩人都不會帶他太太一道去。這場討論會的邀請對象只限於一些專家。起先他真的沒有意思要去，但現在，他知道克莉絲汀的話是對的。沒錯，她說得對。他總可以去那兒待個一小時吧。

在這段時間裡，克莉絲汀可以在家等他，到時他們就可以在一起，可以兩個人獨處了。

誘人的劇院和歌舞表演就這樣被遺忘了，克莉絲汀走進男學生住的小閣樓。剛進去的時候，她的感覺就像走進那家叫做溫賽拉斯王的酒館一樣。那裡根本說不上是公寓，只是個小小的房間，連玄關都沒有，所有的家具就是一張沙發床和一張工作桌。不過她已經對自己的判斷力失去信心了。她走進了一個新世界，那兒的價值尺度神秘難解。於是她很快地接受了這個又髒又讓人不舒服的房間，她施展了一切女性本能，讓自己覺得像待在家裡一樣自在。男學生請她脫下帽子，吻了她一下，讓她在沙發床上坐著，然後讓克莉絲汀看了他的小書櫥，這樣，他不在的時候，克莉絲汀可以看看書打發時間。

這時，克莉絲汀想到了什麼，她說：「你有沒有他的書？」她心裡想的是那位大詩人。

有啊，男學生是有他的書。

她有點不好意思地接著說：「你可不可以把書送給我當禮物？然後請他幫我簽名題字？」

男學生高興極了，大詩人題個字就可以代替克莉絲汀無緣探訪的劇院和歌舞表演。他對克莉絲汀感到內疚，不論什麼事都願意為她去做。正如他所預期，克莉絲汀的魅力在他隱密的閣樓裡又重新燃起，方才在街道上遛達的年輕女人都消失了，克莉絲汀的樸實所散發的魔力已然悄悄占領了小房間。失望之情緩緩消解，男學生想到即將開展的美好夜晚可以兩全其美，心裡放下一塊石頭，愉快地走出家門，往文人雅士俱樂部去了。

詩人們

男學生在文人雅士俱樂部的門口等伏爾泰，然後兩人一同走上二樓。他們穿過衣帽間走進大廳，笑鬧沸騰的人聲已然盈耳。伏爾泰打開餐廳的門，男學生看見全國的詩歌都在那兒了，全都圍在一張大桌的旁邊。

我遠從兩千公里之外遙望他們。現在的時間是一九七七年的秋天，我的祖國在俄羅斯帝國鐵腕懷柔的擁抱中，已然沉睡了九年，伏爾泰已經被人趕出大學，而我寫的書全讓人從所有公共圖書館給收了起來，被政府堆在不知哪個地窖裡。我在那兒還空盼了幾年，後來我跳上車子，盡我所能往歐洲最西邊開呀開，一直開到法國布列塔尼的雷恩市才停下來。到那兒的第一天，我在最高的一棟大樓裡租下了頂樓的公寓。第二天一早被陽光照醒的時候，我才發現公寓的落地窗是向東的，面對的正是布拉格的方向。

於是，現在我從高高的陽臺望著他們，可距離實在太遠了。還好我眼中有滴淚，淚水像望遠鏡的鏡片般，把他們的臉拉近了。現在，我可以清清楚楚、結結實實地看到，大詩人就坐在他們當中。他顯然已經年過七十，不過他臉龐的俊秀之氣還是依稀可辨，雙眼依然充滿智慧、炯炯有神。兩支枴杖則靠在他坐的桌子旁邊。

襯著布拉格燈火通明的夜景，這些人我全看見了，他們的樣子同十五年前沒有兩樣，那時，他們的書還沒被堆在政府的地窖裡，那時，他們經常圍著滿是酒瓶的大桌子縱情談笑。我深愛這些人，我不知該不該隨隨便便在電話簿裡找個平庸的名字塞給他們。真要把他們的臉孔藏在假名背後的話，我要幫他們好好起個名字，算是做點裝飾，算是我向他們致敬的禮物。

既然那些學生暱稱他們的助教為伏爾泰，那我為什麼不能喚我最心儀的詩人為歌德？歌德的對面是雷蒙托夫。眼睛深邃迷濛的那位，我想把叫他做佩脫拉克。

魏崙、葉綏寧，還有其他幾個不值一提的詩人都在那兒，不過，還有個傢伙也在那兒，他的出現分明是個錯。從遠處（從兩千公里的距離之外）看去，顯然詩並沒有給這傢伙帶來什麼豔遇，他根本不喜歡詩。他的名字是薄伽丘。

伏爾泰從牆邊拉來兩張椅子，放在滿是酒瓶的桌旁，然後把男學生介紹給詩人們。詩人們彬彬有禮地點頭致意，只有佩脫拉克沒注意到男學生，因為他正在跟薄伽丘爭辯著。他用以下的話為爭論做了個小結：「女人始終比我們優越。關於這一點，我說幾個星期都說不完。」

歌德也頗表贊許：「幾個星期是多了一點，不過，至少跟我們說個十分鐘吧。」

佩脫拉克的故事

「上星期有一天晚上，發生了一件不可思議的事。我太太剛洗完澡，穿著她的紅色浴袍，一頭金色的亂髮，看起來美麗極了。約莫九點十分的時候，有人按了門鈴。我打開門，看見一個女孩子挨著牆站在那兒。我馬上認出她來。我每星期都去一家女子高中，女學生們組了個詩社，她們都偷偷愛慕著我。

「我問她說：『妳在這裡做什麼？』

「我有些話一定得跟您說！

「妳有什麼話要跟我說？

「我有很重要、很重要的事要跟您說！

「孩子，我對她說：『時間已經很晚了，妳現在不能上來我家，妳下去到地窖門口等我。』

「我走回房間，告訴我太太說有人按錯門鈴。然後若無其事地跟她說，我得到地窖去拿些炭來，於是我拎起兩個空桶子就下去了。這檔子事，實在是蠢透了。那天我的膽囊本來一直在作怪，我在床上躺了一整天。結果我卻突然有力氣下去拿木炭，我太太一定會覺得奇怪。」

「你的膽囊有毛病啊？」歌德一副很有興趣的樣子。

「已經好幾年了。」佩脫拉克答道。

「你怎麼不去開刀呢？」

「這種事我絕不幹！」佩脫拉克說。

歌德頷首表示贊同。

「我說到哪兒了？」佩脫拉克問道。

「你說你膽囊痛，然後你拎了兩個炭桶。」魏崙在他耳邊輕聲說。

「我在地窖門口看到那個女孩子，」佩脫拉克接著說，「然後我要她下去。我拿了一支鏟子把木炭鏟進桶子裡，我試著要了解她的來意。那女孩不停地說她一定得來找我。除此之外，我什麼也沒有聽懂。

「後來，我聽見樓梯上傳來一陣腳步聲，於是我提起剛裝滿的那桶木炭跑出地窖。那是我太太正在下樓梯，我把桶子遞給她說：『趕快，妳先拿著這桶，我要再去裝另一桶。』我太太提著桶子上了樓梯，我又下去地窖裡跟那女孩說，我們不能再待在那兒了，我要她在外面等我。我很快裝滿了第二桶木炭，趕快跑上去。我吻了我太太一下，要她先去睡，我跟她說我想洗完澡再睡。於是我太太去睡了，而我呢，我走進浴室打開所有的水龍頭，水猛烈地沖打著浴缸。我脫下拖鞋，穿著襪子走到玄關，我白天穿過的那雙鞋放在門口，我沒去動它，好讓人以為我沒出門。我穿的是鞋櫃裡的另一雙鞋，我穿上鞋，靜悄悄地偷溜到公寓外頭去。」

這時候，薄伽丘插話了：「佩脫拉克，我們都知道你是個大詩人，不過我發現你還是個狡猾的謀略家，做起事來有條不紊，沒有一秒鐘會被激情蒙蔽！你處理那雙拖鞋和那兩雙鞋子的方法實在了不起。」

所有在場的詩人都同意薄伽丘的話，大家都對佩脫拉克讚美有加，佩脫拉克聽了則是一副得意洋洋的樣子。

「她就在外頭等我，我試著要她冷靜下來，我跟她說我現在得回家去，請她明天下午再來，那時候我太太不在家，沒有人會打擾我們。電車站就在我家的公寓前面，我堅持要她回去，但是電車到站的時候，她卻大笑起來，急著想往我家公寓大門的方向走去。」

「你應該把她推到鐵軌上讓電車把她輾死。」薄伽丘說。

「各位，」佩脫拉克以一種近乎莊嚴的聲調宣示：「不管我們願不願意，有時候對女人得兇狠一點。我跟她說了：『妳再不乖乖回家的話，我就要把公寓的大門鎖上了。不要忘了我在這兒還有家有室，我可不想把這兒搞得亂七八糟！』各位，請大家不要忘了，我跟她在外頭嚷嚷的時候，樓上浴室的水龍頭還開著呢，浴缸裡的水隨時都會滿出來！

「於是我轉身一個箭步往公寓的大門狂奔，她緊跟在後面。不巧的是，那時候剛好有人要進門，於是她就趁亂跟著混了進來。我以跑百米的速度衝上樓梯！一直聽到後面的腳步聲。我家住四樓！那簡直是個了不起的紀錄！最後我還是比她快，我幾乎是砰地一聲，把門在她鼻子前面關上。而且我還來得及把電鈴線從牆上扯下來，這樣她再怎麼摁也沒人聽得到，我很清楚她會摁著電鈴不放。之後呢，我踮著腳尖跑進浴室裡。」

「浴缸的水還沒滿出來嗎？」歌德關切地問道。

「我在最後一刻把水龍頭關上，然後，我到門口看了一下，我打開門上的窺視孔，發現她還在那兒，動也不動，雙眼直瞪著我家的門。各位，我真是嚇壞了，我不知道她是不是會在那兒一直待到第二天早上。」

薄伽丘惹人嫌

「佩脫拉克，你真是個無可救藥的女性愛慕者，」薄伽丘插進來說，「我想那些搞詩社的女孩都把你當作阿波羅來崇拜吧。換作要我去見這些女孩的話，門都沒有。一個女詩人就是雙倍的女人，像我這種女性厭惡者，根本無法忍受這種事。」

「你倒是說說看，薄伽丘，」歌德接著他的話，「為什麼你老是要吹噓，說你是女性厭惡者呢？」

「因為女性厭惡者都是最優秀的男人。」

眾詩人聽到這番話，發出一片噓聲。薄伽丘只得拉高嗓門說：

「各位，請不要誤會我的意思。其實女性厭惡者並不蔑視女人，女性厭惡者不喜歡的是女性特質。自古以來，男人就可以分為兩種類型：一種是女性愛慕者，也就是詩人，另一種是女性厭惡者，說得更清楚一點，就是有女性恐懼症的人。女性愛慕者或詩人，崇拜傳統的女性價值，例如情感、家庭、母性、懷孕的能力、神聖的歇斯底里所散發的光芒，還有天生的神奇內在聲音，而凡此種種對女性厭惡者或有女性恐懼症的人來說，只會喚起他們輕微的害怕。在女人身上，女性愛慕者崇拜的是女性特質，而女性厭惡者則寧可要一個女人，也無法忍受女性的特質。不要忘記這一點：女人只有跟女性厭惡者在一起才能得到真正的快樂。跟你們在一起的女人，從來沒有哪個曾經快樂過！」

此話一出，又是一陣充滿敵意的鼓譟。

「女性愛慕者或詩人，可以帶給女人戲劇般的生活、激情、淚水、憂慮，但是從來不會帶給女人任何歡愉。我就認識一個這樣的人。他愛慕他的太太，後來他又愛慕另一個女人。他不想因為欺騙的行為而侮辱了前者，也不想偷偷摸摸地把後者變為情婦。於是他一五一十都跟他太太說了，還要他太太幫他，他太太因此病了，他不停地哭，哭到後來他情婦也受不了了，說要離開他。最後他跑去臥軌，想讓電車輾過，不幸的是，電車駕駛老遠就看到他，結果我們這位女性愛慕者還得付五十克朗的罰款，罪名是阻斷交通。」

「薄伽丘是騙子！」魏崙大叫。

「佩脫拉克剛說的故事，」薄伽丘立刻接上話說，「還不是同一套。你那金髮的太太哪裡對不起你，你幹嘛對那個歇斯底里的女孩那麼認真？」

「你又知道我太太什麼了！」佩脫拉克拉高音調反駁。「我太太是我最忠實的朋友！我們之間沒有秘密！」

「那你幹嘛要換穿另一雙鞋子？」雷蒙托夫問道。

佩脫拉克也不甘示弱。「各位朋友，當那個年輕女孩待在樓梯間，而我不知如何是好的時候，在這關鍵的時刻，我跑去房間裡找我太太，把事情的真相都跟她說了。」

「我想像的女性愛慕者就是這樣！」薄伽丘笑著說。「告白！這是所有女性愛慕者的反射動作！你一定是開口求她幫你！」

佩脫拉克以無比溫柔的聲音答道：「沒錯，我求她幫我。她從來不會拒絕幫助我。這一次也不例外。她自己跑到玄關去看。我呢，我因為害怕的緣故，一直待在房裡。」

「換作是我，我也會害怕。」歌德一副非常同情的樣子。

「我太太回來的時候，神情十分平靜。她從門上的窺視孔看過了樓梯間，然後她打開門看，門外已經沒人了。可能有人要說我在說夢話了，說時遲那時快，後面傳來一陣巨響，玻璃碎裂紛飛；你們知道，我們住的是一棟老公寓，窗戶外面都有走廊。那女孩看電鈴不會響，不知從哪兒找來一根鐵棍，繞著走廊把窗戶一扇一扇統統敲破。我們在房子裡眼睜睜看著她敲，卻什麼也不能做，簡直嚇壞了。後來，我們看到三個白色的人影出現在黑漆漆的走廊另一頭。是我們同棟公寓對面的老太太，被玻璃碎裂聲吵醒了。她們穿著睡衣跑出來，迫不及待，興奮地看著這齣意想不到的鬧劇。你們想想看這樣的畫面：手持鐵棍的美麗少女，身邊圍繞著三個巫婆不祥的身影！

「後來，那女孩敲破最後一塊玻璃，然後從那扇窗爬進我家客廳。

「我本來要過去跟她說話，可是我太太緊緊抱住我，求我說：『不要過去，她會把你殺了！』那女孩站在客廳中央，手持鐵棍，那樣子就像拿著長槍的聖女貞德，美麗而莊嚴！我啊，我從我太太的懷裡掙出來，向那女孩走去。我離她愈近，她兇惡的目光就變得愈溫柔，充滿神聖祥和之氣。我把鐵棍拿起來丟到地上，然後拉起那女孩的手。」

侮辱

「你說的故事，我一個字也不信。」雷蒙托夫說。

「當然囉，事情的過程不可能完全像佩脫拉克說的那樣，不過我相信這事真的發生過。在類似情況下，任何一個正常男人遇到這個歇斯底里的女孩，早就給她兩巴掌了。長久以來，女性愛慕者或詩人，就是這些歇斯底里的女孩夢寐以求的獵物，這些女孩知道女性愛慕者或詩人絕不會甩她們耳光。女性愛慕者一看到女人就會被解除武裝，因為他們永遠脫離不了母親的陰影。他們把每個女人都當作母親的使者，因而向她們屈服。母親的裙襬像一片天，遮蓋在他們頭頂上。」薄伽丘對最後這句話十分著迷，於是又重複了好幾遍：「詩人哪，你們抬頭望見的不是天空，而是母親巨大的裙襬呀！你們全都活在母親的裙襬底下啊！」

「你這話是什麼意思？」葉綏寧從椅子上跳起來大聲咆哮，身體顫晃著，打從聚會開始，就數他喝最多。「你說我媽怎樣？你說什麼？」

「我沒有說你媽怎樣。」薄伽丘輕聲回答。他知道葉綏寧的女友是個大他三十歲的知名舞者，葉綏寧對她用情至深。可這會兒，葉綏寧的唾沫已經在雙唇之間蓄勢待發了，他身子向前一傾，吐出了唾沫。不過他實在喝得太醉了，結果唾沫吐在歌德的領子上，薄伽丘趕緊拿出手帕幫大詩人揩去。

吐完唾沫，葉綏寧覺得疲倦得要命，於是又跌回他的位子。

佩脫拉克接著說：「各位朋友，我真希望你們也能聽到她對我說了什麼，那些話真令人難忘，嘮嘮叨叨像篇祈禱文還是經文似的。她對我說，『我是個單純的女孩子，我是個平凡無奇的女孩子，我沒有什麼可以給你，可我來找你，是因為愛情把我帶到這裡，所以我來了。』──這時她緊緊握住我的手──『我要讓你知道什麼是真正的愛情，我要讓你在生命裡感受一次真愛。』」

「那你太太對這位愛情的使者說了什麼？」雷蒙托夫尖刻地譏諷他。

歌德放聲大笑說：「雷蒙托夫會願意付出一切代價讓女人來砸他玻璃！他甚至會付錢要人家這麼做！」

雷蒙托夫恨恨地瞅了歌德一眼，佩脫拉克接著說：「我太太？雷蒙托夫，你有沒有搞錯，你可別把我說的事跟薄伽丘那些不正經的故事混為一談。那個小女孩轉身向我太太走去，她用神聖的目光看著我太太說──這次也一樣，她的話還是像篇祈禱文或是經文一樣──『夫人，請不要生我的氣，您是個好人，我也愛您，我愛的是你們兩個人。』然後她也拉起我太太的手。」

「如果這是薄伽丘那些故事的一幕，我倒是沒什麼意見，」雷蒙托夫說。「可是你說的，比那些故事更糟，這根本就是一首爛詩。」

「你根本就是羨慕我！」佩脫拉克對著雷蒙托夫大叫。「你一輩子都沒遇過這種事，你何曾跟兩個愛你的美麗女人共處一室！你知道我太太一頭散亂的金髮，穿著紅色浴袍的時候有多美嗎？」

雷蒙托夫訕訕地笑著，可這一次歌德決定要懲罰一下老是出言刻薄的雷蒙托夫，他說：「雷蒙托夫，在座每一個人都知道你是個偉大的詩人，可是你為什麼有這麼些情結呢？」

雷蒙托夫愣了幾秒鐘，才強作鎮定，回了歌德的話：「約翰[7]，你怎麼可以這麼說我呢。這是你傷害我最深的話了。你這樣實在太粗魯了。」

歌德是個喜歡和諧的朋友，他當然不會繼續調侃雷蒙托夫，可是正在寫歌德傳記的伏爾泰就不一樣了，他笑著說：「雷蒙托夫，你心裡糾葛著種種情結，這是再明顯不過的。」伏爾泰開始分析所有雷蒙托夫寫的詩，這些詩既不像歌德的詩呈現出自然的幸福恩寵，也沒有佩脫拉克詩裡的激情氣息。伏爾泰甚至把雷蒙托夫用過的每一個隱喻都剝開來，還興沖沖地論證著雷蒙托夫想像力的直接來源是他的自卑情結，接著回溯到雷

7. 德國詩人歌德（Johann Wolfgang von Goethe，一七四九—一八三二）的名字為「約翰」（Johann）。

蒙托夫的童年：貧窮再加上父親威權性格的壓迫，標誌著他的童年。

此時，歌德靠在佩脫拉克的耳邊低語，整個房間裡都迴響著老人家的低語，結果每個人都聽見了，雷蒙托夫也不例外。他如是說：「省省吧！說這些都是廢話。雷蒙托夫的問題就出在他沒有搞女人！」

男學生跟雷蒙托夫站在同一邊

男學生始終沉默，他自己斟了酒（有位侍者一直默默地把空酒瓶收掉，換上新酒），靜靜聆聽眾詩人的唇槍舌劍，這場讓人暈眩的激辯，他看得目不轉睛。

他在心裡問自己最喜歡哪個詩人。歌德呢，他很崇拜他，不過這種崇拜跟克莉絲汀對歌德的崇拜一樣，跟全國人民對他的崇拜也沒啥兩樣。佩脫拉克熾熱的雙眼也深深吸引著他。可奇怪的是，那個被歌德挖苦的雷蒙托夫竟然在他心裡激起最多好感，尤其是在歌德說了最後那段話以後，歌德的批評讓他意識到，一個偉大的詩人（雷蒙托夫也的確是位偉大的詩人）也有可能跟一個名不見經傳的學生遭遇到一樣的困擾。他看了看錶，發現自己如果不想跟雷蒙托夫有一樣下場的話，該是趕緊回家的時候了。

可是他又捨不得離開這些大人物，結果他沒有回去找克莉絲汀女士，而是去上了廁所。廁所裡，白色的磁磚前，處處可見崇高的思想，他聽見身旁傳來雷蒙托夫的聲音：「你別聽他們的。這些人不夠細緻。你懂嗎？他們不夠細緻。」

雷蒙托夫說「細緻」的時候，彷彿讓人一聽就知道這兩個字是用斜體打印的。是的，有些字跟其他字就是不一樣，我說的是那些擁有特殊意義的字，只有圈內人才會懂。男學生不知道雷蒙托夫為什麼說「細緻」的時候，讓人聽了就覺得像是斜體字，可我，我屬於所謂的圈內，所以我知道雷蒙托夫從前讀過巴斯卡[8]的《默想錄》，這本關於細緻精神與幾何思想的著作，自此以後，雷蒙托夫就把人分為兩大類：細緻的人，和其他的人。

「你怎麼說，搞不好你覺得他們很*細緻*？」雷蒙托夫見男學生不說話，語氣變得頗有攻擊性。

男學生扣上褲頭的釦子，看著雷蒙托夫。一百五十年前，羅普欽斯基伯爵夫人在日記上寫得一點兒也沒錯——雷蒙托夫的腿非常短。男學生對他心生感激，因為這是第一次有大詩人問他這麼嚴肅的問題，而且等著他回覆同樣嚴肅的答案。

「在我看來，」男學生說，「他們一點兒也不細緻。」

雷蒙托夫兩隻短腿動也不動，他說：「沒錯，一點兒也不細緻。」他又拉高聲調加上一句：「可是我啊，我是如此*自傲*！你知道的，我啊，我是如此*自傲*！」

「自傲」這兩個字也是用斜體字打印在雷蒙托夫嘴上的，這樣大家就明白了，只有傻瓜才會以為他的自傲跟女孩子因美麗而自傲是同一件事，只有傻瓜才會以為他的自

8. 巴斯卡（Blaise Pascal，一六二三—一六六二）：法國數學家、物理學家兼哲學家。

傲跟商人因財富而自傲是同一件事，畢竟雷蒙托夫的自傲是一種非常特殊、很有根據、很高尚的自傲。

雷蒙托夫大聲嚷著：「我啊，我是如此自傲！」他跟男學生一起走回餐廳，伏爾泰正在那兒對歌德讚頌不已。這時，雷蒙托夫發作了。他神氣活現地站在大桌子前面，看起來突然比其他坐著的人高出一個頭，他說道：「現在，我要讓大家知道我有多自傲！現在，因為我這麼自傲！我要告訴大家一件事。這個國家裡只有兩個詩人，那就是：歌德和我。」

這下子換伏爾泰拉高嗓門了：「你或許是個偉大的詩人，但是就做為一個人來說，你只有這麼點兒高！我可以說你是個偉大的詩人，可是你呢，你自己就不能這麼說。」

雷蒙托夫愣了一會兒，才結結巴巴地說：「我為什麼不能這麼說？我，我是如此自傲！」

雷蒙托夫又說了好幾次他很自傲，伏爾泰在那兒又嚷又笑，其他人也跟著笑了起來。男學生知道他等待的時刻到了，他也像雷蒙托夫一樣站了起來，用眼睛巡了一圈在場的詩人才開口說話：「你們都不了解雷蒙托夫。詩人的自傲跟一般人的自傲是不一樣的，只有詩人自己才知道他寫的東西有什麼價值。別人要過很久才會明白，或者永遠都不明白。所以詩人必須要自傲，不然，他就是背叛了自己的作品。」

大家笑得東倒西歪不過是片刻前的事，但就在一瞬間，所有人都同意了男學生的見解，畢竟大家都跟雷蒙托夫一樣自傲，只是不好意思說出來罷了，從前他們只是不曉得，只要恰如其分地把「自傲」說出來，這兩個字就不再可笑，而且會變成一個高尚有靈性的字眼。所以大家都很感謝男學生提出這麼好的見解，其中有個詩人——應該是魏崙吧——甚至還鼓掌叫好呢。

歌德把克莉絲汀變成了女王

男學生坐了下來，歌德帶著可親的微笑轉身對他說：「孩子，你是真正懂詩的人。」

其他人又陷入了醉鬼的酒後清談，於是男學生獨自面對著大詩人。他想好好把握這個難得的機會，可他卻突然不知該說些什麼。他緊張兮兮地想要找句合適的話來說——歌德只是面帶微笑靜靜地望著他——他什麼句子都想不出來，所以也只能對著歌德傻笑。這時，克莉絲汀突然從記憶裡冒出來，幫他解決了這個困局。

「最近我正在跟一個女孩交往，其實應該說是一個婦人，她是一家肉店老闆的太太。」

歌德聽了很高興，對他露出十分可親的笑容。

「她很崇拜您，她給了我一本您的詩集，要我帶來請您題個字。」

「拿來吧，」歌德從男學生手中把書接過來，他把書翻到扉頁，然後說：「跟我說說她的事。她長什麼樣？美麗嗎？」

在歌德面前，男學生沒辦法說謊。他承認肉店老闆娘不是什麼美人。更糟的是，今天她的穿著打扮可笑極了，她戴著一串大珠子，穿著一雙很正式但早已過時的黑鞋，在布拉格街上溜達了一整天。

歌德饒有興味地聽著男學生的話，然後以一種近乎懷念過去的語氣說：「太美妙了。」

男學生鼓起勇氣，甚至連肉店老闆娘嘴裡閃著一顆活像金色蒼蠅的金牙，也告訴了歌德。

歌德開心地笑了，他提出自己的比喻：「像一枚指環。」

「像一盞導航燈！」男學生不甘示弱地說。

「像一顆星星！」歌德笑著說。

男學生解釋說，其實肉店老闆娘只是個平凡得不得了的村婦，可正是這一點深深吸引著他。

「我很了解您心裡想的，」歌德說。「有些東西，像一套不合宜的裝扮啦，牙齒上的一個小缺陷啦，一顆平庸無比的心靈啦，正是這些小地方展現出活生生、真實的女人。今天幾乎每個女人都想模仿那些海報或流行雜誌上的女人，可是那些海報上的女人沒有什麼魅力，因為她們不真實，她們只是一堆抽象指令的總和。她們是由精密控制的機器造出來的，而不是從人的身體裡生出來的！親愛的朋友，我跟您保證，您的平凡村婦正是一個詩人需要的女人，恭喜您！」

語畢，歌德低頭看著詩集的扉頁，拿起筆開始寫。他寫了滿滿一整頁，神情興奮激動，臉上散發著愛和理解的光芒。

男學生把書拿回來，得意得連臉都紅了。一名素不相識的女子，歌德寫給她的文字美麗又哀傷，懷舊又煽情，智慧又詼諧，男學生肯定從來沒有人寫過這麼美的詞句給女人。他想起克莉絲汀，無窮無盡的慾念自心底升起。在她可笑的衣服外頭，歌德用詩為她披上一襲斗篷，一襲以無比崇高的字詞縫織的斗篷，詩歌把克莉絲汀變成了女王。

眾人抬著詩人

俱樂部的侍者走進了餐廳，不過這一次他沒有端新的酒來。他問詩人們是不是要離開了，因為俱樂部再過一會兒就要打烊了。門房揚言要把大門鎖上，把大家都關在裡面，直到明天早上。

侍者反覆提醒了他們好幾次，扯著嗓門慢慢地說，先是對著眾人說，然後又分別跟每一個人說，最後大家才終於了解，門房不是鬧著玩的。佩脫拉克突然想起他那穿著紅色浴袍的太太，猛然從座位上站起來，彷彿有人從後面踹了他一腳。

這時歌德說話了，聲調無比哀傷：「朋友們，把我留在這裡吧。我要待在這裡。」兩支枴杖在他身邊靠著桌緣，眾詩人想勸歌德跟他們一道離開，歌德卻一逕搖頭回應。

在場的每個人都知道他太太是個兇惡嚴厲的老女人，大家都怕她。詩人們都知道要是歌德不準時回去，他太太一生氣，大家就有好戲可看了。詩人們央求歌德說：「約翰，你要想清楚啊，你得回家去呀！」於是詩人們小心翼翼地從腋窩支著歌德，想把他從椅子上攙起來。可這位奧林匹斯之王很重，而詩人們的臂膀又靦腆得很，歌德比起其他人至少大三十歲，對詩人們來說，歌德可說是不折不扣的長老人物；就在此刻，當詩人們把歌德攙起來，要把枴杖遞給他的時候，大家突然都感到尷尬，感到自己的年幼。而歌德卻還在不斷重複，說他要待在這裡！

沒有人贊成讓歌德留下來，只有雷蒙托夫抓住機會，想顯露一下他比別人聰明，他說：「各位，就把他留在這兒吧，我會留下來陪他到早上。難道大家都不了解他嗎？他年輕的時候，連續好幾個禮拜都不回家。他現在這樣是想找回他的青春！你們難道不了解嗎？真是一群白痴！約翰，對不對？我們要橫躺在地毯上，跟這瓶紅酒一起待到明天早上，他們要走就走吧！佩脫拉克也可以跑回去找他那穿著紅色浴袍、一頭亂髮的太太了！」

然而，伏爾泰知道，這一切並不是因為歌德對青春的不捨在作怪。歌德的身體不好，本來就不能喝酒，他一喝，兩腿就會不聽使喚。伏爾泰抄起兩支枴杖，要其他詩人不要再扭扭捏捏了。於是醉茫茫的詩人們，用他們瘦弱的手臂支著歌德的腋窩，將他從椅子上攙起來。詩人們抬著歌德從餐廳走到大廳，或者該說是他們拖著他（歌德的腳一會兒拖在地上，一會兒在半空中晃，像是被父母拎著玩盪鞦韆的小孩，兩腳在那兒晃呀晃的）。可是歌德的確很重，而詩人們也醉了：走到大廳的時候，詩人們才剛把歌德放下來，歌德就開始哀嚎：「朋友們，讓我死在這裡吧！」

伏爾泰大發雷霆，對詩人們咆哮，要他們立刻把歌德扶起來，詩人們又開始尷尬了。眾人七手八腳有的抓手、有的抓腳，才把歌德給攙起來，走出了俱樂部的大廳，來到樓梯口。每個人都抬著歌德。伏爾泰抬著他，佩脫拉克抬著他，魏崙抬著他，薄伽丘抬著他，連醉得走路蹣跚的葉綏寧也抓著歌德的腿，免得跌倒。

男學生也試著要去抬大詩人，他知道這樣的機會一生只有一次。可最後卻無功而返，因為雷蒙托夫太喜歡他了，雷蒙托夫抓著他的手臂不放，一直有話要跟他說。

「這些人不只是不夠細緻，而且還很笨拙，都是些被寵壞的孩子。你看看，他們是怎麼抬他的！他們會把他摔下來！這些人從來沒有用他們的手做過工。你知道嗎？你知道我曾經在工廠做工嗎？」

（別忘了這個時代，在這個國家裡，所有英雄人物都待過工廠，要嘛是革命的熱情驅使，自願去的，要嘛是遭受懲罰，被強迫去的。不論是哪一種情況，他們都很為此感到驕傲，因為他們覺得待在工廠，就像讓一位名叫「生命之苦難」的崇高女神，在額頭印上了一記輕吻。）

詩人們抬著他們的長老，有的抓手、有的抓腳，走到了樓梯上。樓梯間的設計是方形的，有好幾處轉彎都是直角，這對詩人們的技巧和力氣都是很嚴格的考驗。

雷蒙托夫接著說：「親愛的朋友，你知道蓋房子的大樑該怎麼搬嗎？你呀，你一定從來沒搬過。畢竟你是學生。可這幾個傢伙也一樣從來沒搬過。你看看他們怎麼抬他，笨手笨腳的。他們會害他跌下來！」他轉過頭對著詩人們大聲吆喝：「把他抓好，你們這群笨蛋，你們會害他跌下來！你們是不是從來沒用手做過工！」雷蒙托夫緊緊挽著男學生的手臂，跟在那群詩人後面慢慢走下樓，詩人們步履蹣跚、戒慎恐懼地抬著愈來愈沉重的歌德。終於，他們扛著這個重擔下了樓，走上人行道，讓歌德背靠著路燈柱子。佩脫拉克和薄伽丘扶著他，以免他倒下。伏爾泰則走到馬路上去攔車子，招了半天，卻沒半輛車停下來。

雷蒙托夫跟學生說：「你了解你看到的這一切有什麼意義嗎？你還是學生，對於生命一無所知。可這一幕，這一幕多麼壯麗啊！眾人抬著詩人。你知道這可以寫成多棒的詩嗎？」

此時，歌德滑到了地上；佩脫拉克和薄伽丘試著要再把他扶起來。

「你看，」雷蒙托夫對學生說，「他們連把他扶起來都不會。他們根本手無縛雞之力，他們根本對生命一無所知。眾人抬著詩人。多棒的題目啊。你知道的，我現在正在寫兩本詩集，兩本南轅北轍的詩集。一本是以非常嚴謹的古典格式寫的，韻腳和節律都很講究。另一本則是自由體的詩句，書名叫做《詩的解析》，裡面的最後一首詩會題名為〈眾人抬著詩人〉。這首詩會很艱澀。可是會很實在。嗯，*實在*。」

這是雷蒙托夫第三次從嘴裡說出斜體打印的字。「實在」這兩個字表達的意義，

MILAN KUNDERA

跟那些只為了裝飾、為了智力遊戲而存在的事物恰好相反，跟佩脫拉克說的白日夢和薄伽丘寫的鬧劇也恰恰相反。這兩個字表達的是勞動的感人之處，是對前面提到的那位名為「生命之苦難」的女神所展現的忠誠信仰。

魏崙沉醉在夜色裡，神氣活現地杵在人行道上，他仰望繁星唱起歌來。葉綏寧倚著路邊屋子的牆壁坐了下來，就這樣睡著了。伏爾泰繼續在馬路中央揮舞著手，最後終於招到一輛計程車。在薄伽丘的協助之下，伏爾泰把歌德塞進車子的後座。他大聲叫佩脫拉克過來坐在司機旁邊，因為只有佩脫拉克還多少能哄一哄歌德夫人。可是佩脫拉克卻抵死不從：

「為什麼要我！為什麼要我去！我會怕呀！」

「你看到了吧，」雷蒙托夫對男學生說。「朋友需要幫忙的時候，他就躲起來了。這裡沒有人應付得了那位歌德老媽。」他把頭探進車裡，只見歌德、薄伽丘、伏爾泰在後座擠成一堆，他說道：「各位，我跟你們一起去，老太婆就交給我吧。」語畢，他鑽進車裡唯一的空位，坐在司機旁邊。

佩脫拉克指責薄伽丘的笑

滿載著詩人的計程車消失在街頭，男學生這才想起他得趕緊回到克莉絲汀女士的身邊。

「我得回去了。」男學生對佩脫拉克說。

佩脫拉克點點頭，挽起男學生的手臂，卻拉著他往反方向走去。

「你知道嗎？」佩脫拉克對男學生說，「你是個很敏感的男孩子。整個晚上只有你能夠傾聽別人在說什麼。」

男學生接著他的話說：「那個站在客廳中央的女孩，就像拿著長槍的聖女貞德，我可以如你當初所說，一字不漏、原原本本再說一遍。」

「而且，這些醉鬼連聽我把話說完的耐性都沒有！這些人滿腦子想的都是自己，他們會對其他事情感興趣嗎？」

「還有，你說到你太太怕那個女孩要殺你的時候，你說你向她走去，然後她的目光充滿神聖祥和之氣，這一段簡直就像是奇蹟。」

「啊！我的朋友，你才是詩人哪！你才是詩人，他們不是！」

佩脫拉克抓住男學生的手臂，拉著他往自己住的偏遠郊區走去。

「那故事是怎麼收場的？」男學生問道。

「我太太看她很可憐，就讓她在我們家過夜。可是你想想看！我岳母就睡在廚房後面堆雜物的地方，而且她很早起床。一早起來，她看到所有的玻璃都被敲破，就馬上跑去找了幾個碰巧在旁邊那棟房子裡工作的玻璃工人，結果我們起床的時候，所有的窗戶都恢復原狀了。前晚發生的事一點痕跡也沒留下來。我還以為自己做了一場夢。」

「那，那個年輕的女孩呢？」男學生問道。

「她也一樣，她一大清早就無聲無息地離開我家了。」

此刻，佩脫拉克在路中央停下腳步，表情幾近嚴厲地看著男學生說：「親愛的朋友，你知道的，如果你認為我的故事跟薄伽丘講的那些小故事一樣，最後都是以上床收場，那會讓我很痛苦的。有件事你一定得知道：薄伽丘是個傻蛋。薄伽丘永遠都不會了解任何人，因為了解就是要跟對方混合，跟對方認同。這就是詩的秘密。我們在深愛的女人身上耗盡生命，我們在深信的理念中耗盡自己，我們在感動我們的風景裡燃燒自己。」

男學生聚精會神地聽著佩脫拉克的話，克莉絲汀的影像卻出現在眼前，幾小時以前，她的魅力在男學生心中還有點動搖呢。

現在，男學生為自己的動搖感到可恥，因為這種動搖屬於他存在本質裡比較不好的那個部分（薄伽丘式的）；這種動搖並非源自他的力量，而是由於他的軟弱：動搖，正是他沒有勇氣全心全意投入愛情的證據，正是他害怕在深愛的女人身上耗盡生命的證據。

「愛情就是詩，詩就是愛情。」佩脫拉克如是說，男學生則在心底暗自許給克莉絲汀一份崇高熾烈的愛情。片刻之前，歌德才為克莉絲汀穿上一襲尊貴的斗篷，現在輪到佩脫拉克在男學生心中播燃愛的火焰。這夜，等著男學生來享用，這即將來臨的夜，將因為兩個詩人的神聖祝福而榮耀。

佩脫拉克接著說：「相反地，笑，具有一種爆炸性的力量，把我們從世界抽離出來，讓我們陷入清冷的孤獨裡。玩笑是人跟這個世界之間的障礙，是愛情的敵人，也是詩的敵人。這就是為什麼我要再三強調，希望你牢牢記住：薄伽丘不懂愛情。愛情是不可以被嘲笑的。愛情和笑是兩個世界的東西。」

「沒錯。」男學生熱切地表示贊同。在他看來，這個世界是被劃作兩半，一半屬於愛情，一半屬於玩笑。他也知道，在愛情與玩笑的爭戰中，他永遠會站在佩脫拉克的行伍裡。

天使們在男學生的床鋪上空盤旋

她沒有在小閣樓上焦躁地踱方步，也沒有發怒，沒有賭氣，沒有倚窗殷殷企盼。她穿著睡衣蜷在毯子裡睡著了。男學生親吻她的雙唇把她吻醒，在她還沒開口數落他之前，他趕忙滔滔不絕地說起這個神奇的聚會，他見證了一場薄伽丘和佩脫拉克充滿戲劇性的論戰，還看到雷蒙托夫在那兒辱罵其他幾個詩人。她對男學生說的事一點兒也不感興趣，於是打斷他的話，帶著一臉不信任的樣子說：

「我敢打賭你忘了書的事。」

男學生把歌德寫了一大篇獻詞的書遞給她，她簡直不敢相信自己的眼睛。她把歌德寫的句子一連讀了好幾遍，字字句句都像是她和男學生戀情的化身，那麼令人無法想像，也像去年夏天的化身，他們避人耳目，在不知名的林間小徑散步，如此精巧，如此

MILAN KUNDERA

溫柔，一切一切她生命中似乎不該出現的事情，都化成歌德題獻的詩句。

在此同時，男學生脫了衣服躺下來。她緊緊地把男學生擁在懷裡，男學生一輩子沒被人這樣抱過，這擁抱如此真誠而有活力，既如母親也如手足，友善、熾烈又充滿激情。雷蒙托夫一個晚上用了好幾次「實在」，男學生心想，拿這個詞來形容克莉絲汀的擁抱恰如其分，這個綜合性的說法可是涵括了不少形容詞呢。

男學生感到自己的身體正處在非常適合做愛的狀態，一個自信、堅挺、持久的狀態，所以他不必操之過急，只要盡情享受這幾分鐘靜止的甜蜜擁抱就好了。

她先對男學生展開熱情的舌吻，一會兒又帶著手足般無盡的親情吻遍他的臉。順著舌根上去，男學生的舌尖輕觸到她左上方的金牙，他想起歌德對他說過的話：克莉絲汀不是由精密控制的機器造出來的，而是人的身體生出來的！她正是一個詩人需要的女人！想到這裡，他高興得想要大叫。他腦海裡還迴盪著佩脫拉克的話：愛情就是詩，詩就是愛情，還有，了解就是要跟對方混合，在對方身上燃燒。（是的，那三位詩人都同他在一起，他們在男學生的床鋪上空盤旋，宛如天使，愉快地唱歌祝福他！）男學生壓抑不住心中無邊的熱情，覺得時刻已經成熟了，他該把代表雷蒙托夫實在精神的靜止擁抱轉化為愛情的實作行動了。他翻過身來，壓在克莉絲汀身上，試著用膝蓋把她的雙腿頂開。

可這是怎麼回事？克莉絲汀竟然在抗拒！她頑固地夾緊雙腿，就跟夏天在樹林裡散步的時候一樣！

男學生原本想要問她為什麼要抗拒，可他卻開不了口。克莉絲汀女士如此羞澀，如此嬌柔，一切與愛情有關的事物在她面前都失去了名字。他有勇氣使用的唯一語言是喘息和撫摸。他們還要這些沉重的話語做什麼？難道他不是在她身上燃燒嗎？他們兩人身上燒的是同一把火呀！於是，在冥頑如故的沉默中，他反覆重試，想要扳開那雙大腿：「不要，我求求你，不要，」克莉絲汀說，「那會把我弄死。」

「什麼？」

「那會把我弄死。真的，那會把我弄死。」克莉絲汀女士又重複了一次，然後她又對他熱情地舌吻，深深地吻著，緊緊地夾住大腿。

男學生雖然失望，卻又感受到某種極致的幸福。他瘋狂地想要跟她做愛，但同時他又高興得想哭。從來沒有人像克莉絲汀這麼愛他。她愛他愛到要死，她愛他愛到害怕同他做愛，因為一旦跟他做了愛，她就再也無法獨自活下去，她會因為相思和慾望的折磨而死。他覺得幸福，無比的幸福，因為突然之間，出乎意料，他什麼也沒做，就得到了這份無止境的愛。有了這份愛，整個地球連同五大洲七大洋都不算什麼了。

「妳的感覺我了解！我會跟妳一起死！」男學生在她耳邊低語，一邊輕撫著她、親吻著她，愛情幾乎要讓男學生落淚了。可是，這樣的憐愛並沒有窒息肉慾，反而將肉慾變成了痛苦，讓人幾乎無法忍受。男學生又試了幾次，想要把膝蓋硬塞到克莉絲汀的大腿之間，好撬開直通她陰部的道路，這瞬間，克莉絲汀的陰部變得比傳說中失落的聖杯更加神秘。

「不，你才不會怎樣呢。會死的是我！」克莉絲汀說。

他腦子裡想到的是無窮無盡的交歡，縱慾到為愛而死的地步，他又說了一次：「讓我們一起死！讓我們一起死！」男學生繼續把膝蓋塞進克莉絲汀的大腿之間，可卻始終徒勞無功。

兩人終於無話可說，只是緊緊挨著對方。克莉絲汀一直搖著頭，而男學生則對大腿之間的要塞又發動了幾次攻擊，但最後還是以放棄告終，順從地躺在克莉絲汀身邊。克莉絲汀抓住她情人的權杖，這根權杖在那兒直挺挺地向她致敬呢。她緊緊握住權杖，表現出她最燦爛的實在面：真誠而有活力，既如母親也如手足，友善、熾烈又充滿激情。

男學生的心裡混合著兩種情愫：一種是被人無盡愛戀的極致幸福，另一種是求歡被拒的肉體挫折感。而肉店老闆娘則是握著男學生的愛情武器不放，完全沒有想到要做一些男學生渴望的事，來代替這個肉慾的動作。她緊緊握住男學生的愛情武器，彷彿手裡握的是什麼稀世珍寶，一件她不想弄壞的東西，只想長長久久維持現在這樣——勃起而且堅挺。

兩人就這麼一夜到天明，也沒發生什麼值得一提的事，我想，說到這兒就夠了吧。

惱人的晨光

由於睡得太晚，第二天他們睡到快中午才起床，兩個人都覺得頭痛。剩下的時間不多，因為克莉絲汀馬上就要去搭火車了。兩人默默無言。克莉絲汀把睡衣和歌德的書放進旅行袋裡，這會兒克莉絲汀又踩著她那雙黑得可笑的淺口鞋，頸上掛著那串大而無當的珠子。

惱人的晨光彷彿敲碎了沉默的封印，彷彿宣告詩的夜晚已然消逝，繼之而來的是散文的白晝，克莉絲汀女士直截了當地對男學生說：「你不要生我的氣嘛，你知道，我真的有可能會被弄死。我生了第一胎以後，醫生警告過我絕對不能再懷孕。」

男學生看著她，一臉痛苦失望的表情：「妳真的以為我會害妳懷孕！妳把我當成什麼了？」

「男人都是這麼說的。男人老是對自己信心滿滿的。我那些姊妹淘遇到的事我看多了，像你這種年輕小伙子最不可靠，事情發生的時候就不知道該怎麼辦了。」

男學生痛苦又失望地跟克莉絲汀解釋說，他又不是沒經驗的毛頭小子，怎麼可能跟她搞出小孩。「妳總不會把我跟妳那些姊妹淘的男朋友混為一談吧！」

「我知道。」克莉絲汀幾乎是帶著抱歉的心情，語氣篤定地說了這句話。男學生不必再多費唇舌了，克莉絲汀已經相信了他說的話。這個年輕人不是鄉巴佬，在做愛這

Kniha Smíchu a Zapomnění

方面，或許他比世界上所有的修車工人都懂得多。她昨夜對他的抗拒說不定是錯的，可是她並不後悔。伴隨著短暫纏綿的愛情之夜（在克莉絲汀的想法裡，肉體的愛只有可能是短暫匆促的）雖然總是給她留下美好的印象，但同時也是危機四伏的。相較之下，她和男學生共度的時光顯然要比這種夜晚強過千萬倍。

男學生送克莉絲汀到車站，她想到自己坐在車廂裡回想這一切就已經覺得很開心了。身為單純的女人，克莉絲汀有某種很實際的感受力，她腦子裡不斷地想著，她經歷的事情是任何人都無法從她這兒奪走的：她跟個年輕人度過了一夜，對她而言，這個年輕人好像總是遙遠又不真實，而且無法捉摸，她卻一整夜都緊緊握著他直挺挺的生殖器。沒錯，整整一夜！這種事她一輩子也沒遇過！或許她不會再見到男學生，可她也從來不曾想過她可以一直有機會見到他。她想到可以保有他一些恆久不變的東西就很高興：歌德的書和那篇令人不可思議的獻詞，有了這些東西，不論何時她都可以確信這段戀情不是一場夢。

而男學生這邊呢，他的心情則是失望而痛苦的。那一夜，要是他說句聰明一點的話就好了！要是他能把話說清楚，他就可以得到她了！她擔心的是他會跟她搞出個小孩，可他卻以為她害怕的是她心裡無止境的愛！他將雙眼埋在自己做過的蠢事裡，凝視這神秘不可測的深淵，此刻的他感到一股又想叫又想笑的慾望，一股狂笑直到落淚的慾望。

他從車站回到他的荒漠，荒漠裡沒有纏綿的夜，只有litost伴著他。

為litost理論下幾個新的註解

藉由男學生的兩個生活範例，我解釋了人在面對自身litost的時候，所產生的兩種基本反應。如果與我們過招的人比我們弱的話，我們就會找個藉口傷害他，就像男學生傷害游泳游得比他快的女學生那樣。

要是對方比較強，我們就只能選擇迂迴的報復方式了，像是拐彎抹角地打人一巴掌，或是利用自殺的手段間接達到謀殺的目的。拉提琴的小男孩故意拉得荒腔走板，直到老師氣得發瘋，把他從窗戶丟出去。於是小男孩掉了下去，而在墜落的過程裡，小男孩想到兇惡的老師會被控以殺人罪，心裡就很高興。

以上講的就是兩種典型的方法，如果說第一種方法是我們在情人或夫妻生活中常見的，那麼，人類偉大的歷史可說為第二種方法提供了無數的範例。從前學校老師所說的一切英雄行徑，約莫就是這個類型的litost了，這個部分，我已經用男孩和提琴老師的小故事闡述過了。波斯人征服了伯羅奔尼撒，斯巴達人卻不斷犯下軍事錯誤。就像小男孩不願好好拉他的提琴，斯巴達人也一樣，憤怒的淚水讓他們看不見，結果他們拒絕一切合理的行動，他們無法好好作戰，也無法棄械投降，無法轉進求生，卻因為litost的感覺而被人殺得片甲不留。

這樣的脈絡就讓我想到，litost的概念會誕生於波希米亞絕非偶然。捷克人的歷史正

Kniha Smíchu a Zapomnění

是一部litost的歷史。這是一部永遠在對抗強敵的歷史，一部無窮無盡的光榮戰敗史，這些無窮無盡的光榮戰敗推動著捷克歷史的進程，卻也引導那些開啟歷史的人民走向歷史的覆亡。一九六八年八月，成千上萬的俄國坦克占領了這個神奇的小國家，那時，我在某個城市的牆上看見下面這句標語：我們不妥協，我們要勝利！您可知道，當時的選擇就是在諸多不同的失敗裡頭選一種，除此之外別無他途，可是這個城市卻拒絕妥協而要爭取勝利！這就是litost發揮作用了！滿腦子litost的人會以自我毀滅的行為來復仇。小男孩在人行道上跌得稀爛，可他不朽的靈魂將為了提琴老師被吊死在窗口而永遠開心。

那麼，男學生要怎麼去傷害克莉絲汀呢？他還沒開始想，克莉絲汀就已經上火車了。這種狀況，理論家也見過，理論家很肯定地說，如果有這種狀況，就是所謂的litost阻塞。

這是最糟的狀況。男學生的litost像個時時刻刻都在脹大的腫瘤，他根本對之束手無策。由於沒有人可以拿來當作復仇的對象，男學生心想隨便找點什麼事做，聊以自慰，結果他想起雷蒙托夫。他想起那位被歌德挖苦、被伏爾泰羞辱的雷蒙托夫，他大聲高呼他的自傲來反擊眾人，彷彿圍桌而坐的詩人們都是小提琴老師，雷蒙托夫要激怒他們，讓詩人們把他從窗戶扔出去。

男學生非常需要雷蒙托夫，就像我們需要一個哥哥那樣。這時他的手在口袋裡摸到一大張摺起來的紙，那是一張從筆記本上撕下的紙，上面寫著：「等你。愛你。克莉絲汀。於午夜。」

他想起來了，現在穿的這件外套昨天掛在小閣樓的衣架上。這張遲遲才被發現的短箋，只是更加肯定了他已經知道的事情：他因為自己的愚蠢，而沒有得到克莉絲汀的身體。他整個人都被litost塞得滿滿的，可是卻找不到可以宣洩的出口。

失望痛苦的深淵

下午就快過去了，他心想詩人們雖然整晚縱情飲酒，現在也都該醒了吧。他們應該都已經到文人雅士俱樂部去了。他三步併作兩步爬上三樓，穿過衣帽間，向右轉進了餐廳。他並非俱樂部的常客，所以在餐廳外面張望了一下。佩脫拉克和雷蒙托夫坐在餐廳最裡面，同座的還有兩個他不認識的人。餐廳裡還有張桌子空著；他走進去坐了下來。沒有人注意到他。他覺得佩脫拉克和雷蒙托夫好像還心不在焉地看了他一眼，但是並沒有認出他來。他向服務生點了一杯干邑白蘭地；他腦海裡一直痛苦地迴盪著克莉絲汀的短箋上那段無限悲傷、無比美麗的文字「等你。愛你。克莉絲汀。於午夜。」

就這樣在那兒待了約莫二十分鐘，小口啜著他的干邑白蘭地。看到佩脫拉克和雷蒙托夫並沒有讓他好過些，反而掀起新的愁緒。所有的人都把他遺棄了，克莉絲汀和詩人們都遺棄了他。他在這裡孤單一人，只有一張大大的紙陪著他，上頭寫著：「等你。愛你。克莉絲汀。於午夜。」他很想站起來，把這張紙高舉在頭上，讓所有的人都看見，讓全世界都知道，他，男學生，曾經被愛過，曾經被無止境地愛過。

他把服務生叫來付了帳，然後點了煙。他已經不想再待在俱樂部了，可是他卻非常害怕去想回去以後的事——待會兒就要回到沒有女人等他的小閣樓裡。最後，他把煙在煙灰缸裡捻熄，就在這時候，他發現佩脫拉克看到了他，從他的座位向他揮了揮手。可是一切都太遲了，litost驅趕著他離開俱樂部，迫他迎向他的悲傷孤寂。他站了起來，在離開前的最後一刻，他從口袋裡拿出那張克莉絲汀的愛情短箋。這張紙已經無法再帶給他任何快樂了。不過，要是他把短箋留在這裡，放在桌上，說不定有人會注意到，然後他們就會知道男學生曾經被無止境地愛過。

他轉身向俱樂部的出口走去。

突如其來的榮耀

「親愛的朋友！」男學生聽到聲音，轉過身來。原來是佩脫拉克一邊走來，一邊叫他：「你要走啦？」他很抱歉剛才沒有立刻認出他。「我一喝酒，第二天就會昏頭昏腦的。」

男學生解釋說，他不想打擾佩脫拉克，因為他不認識跟他坐在一起的那兩位先生。

佩脫拉克對男學生說：「那兩個都是白痴。」他跟男學生一起回到剛才男學生坐過的位子。男學生的眼睛不安地盯著那張若無其事攤在桌上的大紙。如果那是張不引人注目的小紙頭也就罷了，可這一大張紙好像在那兒大肆宣揚，要讓大家都知道，那個把紙張刻意忘在桌上的傢伙，笨拙的意圖路人皆知。

佩脫拉克黑骨碌的眼珠好奇地轉呀轉，他一看到那張紙就馬上拿起來看。他說：「這是什麼？啊！親愛的朋友，這是你的東西呀！」

男學生演技笨拙地扮演著一個不小心讓人看到私密信件而受窘的男人，他伸手想從佩脫拉克的手中把那張紙搶下來。

這時，佩脫拉克已經高聲唸了起來：「等你。愛你。克莉絲汀。於午夜。」

他看著男學生的眼睛，問他說：「午夜？這是什麼時候啊？不會是昨天晚上吧！」

男學生低下頭說：「沒錯。」他打消了從佩脫拉克手中拿回紙張的念頭。

就在他們說話的同時，雷蒙托夫正用他肥短的一雙腿向他們的座位走來。他跟學生握了手說：「很高興看到你。那兩個人哪，」他指著他剛才坐過的位子說道，「都是笨得嚇死人的傻子。」說完也坐了下來。

佩脫拉克立刻把克莉絲汀的短箋唸給雷蒙托夫聽，唸完一次又用響亮帶著韻律的聲音唸了好幾次，彷彿在讀詩似的。

此情此景讓我想到，當我們不能賞給游得太快的女孩一記耳光，也沒辦法讓波斯人把我們殺死的時候，當我們想逃離litost卻無計可施的時候，這個時候，詩歌就會帶著恩典從天而降拯救我們。

這個愈演愈爛的故事還剩下什麼？不就是詩歌麼。寫在歌德的書上，被克莉絲汀帶回家的那篇獻詞，還有寫在筆記紙上的那幾句話，為男學生妝點了一種意想不到的榮耀。

「親愛的朋友，」佩脫拉克緊挽著男學生的手臂說，「你承認你會寫詩吧！你承認你是詩人吧！」

男學生低下頭，承認佩脫拉克說的並沒有錯。

最後雷蒙托夫還是孤單一人

男學生到文人雅士俱樂部本來是要來找雷蒙托夫的，但從這一刻起，他在雷蒙托夫心中已經一文不值，雷蒙托夫對他也已失去了意義。

雷蒙托夫厭惡熱戀的情侶，他眉頭緊蹙，語帶輕蔑地談論男學生虛情假意的誇大情詩。他說詩應該要像工匠用手工打造的東西一樣實在。雷蒙托夫皺著眉頭，那樣子讓佩脫拉克和男學生看了就討厭。我們都知道問題出在哪兒。歌德也知道。那是因為沒搞女人才會這樣。因為沒搞女人而引起的極端litost。

有誰會比男學生更了解這種感受呢？但這無藥可救的笨蛋卻只看得到雷蒙托夫陰沉的臉，只聽得見雷蒙托夫惡意的言詞，還因此被他惹惱了。

我呢，我遠從法國遙望這些人，從我的高塔上看著他們。佩脫拉克和男學生站了起來，語氣冷淡地跟雷蒙托夫告別。最後雷蒙托夫還是孤單一人。

我敬愛的雷蒙托夫，你是專司這種痛苦的天神，在我們波希米亞悲傷的國度裡，
這種痛苦叫做litost。

第六部

天使們

1

西元一九四八年二月布拉格，共產黨領袖柯勒蒙．戈特瓦站在一座巴洛克式宮殿的陽臺上，向數十萬名聚集在舊城廣場的群眾發表演說，這是波希米亞歷史上的重大轉折。當時雪花紛飛，天寒地凍，戈特瓦卻光著頭站在那兒，克雷蒙提斯滿懷關愛地把自己的氈帽脫下來，戴在戈特瓦的頭上。

戈特瓦和克雷蒙提斯都不知道，他們剛才上陽臺時走過的樓梯，曾經是法蘭茲．卡夫卡每天必經之處，前後歷時八年。那是因為在奧匈帝國統治時期，這座宮殿是給一所德國中學上課用的。他們也不知道，就在同棟建築物的樓下，法蘭茲的爸爸，也就是赫曼．卡夫卡先生，在那兒開了一家店。他在招牌上卡夫卡的字樣旁邊，畫了一隻禿鼻烏鴉，因為在捷克文裡，卡夫卡的意思就是禿鼻烏鴉。

即便戈特瓦、克雷蒙提斯和其他所有人都不知道卡夫卡是誰，卡夫卡卻很了解他們的無知。在他的小說裡，布拉格就是個沒有記憶的城市。這個城市連自己叫什麼名字都忘了。在那裡，沒有人記得，也沒有人想得起來任何事，連約塞夫．K[9]看起來都對自己的生平一無所悉。在那裡，沒有一首歌曲可以讓人憶起它誕生的時刻，沒有一首歌曲可以讓人將現在同過去連結起來。

在卡夫卡小說的時代背景裡，人類失去了人與歷史之間的延續性，人類不再知道什麼，也什麼都想不起來，人類住在不知名的城市裡，市街要嘛無名，要嘛今非昔比，因為名字是過去的某種延續，沒有過去的人是不會有名字的。

誠如馬克斯・布洛德[10]所說，布拉格是一座罪惡之城。一六二一年，捷克的宗教改革運動失敗後，耶穌會教士試圖對捷克人民再教育，將真正的天主教信仰灌輸給他們，於是，耶穌會的教士們蓋了幾座巴洛克式的大教堂，以大教堂燦爛輝煌的榮光淹沒了布拉格。成千上萬的聖徒石像從四面八方望著您、威嚇您、監視您、迷惑您，這是三百五十年前侵略波希米亞的狂熱占領軍，它們要從靈魂深處把人民的信仰和語言連根拔除。

塔米娜出生的那條街叫做「史維林諾伐街」。她出生在二次大戰期間，那時布拉格被德軍占領。塔米娜的父親則出生在「車諾克司特列卡大街」，意思是「黑教堂大街」，那時是奧匈帝國統治時期。塔米娜的母親婚後搬來與她父親同住，地址在「福煦元帥[11]大街」，那是第一次世界大戰結束後。塔米娜在「史達林大街」度過她的童年，而她丈夫則是開車到「維諾哈瑞迪[12]大街」，來接她到他的新宿舍去的。這段家庭故事

9. 約塞夫・K（Joseph K.）：卡夫卡小說《審判》（Der Prozess）的主人翁。
10. 馬克斯・布洛德（Max Brod，一八八四—一九六八）：生於布拉格的猶太作家，卡夫卡的好友及其遺囑執行人。
11. 福煦元帥（Marechal Foch，一八五一—一九二九）：法國將領，一次世界大戰時出任英法聯軍最高統帥，率軍擊敗德國，代表簽署停戰協定。
12. 維諾哈瑞迪（Vinohrady）意為「葡萄城堡」。

發生的地點看似複雜，不過其實都在同一條街上，只是人們不斷地給這條街改名字，給這條街洗腦，讓它變笨。

在這些不知自己姓啥名啥的街道上，眾家魂靈飄蕩，那是被人打倒的紀念雕像遺下的幽靈。這些紀念雕像被捷克的宗教改革運動打倒，被奧地利的反宗教改革勢力打倒，被捷克斯洛伐克共和國打倒，被共產黨打倒；連史達林的雕像也被人打倒過。如今，繼這些被毀棄的雕像而起的，是成千上萬在波希米亞各地冒出來的列寧雕像，這些雕像急速湧現，像是廢墟上蔓生的野草，也像一枝枝屬於遺忘的憂鬱花朵。

2

若說卡夫卡是先知，他預示了一個沒有記憶的世界，那麼，哥斯塔夫．胡薩克就是這個無記憶世界的建造者。在人稱解放者總統的T．G．馬薩里克之後，繼班涅斯、戈特瓦、薩坡托奇、諾馮尼、司弗博達之後，胡薩克是我們國家的第七位總統，人們稱他為遺忘之總統。

俄國人於一九六九年扶植他取得政權。捷克人民的歷史即遭遇了自一六二一年以來所不曾遭遇的文化浩劫，以及對知識分子的殘殺。人們都以為胡薩克的所作所為只是要迫害政治上的異己。但這些整肅反對派的鬥爭，其實是俄國人逮到了機會，藉著他們得力助手的力量，來進行一項更重要的工作。

從這個觀點看來，我認為胡薩克把一百四十五位捷克歷史學者從大學校園和研究機構裡趕出去，這件事的背後很不單純。（據說，這事就像童話故事一樣神秘，每次一有歷史學者被趕出去，就有一座列寧雕像在波希米亞的某個地方冒出來。）一九七一年的時候，有位被趕出去的歷史學者名叫米蘭．徐布勒，他戴著他那副厚得不能再厚的眼鏡，來到我位於巴多洛梅斯卡街的小公寓。我們從窗戶望著赫拉德欽廣場周圍高聳的城塔，黯然神傷。

「要消滅一個民族，」徐布勒說，「首先要剝奪他們的記憶。毀掉他們的書籍，毀掉他們的文化、他們的歷史。然後會有人來幫他們重新寫書，給他們新的文化，為他們編造新的歷史。然後，這個民族會開始慢慢忘記自己現在的樣子，開始遺忘自己的過去。至於外面的世界要遺忘這個民族，速度就更快了。」

「那麼，語言呢？」

「這種事何必費神呢？久而久之，民族的語言就會變得像民間傳說一樣，早晚會自然而然地消失。」

難道是我們因為悲傷過度而誇大了問題的嚴重性？

抑或，這個民族注定無法安然越過這片人為的荒漠，這片遺忘之荒漠？

沒有人知道將來會怎樣。然而有件事是確定的。在足以清晰洞見的瞬間裡，捷克人民可以在眼前看見民族死亡的影像。這影像不是當下的事實，也不是無可抗拒的未來，而是一種極為具體的可能性。民族的死亡就在捷克人民身邊。

3

六個月以後，徐布勒遭到逮捕，被定罪入獄服刑多年。彼時正值我父親性命垂危之際。

在他生命的最後六個月裡，他逐漸喪失說話的能力。剛開始，他只是會漏掉幾個字，或是會張冠李戴，說些近似的字，然後就自己笑了起來。後來，他能說的話變得非常少，每當他想把意思表達清楚的時候，到最後總是變成同一句話：「真是奇怪。」這是他還會說的幾句話之一。

他說「真是奇怪」的時候，總是帶著無限驚愕的眼神，意思是他應該什麼都知道，可是竟然什麼也說不出口。一切事物都失去了名字，都混在一起，變成了單一同質的存在。在跟他說話的人裡頭，我是唯一不同的，我能讓他暫時脫離無窮無盡的無語狀態，讓萬物皆有其名的實體世界閃現片刻的微光。

在他英俊的臉龐上，那雙藍色的大眼睛依然透露出一如往昔的智慧。我經常帶他出去散步。由於爸爸沒力氣走太遠，所以我們總是一成不變地繞著那幾棟房子。他走得很不穩，只能小步小步地走，一覺得累，他的身體就會開始往前傾，慢慢失去重心。我們去散步的時候，常常得停下來，讓他用額頭頂著牆壁休息。

我們一邊散步，一邊談音樂。從前，爸爸說話還很正常的時候，我很少問他問題，如今，我卻想要抓住失去的時光。於是我們談著音樂，不過我們的對話很奇怪，對音樂一無所知的一方辯才無礙，而對音樂瞭若指掌的一方卻說不出話來。

在生病的這十年裡，爸爸都在寫一本厚厚的書，主題是貝多芬的奏鳴曲。雖說他在書寫方面，是比口語強一點，但是找不到詞彙的情況卻愈來愈頻繁，他的文章也變得讓人無法理解，因為裡面有太多字是不存在的。

有一天，他把我叫到房裡。他打開「一百一十一號奏鳴曲」放在鋼琴上，指著樂譜對我說「你看」（他已經沒辦法彈鋼琴了），他說了第二次「你看」，然後又費了好大的勁才說出：「現在我明白了！」他不斷地試著跟我解釋一件很重要的事，可是他用來傳達訊息的字根本是無法理解的，當他發現我不了解他在說什麼的時候，他非常驚訝地望著我，對我說：「真是奇怪。」

我當然知道他想說什麼，因為他提出這個問題已經很久了。變奏曲是貝多芬晚年最鍾愛的音樂形式。乍看之下，我們會說這是最膚淺的形式，只是在賣弄音樂技巧，這種工作是給繡花姑娘做的，而非貝多芬。可是貝多芬卻將變奏曲化成一種至高無上的形式（這是音樂史上前所未見的），並且將他最美好、最深刻的思維融注其中。

沒錯，這是眾所周知的事了，可是爸爸想了解，我們該如何理解這回事。為什麼貝多芬選擇的恰是變奏曲？這背後隱藏著什麼樣的原因？

這就是為什麼他會把我叫到房間去，還指著樂譜對我說：「現在我明白了！」

4

父親沉默，因為一切話語在他面前都藏匿了身影，一百四十五位歷史學者沉默，因為他們被人禁止回憶。諸如此類無以數計的種種沉默在波希米亞迴盪著，構成我描繪塔米娜的圖畫背景。

塔米娜繼續在西歐某個鎮上的小酒館幫客人端咖啡。可是她不再散發過去令客人著迷的那種平易近人的光彩，這些都過去了，她再也不想把耳朵提供給別人了。

有一天，碧碧進來坐在吧檯前的高腳凳上，她的小女兒在地上爬來爬去，吵個不停，塔米娜忍了一會兒，看碧碧會不會想辦法讓她安靜下來，最後她失去耐性，對碧碧說：「妳難道沒辦法讓小鬼閉嘴嗎？」

碧碧生氣地反問：「妳為什麼討厭小孩，嗄？」

其實我們也不能說塔米娜討厭小孩。可是碧碧的語氣卻完全出乎意料地透露著敵意，而這當然逃不過塔米娜的眼睛。結果也不知怎麼地，她們就不再來往了。

有一天，塔米娜沒來上班。這是從來沒有過的事。老闆娘跑到樓上塔米娜的住處，看看是怎麼回事。她摁了門鈴卻沒人回應。第二天她又去摁了門鈴，還是沒人開門，於是她叫了警察。警察破門而入，只見住處整理得井井有條，什麼東西也沒少，沒有任何可疑之處。

接下來那幾天，塔米娜還是沒有回來。警方繼續調查這件事，也毫無進展，於是塔米娜的失蹤就被歸入永久無法結案的檔案資料裡。

5

命運注定轉折的那天，有個穿著牛仔褲的年輕人走進來坐在吧檯。那時，小酒館裡只有塔米娜一人。年輕人點了一瓶可樂慢慢啜飲著。他望著塔米娜，塔米娜則兩眼茫然望著一片空無。

片刻之後，年輕人叫她：「塔米娜。」

如果這個年輕人以為這麼做會讓塔米娜覺得印象深刻的話，那他就錯了。要查到塔米娜的名字並非難事；每個住在附近的顧客都知道她的名字。

「我知道您很悲傷。」年輕人接著說。

雖然年輕人注意到這一點，但塔米娜也沒有因此就被吸引。她知道，征服一個女人的方法很多，而要得到女人的身體，最妥當的辦法就是從她的悲傷下手。塔米娜雖知此中奧妙，但現在她看著年輕人的眼神，還是比剛才稍微多了一點興趣。

兩人聊了起來。引起塔米娜興趣的是那年輕人問的問題。不是問題的內容讓她感興趣，而是年輕人提問題的這件事本身。天知道，已經多久沒有人問過塔米娜問題了！塔米娜心想，那幾乎是上輩子的事了！只有她丈夫不停地問她問題，因為愛情就是一場持續不斷的質問。是的，關於愛情，我不知道有什麼定義會比這更好。

（我的朋友徐布勒會提醒我說，照這麼說來，沒有人比警察更愛我們。這話一點兒也沒錯。就像所有事情都有好的一面，也有壞的一面來作為對稱，愛情既有其美好的特質，就會有負面的東西，亦即警察般的好奇心。有時，我們也會把好的一面與壞的一面搞混，而有些感到孤獨的人，很希望可以不時被載到警察局，讓人訊問，以便有機會可以談談自己，這類的事情我完全可以想像。）

6

年輕人看著塔米娜的眼睛，聽她說話，之後，他對塔米娜說，她所謂的回憶，其實完全不是那麼回事，那只是她著魔似地看著自己將過去遺忘。

塔米娜點了點頭，覺得他說得沒錯。

年輕人又繼續說：她悲傷地注視著過去，只是在對死者表達她的忠貞，死者已然消失在她的視界之外，她注視的不過是一片空無。

注視著一片空無？果真如此，那麼，是什麼讓她的注視變得如此沉重？

年輕人解釋說：她的注視並非因為回憶而沉重，而是因為內疚。塔米娜永遠無法原諒自己遺忘了過去。

「那我到底該怎麼做？」塔米娜問道。

「忘記您的遺忘。」年輕人說。

塔米娜淡淡地苦笑說：「您教教我該怎麼做。」

「您從來沒有想過要離開嗎？」

「有啊，」塔米娜坦承。「我非常非常想要離開，可是要去哪兒呢？」

「去一個萬事萬物都輕如微風，萬事萬物都失去重量，沒有內疚的地方。」

「是啊，」塔米娜用夢幻般的語調說。「到一個萬事萬物都沒有絲毫重量的地方。」

接下來，就像童話故事一樣，就像在做夢一樣，（是啊，這是童話故事！是啊，這是在做夢！）塔米娜丟下她待了好幾年的吧檯，跟年輕人一起走出小酒館。一輛紅色的跑車就停在人行道旁。年輕人跳上駕駛座，邀塔米娜坐在他身旁。

7

我了解塔米娜的自責，我自己也有過同樣的經驗，那是在爸爸過世的時候。我無法原諒自己竟然只問過他那麼少的問題，竟然對他的事情知道得那麼少，竟然讓自己失去了他。也正是因為這些內疚，我才會猛然醒悟，他打開「一百一十一號奏鳴曲」的樂譜，究竟想告訴我什麼事。

我想要用個比喻來解釋我所領悟的事。交響樂是一曲用音樂譜寫的史詩，我們可以說它像是旅行，橫越外在世界的無窮，從一物過渡到另一物，愈走愈遠。變奏曲也是旅行，只不過這種旅行並不是要去橫越外在世界的無窮。您應該知道巴斯卡的《默想錄》，書中說人活在無限大的深淵與無限小的深淵之間。變奏曲的旅行，就是在這個無窮之中進行的，這是另一種無窮，變奏曲的旅行探索的是內在世界無窮無盡的變化，而這樣的內在世界就隱藏於每一件事物當中。

貝多芬在變奏曲裡頭，發現了值得探索的另一種空間。所以他的變奏曲可以說是一次全新的邀約——關於旅行的邀約。

變奏曲的形式是極度強調集中化的一種形式；這種形式允許作者只談本質的東西，直指事物的核心。變奏曲的主題就是一個通常不多於十六小節的主旋律。貝多芬進入這十六個小節的世界，有如走進地心的深井底部。

在另一種無窮之中旅行，冒險的程度並不亞於史詩式的旅行。正因如此，物理學家才會深入原子內部探索那神奇的核心。貝多芬譜寫的每一首變奏曲都離最初的主旋律愈來愈遠，到頭來，主旋律跟最後的變奏之間僅存的相似性，比起一朵花跟花瓣在顯微鏡下顯影之間的相似性，也差不了多少。

人類知道自己不可能擁抱宇宙及其諸多星系。然而一個人要是知道自己注定無法擁有另一種無窮，卻是極端地無法忍受，畢竟這種無窮近在咫尺，伸手可及。塔米娜無法擁有她愛情內在世界的無窮，我無法擁有爸爸，每個人也都少了些什麼，因為在追求終極完滿的過程中，我們會進入事物的內在世界，在這個世界裡，我們永遠也走不到盡頭。

我們抓不住外在世界的無窮，對於這件事，我們會把它當作是自然的限制而坦然接受。但我們卻會為了無法擁有另一種無窮，而自責不已，至死方休。我們經常思索天上繁星的無窮，但對於爸爸身上的無窮，我們卻從不關心。

所以，變奏曲會在貝多芬的生命成熟之際，成為他最鍾愛的音樂形式，其實也沒什麼好驚訝的，因為貝多芬深知（就像塔米娜知道，我也知道），世上最令人無法忍受的事，就是不能擁有我們曾經愛過的——那十六個小節的音符及其無限可能所蘊含的內在宇宙。

8

這整本書就是一部變奏形式的小說，書中幾個不同的章節一個接著一個，如同旅行的幾個不同階段，朝向某個主旋律的內在，朝向某個想法的內在，朝向某種獨一無二情境的內在，而旅行的意涵已迷失在廣袤無垠的內在世界，我欲辯卻已忘言。

這是一部關於塔米娜的小說，當塔米娜走出舞臺的時候，這就是一部為塔米娜而寫的小說。她是故事的主角，也是故事主要的聽眾，其他所有的故事都是根據她的故事所譜寫的變奏，這些變奏齊聚於她的生命，宛如出現在鏡中的影像。

這是一部關於笑與忘的小說，關於遺忘也關於布拉格，關於布拉格也關於天使們。而且，那個開車的年輕人會叫做拉斐爾[13]也完全不是偶然。

路旁的景致愈來愈荒涼，綠意漸減而褐色的石頭慢慢變多，放眼所及，花草樹木愈來愈少，沙塵和黃土卻愈來愈多。後來，車子駛離大道，開進一條窄路，開到路將盡之處，地面突然陡起，再過去便是峭壁。年輕人把車停下，兩人走下車，站在峭壁邊緣；下頭約莫十公尺處，是一道黏土質的狹長河岸，更遠處，是湍急的河水，淡褐色的激流延至世界的盡頭。

「我們在什麼地方？」塔米娜問，她的聲音似乎哽在喉嚨裡。她想跟拉斐爾說她想回去，但她不敢說：她怕拉斐爾會拒絕，而拒絕又會讓她更加不安。

他們站在峭壁邊上，眼前是水，四周盡是黏土，除了泥濘的黏土之外，一根草也沒有，彷彿是一片開採黏土的礦區，而不遠處還真的停著一輛廢棄的挖土機。

此情此景令塔米娜憶起她丈夫在波希米亞最後工作的地方。他被逐出工作崗位之後，在布拉格城外一百公里的地方，找到一個開推土機的工作。平常工作的日子，他都得住在鐵皮車廂裡，只有星期日才到布拉格來看塔米娜。有一次塔米娜去他工作的地方找他，兩人一起出去散步，那天的景色和今天十分相似。濕濕的黏土地，寸草不生，地上是褐色的石頭和黃色的黏土，天空沉沉地籠罩著灰暗的烏雲。兩人穿著長統膠靴並肩走著，不時走滑或陷進泥濘裡。天地間只有他們倆，心中充滿為對方而生的不安、愛意，以及絕望的憂心。

此刻，從塔米娜心底升起的絕望和那天是一樣的，然而塔米娜卻很高興能在這裡

Kniha Smíchu a Zapomnění

意外地找回片段失落的過去。這是一段完全失落的往事，這麼長久以來，這段往事第一次重回她的心頭。像這種事就該記在她的記事本裡！這樣她就可以清楚地知道這是哪一年發生的事！

她又想跟年輕人說她想回去了，她想跟他說他錯了，他說她的悲傷徒具形式而空無內涵是錯的！錯了，他錯了，她丈夫始終活在她的悲傷之中，只是暫時失落了，她得去把他找回來！到世界各地去找他！是的，是的！她終於明白了！想要憶起往事的人不該在原地不動，等著往事自動回到身邊！往事散落在遼闊的世界裡，必須到各地去旅行，將往事從隱蔽之處挖掘出來。

塔米娜想要告訴年輕人這一點，然後請他載她回去。就在這時候，腳下傳來一聲口哨，哨音來自河邊。

9

拉斐爾抓著塔米娜的手臂，他的手腕強而有力，根本不可能掙脫。兩人腳下的斜坡蜿蜒著一條又窄又滑的小徑，拉斐爾牽著塔米娜走下去。

13. 拉斐爾（Raphael）是上帝身邊的七位大天使之一，主掌治癒。天主教《舊約聖經．多俾亞傳》中譯為辣法耳，他以魚膽顯聖蹟，治癒了多俾亞的父親的眼疾，使其復明。

片刻之前，河岸還杳無人跡，現在卻有一個年約十二歲的男孩在那兒等著他們。一艘小船在岸邊輕晃著，男孩用纜繩拉住小船，對塔米娜露出微笑。

塔米娜轉頭看了拉斐爾一眼，他也在微笑。她來來回回地看著他們兩人，拉斐爾大笑起來，男孩也跟著笑了。他們的笑聲很奇特，因為那兒也沒有什麼好笑的事，可這笑聲卻是如此令人愉快而深具感染性：這笑聲邀請塔米娜忘卻她的不安，同時又在跟她承諾著某種模糊的東西，或許是歡樂，或許是平靜，塔米娜想要擺脫她的不安，於是溫順地跟著他們一起笑了起來。

「您看，」拉斐爾對塔米娜說，「沒有什麼好怕的。」

塔米娜坐上船，小船因為她的重量晃來晃去。她坐在船尾的平板上，板子有點濕。塔米娜穿的是夏天輕便的洋裝，屁股感覺到板子上濕濕的。皮膚上濕黏的觸感又喚醒了她的不安。

男孩使勁把船推離河岸，他雙手持著槳，塔米娜則回頭看著岸邊，拉斐爾在那兒望著他們離去。他一臉微笑，可塔米娜覺得他的笑有些不對勁。沒錯！他一面微笑，一面輕輕搖頭，輕到幾乎讓人無法察覺！他一面微笑，一面搖頭，輕輕搖著，讓人幾乎無法察覺。

10

塔米娜為什麼不問男孩，船要往哪兒開？

一個人，如果不在乎他的目的地是什麼地方，根本就不會問自己要往哪兒去！

她看著坐在她面前划槳的男孩，覺得他身形瘦弱，那兩把槳對他來說似乎太重了。

「還是換我來划吧！」塔米娜說。男孩點頭欣然同意，把槳交給她。

他們換了位子，換成男孩坐在船尾，看著塔米娜划船。男孩從船尾的平板下拿出一臺小錄音機，隨著錄音機播放的搖滾樂，隨著電吉他的樂音和歌聲，男孩和著節拍扭動著身軀。塔米娜看著他，心裡覺得厭惡：這個孩子扭腰擺臀，淨做些大人賣弄風情的動作，讓她覺得很猥褻。

她低下頭來不再看他。這時候，男孩把音量開得更大，跟著哼唱了起來。片刻之後，塔米娜又抬頭看他，男孩問道：「妳為什麼不唱呢？」

「這首歌我沒聽過。」

「不會吧，妳怎麼會沒聽過呢？這首歌每個人都聽過。」

男孩繼續坐在平板上扭著，塔米娜卻開始覺得累了，她說：「換你划一下好不好？」

「妳繼續划吧！」男孩笑著回答她。

可是塔米娜真的累了，她把槳放在船上，讓自己放鬆一下，她問：「就快到了嗎？」

男孩向自己的前方指了指，塔米娜回頭一看，距岸邊已經不遠了，這一頭的景色看起來跟方才他們離開的地方大不相同：這兒一片綠意，草木扶疏。

沒一會兒，小船就擱上岸了。岸上有十來個小孩在玩球，他們都好奇地望著船上的塔米娜和男孩。兩人下了船，男孩把小船繫在一根木樁上。沙岸邊有條長長的梧桐小徑，他們才走了十分鐘，就看到一大幢矮房子，屋前有幾個偌大的東西，彩色，用途不明，此外，還有好幾張排球網。塔米娜覺得這些球網看起來實在有點奇怪，沒錯，這些網子都架得很低。

男孩把兩根指頭放入口中，吹了一聲口哨。

11

一個不過九歲的小女孩跑來，細緻的小肚子鼓鼓的，臉蛋十分可愛，活像哥德式畫作裡的聖母。她看著塔米娜，一副不感興趣的樣子，那眼神就像一個對自己的美貌十分自覺的女人，故意對一切與她不相干的事，露出不在乎的神情，好讓別人更注意到她的美。

小女孩打開那幢外牆漆成白色的建築物大門，帶著塔米娜直接（那裡既沒有通道，也沒有玄關）走進一間擺滿床鋪的大房間。小女孩的目光繞著房間打量了一圈，彷彿在清點床鋪的數目，她指著其中一張床說：「妳睡這裡。」

塔米娜不以為然地說：「什麼！我要睡在宿舍裡？」

「小孩子不需要自己的房間。」

「什麼？小孩？我不是小孩！」

「我們這裡的每個人都是小孩！」

「總該有幾個大人吧！」

「沒有，這裡沒有大人。」

「那我來這兒幹嘛？」塔米娜叫了起來。

小女孩沒有察覺到塔米娜激動的樣子，轉身向大門走去，跨出門檻前，她停下腳步說：「我把妳編到松鼠團。」

塔米娜不明白她的意思。

「我把妳編到松鼠團，」小女孩又說了一次，語氣像個不高興的小學老師：「這裡所有的人都編成不同組別，每組都用動物命名。」

塔米娜不想再跟小女孩談松鼠團的事，她想要回去，她問剛才帶她來的男孩在哪兒。

小女孩似乎沒聽見塔米娜的話，繼續解釋剛才沒說完的事。

「我沒興趣聽這個！」塔米娜大叫：「我要回去！那個男孩在哪裡？」

「別叫！」這個漂亮小女孩的態度比大人還要高傲。「真不知道妳在想什麼，」

小女孩搖頭表現出她的不解：「如果妳想走的話，當初幹嘛來呢？」

「我沒說過要來這裡！」

「塔米娜，不要說謊。誰會離開家跑這麼遠，卻不知道目的地在哪裡？妳得改掉說謊的習慣。」

塔米娜不理小女孩，轉身衝向那條梧桐小徑。一到岸邊，她就四下尋找小船的蹤影。男孩把船繫在短樁上，才不過是一個小時前的事，可這會兒卻不見船蹤，連那短樁也不見了。

她沿著岸邊跑，想要從頭到尾好好找一遍。跑著跑著，沒多久，沙灘就沒入沼澤裡，她跑了半天才繞過沼澤，跑了好久才重新跑回水邊。這水岸總是彎向同一邊（她一直沒見到小船或短樁的蹤影），一個小時以後，她回到梧桐小徑與沙灘相接之處，她這才明白，原來她是在一個島上。

她緩緩踏著梧桐小徑走回那間宿舍。那兒有十個小女孩、小男孩正圍著一個圓圈，他們的年紀從六到十二歲不等。孩子們看到塔米娜，大聲叫了起來：「塔米娜，來跟我們一起玩！」

他們把圓圈打開一個缺口，幫她空出一個位子。

此刻，塔米娜想起拉斐爾對她搖頭微笑。

一陣恐懼揪住塔米娜的心。她冷冷地從孩子們的面前走進宿舍，蜷著身體臥在床上。

12

塔米娜的丈夫是在醫院過世的，她只要有時間就會去看他，可是丈夫卻在夜裡過世，孤零零的。第二天，塔米娜到了醫院，發現病床是空的，同病房的老先生跟她說：「夫人，您應該去告他們！他們對待死者的方式實在太恐怖了！」恐懼寫在老先生的眼神裡，他知道過不了多久就輪到他了。「他們抓住他的腳，把他拖在地上。他們以為我在睡覺，結果我看見他的頭撞在門檻上，他們還把他硬拖過去。」

死亡有一種雙重的面向：死亡就是不再存有，就是消失。然而死亡同時也是存有，是屍體的具體存有，而且姿態極其殘酷。

塔米娜還很年輕的時候，死亡對她來說，只會以第一種面貌出現，以空無的面向，挾帶著恐懼出現（而且滿模糊的）——那是對於「不再存有」所產生的恐懼。這種恐懼隨著年歲漸增已慢慢減少，幾乎就這樣消失了（有一天，她再也看不到天空，看不到樹木，這念頭已經不再讓她感到可怕），可是相反地，她卻愈來愈常想到死亡的另一個面向，想到死亡的具體面向：想到死後會變成一具屍體，她就覺得恐怖。

變成屍體，那是一種令人無法忍受的侮辱。不過就在片刻之前，我們還以人的身分活著，外頭還包裹著羞恥心，包裹著對於裸體、對於隱私的尊崇，而只要死亡的時刻來臨，我們的身體就會在一瞬間落入任人宰割的境地，任人剝光衣物，任人開膛剖肚，翻看五臟六腑，任人在屍臭之前掩鼻，任人扔進冷凍停屍間，或是投入火中。塔米娜之所以決定將丈夫的屍體火化，然後把骨灰撒了，那也是因為她不想一輩子擔心她心愛的這具身體會遭受什麼痛苦。

過了幾個月，在她想要自殺的時候，她決定要溺斃在大海裡，死得遠遠的，這樣，她死後肉體可恥的模樣，就只有沉默的魚兒才看得到了。

我先前已經提過湯瑪斯·曼的短篇小說：有個得了不治之症的年輕人，搭火車來到一個不知名的城市。他的房裡有個衣櫥，每到夜裡，就會有個女人從衣櫥裡裸身走出來，那種美簡直要讓人心痛。她每晚都跟這個年輕人漫漫訴說帶著淡淡哀愁的故事。而這個女人和她說的故事，就是死亡。

死亡則與「非存有」一樣，溫柔地泛著藍色的光。因為「非存有」就是一種無窮無盡的空無，而空無的空間就是藍色的，再者，世界上也沒有別的顏色比藍色更美，比藍色更能讓人平靜。死亡詩人諾瓦里斯[14]喜歡藍色，而且在旅途中除了藍色之外無暇他顧，這絕非偶然。死亡的溫柔是藍色的。

只是，湯瑪斯·曼筆下的年輕人如此俊美，他的身體會變成什麼樣呢？會被人拉著雙腳硬拖過門檻嗎？會被人開膛剖肚嗎？會被人丟進坑裡或是扔到火裡嗎？

湯瑪斯·曼寫下這則故事的時候只有二十六歲，而諾瓦里斯不到三十歲就死了。不幸的是，我比他們虛長幾歲，所以，跟他們相反的是，我沒辦法不去想到身體的事。因為我知道死亡不是藍色的，關於這一點，塔米娜跟我一樣清楚。死亡是一件嚇人的苦差事。我父親臨終時，在高燒中掙扎數日才過世，當時我總覺得他好像在工作似的。他汗流浹背，全神貫注於臨終的生命，彷彿死亡這件事已經超越他體力的極限。他無法察覺我在那兒，連我坐在床邊都不知道，死亡這件工作已經讓他精疲力盡了，他集中注意力，那樣子就像一位騎士，他得騎著馬趕到遙遠的地方去，可是全身卻只剩下游絲般的氣力。

是的，他騎著馬。

他要去哪兒？

去個遙遠的地方把身體藏起來。

沒錯，所有關於死亡的詩歌都把死亡描寫成旅行，這絕非巧合。湯瑪斯．曼筆下的年輕人上了火車，塔米娜坐進一輛紅色跑車。我們總是有一種無窮的慾望，想要離開，去把身體藏起來。然而這樣的旅行是徒然的。我們的確是騎著馬，可我們還是躺在床上，最後人家還是會把我們的頭敲在某一扇門的門檻上。

14. 諾瓦里斯（Friedrich Novalis，一七七二—一八〇一）：德國詩人，是詩人及劇作家席勒（Friedrich von Schiller，一七五九—一八〇五）的弟子，作品籠罩著未婚妻蘇菲．庫恩（Sophie von Kuhn）早逝的陰影，詩作如〈夜之頌歌〉（Hymnes a la nuit）等，經常含蘊著神秘主義的哲思。

13

為什麼塔米娜會出現在小孩的島上？為什麼我會想像塔米娜出現在那兒呢？

我不知道。

或許是因為我父親過世那天，空氣中滿是童稚的嗓音唱出的歡樂歌聲吧？

在易北河以東，孩子們到處組織一種名為「先鋒團」的團體。這些孩子們脖子上圍著一條紅領巾，像大人一樣去開會，偶爾還唱唱國際歌。他們有個優良傳統，就是有時候會把紅領巾結在某個傑出成人的脖子上，授予他榮譽先鋒團員的頭銜。大人很喜歡小孩子這一套，年紀愈大的大人愈喜歡，他們很高興自己的棺材上會有這麼一條小毛頭送的紅領巾。

列寧得到過紅領巾，史達林、馬斯圖玻夫、卻洛克夫、烏布利西、布列涅夫都有這麼一條紅領巾，胡薩克也在我父親過世那天，在布拉格城堡舉辦的盛大慶典中得到了他的紅領巾。

爸爸的燒退了一點。那是五月時分，我們打開了面向花園的窗戶。對面的房子裡傳來典禮的電視轉播，聲音穿過蘋果樹的花叢，傳進我們耳中。我們聽見孩子們用尖細稚嫩的嗓音唱著歌。

這時醫生在病房裡，正俯身看著已經說不出話的爸爸。起身後，他轉過頭來高聲對我說；「他已經沒有意識了，他的腦子已經爛掉了。」我看見爸爸藍色的大眼睛睜得更大了。

醫生出去以後，我覺得非常尷尬，我想趕快說些什麼，好讓他忘記醫生的那句話。我指著窗戶說：「你有沒有聽到？真好笑！今天胡薩克要被封為榮譽先鋒團員！」爸爸聽完我說的話，笑了起來。他笑，是為了讓我知道他的腦子還活著，我可以繼續跟他說話，繼續跟他開玩笑。

胡薩克的聲音穿過蘋果樹傳了過來：「孩子們！你們就是未來！」

片刻之後，我們又聽見：「孩子們，永遠不要回頭看過去！」

「我去關窗戶，不要再聽了！」我向爸爸眨了眨眼，他看著我點點頭，臉上帶著一抹無限美好的微笑。

幾小時以後，他突然又發起高燒。他已經騎著馬跑了好幾天了。從此，他再也沒見到我。

14

可是，塔米娜能怎麼辦呢？她被騙來這群孩子的地盤，而帶她來的人已經坐著小船走了，四周，只有望之不盡的水域。

她要想辦法去戰鬥。

說來令人難過：在那西歐的小鎮上，她不費吹灰之力就過得順順利利，反正她也沒什麼大志，可是在這裡，在這群孩子的地盤上（在這個萬事萬物都沒有重量的世界），她真要開始戰鬥嗎？

要鬥的話，她又要怎麼鬥呢？

剛到的那天，她不願意跟孩子們玩，一個人躲在床上，把床當成一座攻不破的城堡，她感到空氣裡彌漫著孩子心中逐漸升起的敵意，這令她害怕。她想要戰勝這股敵意，她想要贏得孩子們的好感。為此，她得認同他們，接受他們的語言。於是她自願加入所有的遊戲，給孩子們出點子、出力氣。沒多久，孩子們就被討人喜歡的塔米娜給征服了。

要跟這些孩子打成一片，她得放棄自己的隱私。剛來的第一天，她還不願意跟孩子們一起洗澡，因為她非常厭惡在眾目睽睽下沐浴更衣，可現在她每天都跟他們一起進浴室。

鋪著瓷磚的大浴室是孩子們的生活重心，也是他們心底小秘密的集散地。浴室裡，一邊是十個抽水馬桶，另一邊則是十個洗臉槽。總是有一群穿著睡衣的小孩撩起衣角坐在馬桶上，另一群小孩則光著身體站在洗臉槽前面。坐在馬桶上的小孩，看著洗臉槽前光著身體的，洗臉槽前面的小孩，也會轉過來看看坐在馬桶上的，而整間浴室就這樣滿溢著一種隱諱的情慾，隱約喚醒塔米娜似曾相識卻遺忘已久的過去。

塔米娜穿著睡衣坐在馬桶上，老虎團的小孩光著身體站在洗臉槽前，全盯著她看。接下來是抽水馬桶嘩啦啦的沖水聲，松鼠團的小孩從馬桶上站起來，整一整長長的睡衣，老虎團的小孩離開洗臉槽走回宿舍，而貓團的小孩則從宿舍走了過來；貓團的小孩坐在空出來的馬桶上，看著高大的塔米娜，看著她黑茸茸的下體和豐滿的乳房，看她在洗臉槽前跟松鼠團的小孩一起洗澡。

塔米娜並不覺得難為情。她覺得自己成熟的性徵，讓她在這些下體光溜溜的小孩面前變成了一位女王。

15

這麼看來，來到島上的這趟旅行，似乎並非如她初見那宿舍和那張床的時候所想，是要陷害她的陰謀。相反地，她終於待在她想待的地方了：她遠遠地落回到她丈夫尚未出現的時刻，在這裡，她丈夫既不存在往事之中，也不存在她的慾望裡，所以，這裡既沒有重量，也沒有內疚。

從前，她一向很害羞（害羞和愛情總是形影不離），如今，她卻在幾十雙陌生的眼睛前赤身露體。剛開始的時候還覺得很突兀、很不舒服，可是她很快就習慣了，不是說她的裸露不可恥，只是裸露這件事失去了意義，失去色調，失去聲音，失去了生命。這具身體的每個部分都記載著他們愛情的歷史，現在，身體陷入了一個無意義的世界，這個無意義的世界對她來說，卻不啻一種抒解、一種休息。

成人的情慾雖然在消失之中，但另一種興奮所堆砌的世界卻由遙遠的過去緩緩浮現。許多過去埋藏的記憶都出現了。像這件事（成人的塔米娜早就忘記這件事，是可以理解的，因為她一定會覺得這件事荒謬可笑得令人無法忍受）：小學一年級的時候，她很喜歡她那位年輕漂亮的女老師，一連好幾個月，塔米娜都夢想著要跟她一起上廁所。

現在，她坐在馬桶上瞇著眼睛微笑。她想像自己是那位女老師，而坐在隔壁馬桶上長著雀斑的小女孩，正好奇地偷看著她，那就是當年的小塔米娜。她忘情地把自己投射到這個長雀斑的小女孩身上，投射到她那帶著情慾的雙眼，她感覺到記憶遙遠的深處，舊時的興奮微微甦醒，正在那兒顫動著。

16

拜塔米娜所賜，松鼠團幾乎什麼比賽都贏，於是他們決定要好好犒賞塔米娜。孩子們執行一切賞罰都是在浴室裡進行的，塔米娜得到的獎賞，就是那天晚上讓大家伺候她：那一晚，她不可以碰自己的身體，松鼠團的小孩會像忠心的僕人一樣，盡心盡力替她做所有的事。

於是，孩子們就開始幹活兒了：先是塔米娜從馬桶上起來，他們就仔仔細細地幫她擦乾淨，幫她拉水箱沖水，幫她脫掉睡衣，簇擁著她到洗臉槽前，每個人都想幫塔米娜搓洗胸部和腹部，每個人都迫不及待地想要知道塔米娜雙腿之間的秘密，也想知道那地方摸起來是什麼感覺。有些時候塔米娜想把他們推開，可是實在太難了：她對小傢伙們兇不起來，更何況他們玩這遊戲認真得讓人讚嘆，一副為了獎賞她而全心全意伺候她的樣子。

最後，他們終於把塔米娜放在床上讓她睡覺，到了床上，他們又找到千百個可愛的藉口挨在她身邊，摸遍她全身。人那麼多，多到她搞不清楚摸她、親她的到底是誰。她覺得全身上下都有人在碰她，尤其是跟孩子們不一樣的那個地方。她閉上雙眼，感到身體在搖晃，緩緩地晃著，彷彿在搖籃裡：她經歷的是一種平靜的、奇特的快感。

塔米娜覺得這股快感讓她雙唇顫抖，她張開眼睛，看見一張童稚的臉正在那兒窺伺她的嘴，還一邊對另一張童稚的臉說：「看哪！看哪！」現在，有兩張童稚的臉倚在她身上貪婪地盯著她顫抖的雙唇，那神情彷彿看到一只發條鬆掉的手錶，或是看到一隻被人拔掉翅膀的蒼蠅。

然而，塔米娜卻感覺她雙眼所見的完全是另一回事，跟她身體所感受到的迥然不同，彷彿那些倚在她身上的孩子，跟那股安靜、輕晃、侵襲著她的快感全不相干。她再次閉上雙眼，盡情享受身體的快感，這是生平第一次，她的身體在靈魂缺席的情況下，享受感官的愉悅，無思無憶的靈魂已無聲無息地飄出了屋外。

17

這是我五歲的時候，爸爸跟我說的：每個大調或小調都是一個皇家的小宮廷。權力由國王（主音）來行使，國王身邊有兩位得力的大臣（完全五度音和完全四度音）。兩位大臣還有四個聽命於他們的顯赫官員，這四個官員都跟國王及兩位大臣維持著某種特殊關係。此外，宮廷裡還有另外五個音，就是所謂的半音。它們在別的大調或小調裡，當然可以扮演很重要的角色，不過在這裡，它們只能當客人。

原因是這十二個音符都各有各的位置、頭銜、功能，我們聽到的作品不只是一堆聲音：作品展現在我們面前的是一個行動。有時候事情非常錯綜複雜（譬如馬勒的作品，或是巴托克、史特拉汶斯基的更嚴重），好幾個宮廷的王子跑來攪局，結果突然之間，我們再也搞不清楚到底哪個音符是替哪個宮廷做事的，或者是不是同時替好幾個國王做事。不過即便如此，最單純的聽眾還是可以猜出一點端倪。不論音樂有多複雜，它總是用同一種語言在說故事。

上面這些是爸爸跟我說的，接下來就是我說的了：有一天，有個偉人發現，千年以來，音樂的語言已經山窮水盡了，只能不斷反反覆覆說些相同的事。於是他發佈了一項革命性的法令，廢除了音符間的階級制度，讓所有的音符一律平等。他要求所有的音符嚴格遵守一個規範，以免有的音符在樂譜上出現的機率會比別的音符高，這樣也可以避免任何音符竊據舊有的封建特權。這麼一來，諸王的宮廷就被一舉廢除了，取而代之的是一個以平等立國的獨特帝國，這種平等叫做十二音列。

這麼一來，樂曲的音色或許比從前更有趣，可是千年來，人們已經習於皇家宮廷故事情節的各種調性，他們聽見新的聲音，卻無法理解。於是十二音列的帝國很快又消失了。荀白克之後，華瑞斯來了，這回他不只廢除了各種調性，連音符（標示人聲和樂器的音符）也不用了，他用的是一整組精緻的聲音，這組聲音雖然很能迷惑人，但它其實已經開啟了一段不屬於音樂的歷史。這種不屬於音樂的東西，植基於其他不同的原則，植基於另一種語言。

米蘭．徐布勒在我布拉格的公寓裡發表他的省思，提到捷克民族有可能消失在俄羅斯帝國裡的時候，我們兩人都知道這個想法或許是對的，但是畢竟超出了我們的極限，因為我們談論的主題是不可設想的。雖說人終有一死，而且人類無法想像空間的盡頭、時間的終點，也無法想像歷史的終結、民族的滅絕，可是人卻總是活在一個虛幻的無窮裡。

那些被進步念頭迷惑的人從來沒有想過，每往前走一步，就會離末日更近一些，他們也沒有想過，諸如前進和繼續邁進，這些歡樂的口號裡，迴盪著死神淫猥的聲音，在那兒催促著我們加快腳步。

（前進這個字眼能夠如此普遍地迷惑人心，不正是因為死神就貼在身邊對我們說話嗎？）

在阿諾．荀白克建立十二音列帝國的時代，音樂豐富的樣貌可謂前所未有，沉醉在自由的國度裡。沒有人會去想或許末日將近。沒有倦意！沒有暮色！荀白克心中滿溢著無限青春的勇氣。他為前進選擇了唯一正確的道路，因此他理直氣壯，傲氣凌人。在勇氣和慾望盡情綻放的氛圍中，音樂的歷史如是寫就。

18

如果說音樂的歷史真的已經終結了，那麼音樂還剩下什麼？寂靜嗎？才不是這樣哩！音樂的種類變得愈來愈多，比過去音樂最輝煌的時代還要多上幾十、幾百倍。音樂從房屋外牆懸掛的擴音器裡放出來，從公寓、餐廳裝的那些聲響嚇人的機器裡放出來，從街上人們拿在手上的小收音機裡放出來。

荀白克死了，艾靈頓公爵[15]也死了，可是吉他卻永垂不朽。刻板的和聲、平凡無奇的旋律、節奏既單調又擾人，這就是音樂剩下的東西，這就是音樂的不朽了。幾個簡單的音符湊合起來，全世界都可以一起來稱兄道弟，因為那是生命本身用這幾個音符高聲歡呼著「我在這兒」。這種與生命共存的單純和弦，是世界上最喧鬧的，但也是最一致的和弦。聽著這種和弦，阿拉伯人可以跟猶太人一起混，捷克人也可以跟俄羅斯人一起混。身體隨著音符的節奏起舞，為了意識到自己的存在而沉醉不已。這就是為什麼沒有任何一首貝多芬的曲子，可以像吉他一樣，奏出這些千篇一律的調子，激起如此巨大的集體狂熱。

約莫在爸爸去世前一年，我跟他同往常一樣在家附近散步，我們聽見四面八方傳來的歌聲。人們愈是哀傷，擴音器的音樂就會為人們播放得愈大聲。擴音器正邀請著這個被占領的國家一同來忘卻歷史的苦澀，縱身生活的歡樂。爸爸停下腳步，抬頭望著聲音的來處，我感到他想跟我交代一些非常重要的事。他很費勁地想要集中精神表達自己的想法，最後，他很吃力地緩緩吐出幾個字：「愚蠢的音樂。」

他這話究竟是什麼意思？他要侮辱他鍾情一生的音樂嗎？不，我想不是的，他想跟我說的是，音樂有一個最初狀態，它存在於音樂的歷史之前，它在第一個提問之前就已存在，在第一個省思出現之前就已存在，在第一個主題或主旋律出現之前就已存在。在這樣的音樂初級狀態（沒有思想的音樂）中，反映著與人類共存共榮的愚蠢。為了把音樂提昇出這個原始的愚蠢狀態，必須付出無限的心力。如此巨大的努力就像一線壯麗的圓弧，橫懸於歐洲數個世紀的歷史之上，而就在它走到軌道頂點的時候，卻如絢麗的煙火般消逝了。

音樂的歷史總有終結的一天，可是愚蠢的吉他卻永垂不朽。今日的音樂又回到它的起始狀態了。這是最後一個提問發出後的狀態，是最終的省思發表後的狀態，是音樂

15. 艾靈頓公爵（Duke Ellington，一八九九—一九七四）：美國爵士樂手，兼擅鋼琴、作曲、樂團指揮，是爵士音樂史上的代表性人物。

史終結之後的狀態。

一九七二年，捷克流行音樂歌手卡瑞爾．克羅斯去了外國，這時，總統胡薩克慌了。他馬上以私人名義寫了一封信到法蘭克福給他。以下這段文字是我從信上逐字引述的，沒有半字虛構：「親愛的卡瑞爾，我們沒有生您的氣。請您回來吧，我們會滿足您的一切願望。我們會幫助您，您也會幫助我們……」

試想：胡薩克任由醫師、學者、天文學家、運動員、導演、攝影師、工人、工程師、建築師、歷史學家、記者、作家、畫家移居國外，連眉頭都不皺一下，可是他卻無法忍受卡瑞爾．克羅斯離境出走。因為卡瑞爾．克羅斯代表的是無記憶的音樂，這音樂永遠埋葬了貝多芬和艾靈頓公爵的屍骨，也永遠埋葬了帕勒斯替納[16]和荀白克燃燒之後的灰燼。

遺忘之總統跟音樂之白痴，可說是絕配。他們都為相同的事業在努力。「我們會幫助您，您也會幫助我們。」他們誰也少不了誰。

19

不過，即使待在統治著音樂智慧的高塔上，有時從外頭傳來的單調節奏還是會勾起懷舊的情愁，這種單調節奏是缺少了靈魂的喊叫所發出來的，象徵著四海一家。畢竟整天只跟貝多芬交遊是很冒險的，就像擁有任何特權一樣危險。

塔米娜一向有點羞於承認她跟丈夫在一起很幸福，她怕別人會因此討厭她。

如今，她卻徘徊於兩種感覺之間：愛情是一種特權，而由於一切特權都不該存在，因此人們必然得為之付出代價。她之所以會待在孩子們的島上，正是因為遭到了懲罰。

但是這種感覺立刻就被另一種感覺取代了：愛情的特權不只是天堂，愛情同時也是地獄。浸潤在愛情裡的生活，其實是在某種持續的緊張之中進行的，生活不僅在恐懼之中進行，而且還永無止境。現在，塔米娜跟孩子們一起待在這裡，她終於找到愛情的獎賞，終於找到平靜，找到了安詳。

到現在為止，塔米娜的性慾一直都被愛情占據著（我用占據這個說法，是因為性並不是愛情，性只是被愛情據為己有的一塊領地），因此她總是在參與一件戲劇性的、要負責任的、沉重的事。在這裡，跟孩子們在一起，待在無意義的國度裡，性的活動終於又回復它原來的面貌：一個製造肉體愉悅的可愛玩意兒。

或者，讓我換一種說法：從愛情的邪惡關係裡解放出來的性慾，變成一種如天使般單純的歡樂。

16. 帕勒斯替納（Giovanni Pierluigi da Palestrina，一五二五—一五九四）：義大利作曲家，為文藝復興時期羅馬樂派的代表性音樂家，譜寫「聖母瑪利亞升天彌撒曲」、「小彌撒曲」等百首彌撒曲，被譽為天主教最偉大的宗教音樂家。

20

雖說塔米娜被孩子們第一次強暴這件事，負載著如此驚人的意義，但在不斷重複下，這樣的情境很快就失去了傳遞著什麼訊息的特質，而變成愈來愈空無、愈來愈下流的例行公事。

沒多久，孩子之間就發生了爭執。著迷於愛慾遊戲的小孩開始討厭對此毫不在乎的小孩。而在那些成為塔米娜情人的孩子裡，自覺受寵的和自覺被冷落的，兩造之間的敵意也漸漸擴大。而這些怨恨也開始轉過頭來，壓在塔米娜身上。

一天，孩子們倚在她赤裸的身體上（有的跪在床上，有的站在床邊，有的跨坐在她身上，或是蹲在她頭旁邊、蹲在她雙腿之間），她突然感到一陣劇痛。有個孩子捏了她乳頭一把。她大叫一聲，再也無法忍受了：她不停舞動著雙臂，把孩子們通通趕下了床。

她知道這疼痛並非意外，也不是情慾造成的：是因為有個孩子恨她，一直想要整她。從此，她跟孩子們的愛慾約會就劃上了句點。

Kniha Smíchu a Zapomnění

21

於是，那個萬事萬物都輕得像微風的國度，倏地失去了平靜。

大家玩著跳房子的遊戲，一格跳過一格，先是右腳，再來是左腳，然後是兩腳一起。塔米娜也下去跳了。（我看見她巨大的身軀在孩子們小小的身體之間移動，她跳著格子，頭髮在臉上飛舞，心裡卻懷著無盡的煩憂。）這時候，金絲雀團的小孩大叫說塔米娜踩到線了。

松鼠團的小孩當然要抗議：塔米娜沒有踩線。兩隊人馬都倚在線上，看看是否有塔米娜的腳印。可是線劃在沙上，邊線總有些模糊不清的地方，而塔米娜的腳印也有相同的問題。事情根本沒有定論。孩子們大聲對罵，吵了足足一刻鐘還不罷休，甚至愈吵愈烈。

這時候，塔米娜做了一個決定性的動作；她舉起手臂說：「好啦。就算我踩到線好了。」

松鼠團的小孩對塔米娜大叫說，事情不是這樣的，塔米娜瘋了，她胡說，她根本沒踩到線。可是他們已經輸掉比賽了。既然他們的說法被塔米娜推翻，現在說什麼都沒用了，金絲雀團響起了一陣勝利的掌聲。

松鼠團的小孩很生氣，他們對塔米娜大叫，說她是叛徒，其中一個男孩子還很粗魯地推了她一把，害她差點跌倒。她想打他們，結果激起了孩子們的敵意，蜂擁而上。塔米娜出手抵抗，她畢竟是比孩子強壯的大人（而且她滿懷恨意，喔，是的，她揍那些孩子的樣子，就像在打她這輩子最討厭的東西），孩子們被打得連鼻子都淌了血，這時，一塊石頭飛來擊中塔米娜的前額，敲得她腳步踉蹌，她摀著頭，鮮血直流，孩子們於是一哄而散。場面頓時靜了下來，塔米娜慢慢走回宿舍。她躺在床上，決定再也不參加任何遊戲。

22

我看見塔米娜站在躺滿孩子的宿舍裡。她成了眾人注目的焦點。角落裡突然有人大叫：「奶奶！奶奶！」其他人也跟著齊聲唱和，節奏分明地叫著：「奶奶！奶奶！奶奶！……」

下體黑茸茸的恥毛和那對美麗的乳房，原本還是她的自豪，是她的武器，現在卻成了羞辱的對象。在孩子的眼裡，她成熟的身體變成一個又大又畸形的東西：乳房像腫瘤一樣可笑，下體毛茸茸的，讓他們想到一頭野獸。

現在，她被人圍捕，孩子們追著她在島上跑來跑去，他們拿木塊和石塊扔她，她躲躲藏藏，不論逃到哪裡，都聽得見有人喊她的名字，叫著：「奶奶！奶奶！……」

強者在弱者面前逃跑，這是世界上最可恥的事了。不過這種事屢見不鮮。塔米娜逃跑著，她為自己的逃跑感到羞愧。

有一天，她埋伏在那兒等他們。結果來了三個孩子；她把其中一個打到跌倒在地，另外兩個拔腿就跑。可是塔米娜的動作更快，她一把揪住他們的頭髮。

就在此時，突然有一張網子纏在她身上，一張接一張的網子朝她身體圍了上來。沒錯，所有排球場的網子都在這兒了，這些網子原本還在宿舍前，架得低低的。孩子們在這兒等她。方才她痛揍的那三個孩子不過是誘餌。現在，她被一團亂網困住，只能在網中扭來扭去掙扎著。她被拖在地上蹭著，孩子們把她拖在隊伍後面呼嘯而去。

23

為什麼這些孩子這麼壞？

噢！其實他們一點兒也不壞。相反地，他們心地善良，而且從不吝於互助互愛。沒有人想把塔米娜據為己有。他們無時無刻不在說「看哪！看哪！」塔米娜被一團亂網緊緊束縛住，細細的網繩撕裂著她的皮膚，而孩子們卻兀自在那兒指指點點，看她淌血流淚，痛得齜牙咧嘴。孩子們很大方地讓每個人都看得到這樣的畫面。塔米娜成了連結孩子們兄弟之情的樞紐。

塔米娜的不幸遭遇，不是因為孩子們很壞，而是因為她的世界在孩童國度的邊界之外。一個人不會因為人家在屠宰場宰殺小牛而感到憤慨，因為小牛活在人類世界的律法之外，塔米娜也一樣，她也活在孩童國度的律法之外。

要說有誰憤恨不平的話，那應該是塔米娜，而不是孩子們。他們想讓塔米娜痛苦，是出於一種積極愉快的意願，甚至可以理直氣壯地說是出於歡樂。他們之所以要讓什麼人痛苦，只是為了頌揚他們的世界，以及這個世界的律法。

24

時間沖淡一切，任何歡樂、任何娛樂在不斷重複之下終有疲乏的一天；追趕塔米娜的遊戲也不例外。而且，孩子們真的不壞。譬如有個小傢伙，趁塔米娜被排球網纏困在地上的時候對塔米娜撒尿，可是過幾天遇到他的時候，他還對塔米娜露出一派天真無邪的燦爛微笑呢。

於是塔米娜重新加入所有的遊戲，不同的是，她沉靜了。她又從一個格子跳到另一格，先是右腳，再來是左腳，然後是兩腳一起。她永遠也無法進入他們的世界，可是她得注意不要落到外頭去。她小心翼翼地讓自己恰恰停在邊界上。

然而，這短暫的平靜，這種正常狀態，這個基於妥協的權宜之計，卻如一切亙久不變的事物般令人恐懼。不久前，像動物一樣遭人圍捕的日子，讓塔米娜忘卻時間的存在，也忘卻時間的浩瀚無垠，如今，暴力攻擊的故事退場，時間的荒漠卻從幽微處再度浮現，這荒漠景象殘酷得讓人束手無策，與永恆無異。

Kniha Smíchu a Zapomnění

請您把這些畫面再一次牢牢記在心裡：塔米娜得從一個格子跳到另一格，先是右腳，再來是左腳，然後是兩腳一起，而且她還得把有沒有踩線當作一件很重要的事。日復一日，塔米娜每天都得這麼跳，她擔著時間的重量在那兒跳呀跳，宛如背負著十字架，一天比一天沉重。

她還會回頭看過去嗎？她還會想起她丈夫，想起布拉格嗎？

不會的。從現在起，再也不會了。

25

被人打倒的紀念雕像，幽靈在臺下飄蕩，而遺忘之總統，脖子上繫著紅領巾站在臺上。孩子們拍著手，高呼他的名。

事隔八年，可我腦中還迴盪著他的話，宛若那天穿過蘋果樹傳入我耳中的聲音一般清晰。

他說：「孩子們！你們就是未來。」而我到今天才知道，這句話有另一層意義，乍聽之下是不會想到的。事實上，並不是因為孩子們有一天都會變成大人，所以他們就是未來，而是因為人類的歷史正一步步向孩子靠近，因為童年就是人類未來的寫照。

他高呼：「孩子們，永遠不要回頭看過去。」這句話的意思則是說，我們絕不能容忍人類的未來屈從於沉重的過去。剛好，孩子們也都沒有過去，無怪乎孩子們的微笑總是那麼神奇，那麼無邪，那麼天真。

人類歷史是一連串短暫變化的集合，而永恆的價值則於歷史的化外之境流傳，永遠不會改變，也毋需記憶。胡薩克是永恆之總統，不是朝生暮死的總統。他跟孩子站在同一邊，而孩子就是生命，生命就是「看、聽、摸、吃、喝、拉、撒、潛入水中與仰望藍天、歡笑與流淚。」（摘自安妮．勒柯列克的著作《女性的話語》，一九七六。）

聽說，胡薩克對孩子們演講完畢之後（那時，我已經關上窗戶，爸爸也準備好要騎上他的馬了），卡瑞爾．克羅斯走上臺，開始唱歌。胡薩克的雙頰還掛著兩行激動的淚水，四周孩童燦爛的笑容和他的淚水相映成輝。此刻，奇蹟般的偉大彩虹出現在布拉格上空，在天際劃出一道圓弧。

孩子們抬起頭來看見彩虹，高興得笑了起來，鼓掌叫好。

音樂之白痴剛唱完他的歌，遺忘之總統敞開雙臂高呼：「孩子們，生命就是快樂。」

26

島上迴盪著嘶吼的歌聲，與電吉他的噪音相應和。宿舍前的遊戲場上擺著一臺錄音機，塔米娜和一個男孩站在錄音機旁，塔米娜認出來，那個男孩就是很久以前帶她來

Kniha Smichu a Zapomnění

島上的人。她的神經因此興奮了起來。如果他真是那個人，那麼小船應該也在那兒。她告訴自己不可以錯過這個機會。她的心在胸口怦怦地跳著，從這一刻起，塔米娜的腦中除了逃跑，再也容不下其他東西。

男孩的眼睛盯著錄音機，一面扭著屁股。遊戲場上的孩子也跑來跟他一起扭動身體：他們向前揮動雙臂，一下揮出右手，一下又揮出左手，然後把頭往後甩，他們豎著食指搖晃著手，彷彿在威脅人似地，他們的叫聲和錄音機傳出的歌聲混雜在一起。

塔米娜躲在一棵大梧桐的樹幹後面，她不想讓他們發現，可是她又忍不住想看。他們做出成人賣弄風情的挑逗動作，屁股前後扭動，活像性交的動作。淫猥的動作鑲貼在童稚的身體上，打破了淫猥和無邪之間的矛盾，打破了純潔與不淨之間的對立。情慾變得荒謬了，無邪也變得荒謬了，所有詞彙都瓦解了，塔米娜覺得非常不自在：彷彿胃裡讓人掏空的那種感覺。

愚蠢的吉他在島上迴盪，孩子們手舞足蹈。他們媚態十足地向前挺著小腹，塔米娜則為了這些沒有重量的事物感到侷促不安。胃裡感覺空蕩蕩的，正是因為這種令人無法忍受的失重感。這就跟物極必反的道理一樣，事物輕到了極點，就會輕極轉沉，變成一股駭人的沉重感，塔米娜知道她連一秒鐘也無法再忍受下去了，於是她轉身疾奔而去。

她跑到通往水邊的小徑。

到了水邊，她四下望去，卻不見小船的蹤影。

她像第一天那樣，沿著岸邊繞著小島跑了一圈，還是找不到小船。最後，還是又回到梧桐小徑和沙灘的交界處，孩子們興高采烈地從那兒跑出來。

塔米娜停下腳步。

孩子們瞥見她的身影，大呼小叫地向她衝過來。

27

塔米娜跳入水中。

她這麼做並不是因為害怕，而是已經盤算很久了。畢竟，搭船到島上所花的時間也沒有多長。雖然總是看不到對岸，可是要游到那兒，應該也不需要超人的體力吧！

孩子們邊跑邊叫，爭先恐後地跑到塔米娜剛跳下水的地方，隨即有幾顆小石子向她丟去。不過她游得很快，沒多久，他們瘦弱的手臂就丟不到她了。

塔米娜泅游著，她好久沒覺得這麼舒暢了。她感覺到自己的身體，感覺到從前擁有的力量。她一向是游泳好手，划水的動作讓她很愉快。水溫很低，可是她很喜歡這股涼爽，冷水彷彿幫她從皮膚上滌去了孩子們留下的汙垢和唾液，也把他們的眼神一併沖走。

她游了好久，夕陽開始緩緩沉入水中。

暮色漸低垂，沒多久，天就全黑了。星月無光，塔米娜盡力循著同一個方向游去。

Kniha Smíchu a Zapomnění

28

她究竟想回到哪兒？回到布拉格嗎？

她連布拉格還在不在都忘了呢。

回到西歐的那個小鎮嗎？

不。她跳入水中只是為了要離開。

那麼，這意謂著她要尋死嗎？

不，不，不，事情不是這樣的。相反的是，她的生存意志驚人。

可是她至少得有點想法，看看自己要生活在什麼樣的世界呀！

她什麼想法也沒有。總而言之，她只剩下一股對生命的強烈渴望，還有一具身體。除了這兩樣東西之外，她什麼也沒了。她只想把這兩樣東西從島上救出來，她想把她的身體和這股對生命的渴望救出來。

29

天色漸亮，塔米娜瞇起眼睛，想看看是不是有對岸的蹤影。

可眼前一無所有，水域之外還是水域。她回頭看了看，約莫百公尺處，就是那綠意盎然的小島。

怎麼可能！難道她一整夜都在原地泅泳嗎？憂傷襲上了塔米娜的心頭。希望落空，讓她開始覺得手腳無力，水也變得冰冷，教人無法忍受。她閉上雙眼，繼續用力划著水。她已經不指望要游到對岸了，現在她只想一死了之，她想死在這片水域裡，遠離一切，獨自死去，四周只有魚群。她閉著眼睛，有幾秒鐘她睡著了，水於是嗆進肺裡，她咳著，氣接不上來，就在她咳咳嗆嗆的時候，忽然聽見一些童稚的聲音。

塔米娜停在那兒，邊嗆邊咳，一邊往四周張望。就在不遠處有艘小船，船上都是孩子，在那兒吵吵鬧鬧地叫著。孩子們發現塔米娜看見他們的時候，卻靜了下來。小船跟塔米娜愈靠愈近，孩子們緊盯著她不放。那滿船騷動不安的樣子，塔米娜全看見了。她很怕孩子們會想要把她救起來，逼她像從前那樣跟他們玩，她開始覺得氣力耗盡，四肢僵硬。

小船離她很近，船上五張童稚的小臉熱切地俯望著她。

塔米娜絕望地甩著頭，彷彿在跟他們說，讓我死，不要救我。

然而塔米娜的害怕是多餘的，孩子們什麼也沒做，沒有人向塔米娜伸出船槳或是小手，沒有人想要救她。他們只是在那兒睜大眼睛熱切地望著她，仔仔細細地看著她。其中有個小孩甚至還把槳當作舵，把船固定在最靠近塔米娜的地方。

塔米娜又吸了幾口水到肺裡，咳咳嗆嗆，手臂亂揮，她覺得自己就快要沉下去了。她的雙腿愈來愈沉重，像鉛錘一樣拖著她沉入水底。

塔米娜的頭沉沉浮浮，一再沒入水中。她用力掙扎了幾下，有好幾次都掙出了水面；一掙出水面，她就看見小船，還有船上打量著她的童稚目光。

然後她就從水面上消失了。

第七部

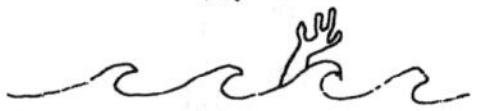

邊界

1

做愛的時候，他覺得女人身上最有意思的，就是她們的臉。她們身體的動作就像長長的影片膠捲在那兒轉著，投映在宛如電視螢幕的臉上，一部扣人心弦的影片，充滿悸動、期待、爆發、痛苦、叫喊、柔情、恨意。

只不過，艾德薇姬的臉是熄滅的銀幕，亞恩盯著她的臉，心裡頭為了一些無法回答的問題困擾不已：艾德薇姬跟他做愛是不是會覺得無聊？她是不是累了？她是不是做得心不甘情不願？她是不是習慣跟比較高明的情人做愛？還是說，在艾德薇姬看似毫無表情的臉龐下，隱藏著他臆想不到的情愫？

其實他直接問她就好了。可是他們之間有某種奇特的相處模式。平常兩人總是無所不談，可是一旦裸裎相見四體交纏，他們就失去了說話的能力。

他從來不知到底該如何解釋這樣的緘默。原因或許是，在他們的情愛關係之外，艾德薇姬總是比他積極果敢，雖說她比較年輕，可是她這輩子說過的話至少是亞恩的三倍以上，而且給過亞恩十倍的忠告和建議。她就像個溫柔而智慧的母親，牽著亞恩的手，引導他走過人生。

他經常想像在艾德薇姬的耳邊輕聲細語，說些淫猥的話。即便只是做做白日夢，他也可以想像最後以失敗告終的畫面。他知道艾德薇姬一定會露出一抹恬靜的微笑，微

Kniha Smíchu a Zapomnění

笑中帶著責備、理解、寬容，那種微笑是屬於母親的，她看見自己淘氣的小孩正在偷吃壁櫥裡的餅乾。

要不，他也想過在她耳邊低聲說這句再平常不過的話：「喜不喜歡這樣？」說來說去，這種說法還不是用「這樣」的委婉字眼，代替了做愛的動作，這個字眼立刻讓人想到映射著性愛的其他字眼，彷彿一場鏡像的遊戲。每次他問其他女人這個簡單的問題，她們都會有些淫蕩的反應。可是他幾乎事先就猜想得到艾德薇姬會有什麼反應：我當然喜歡這樣啊，她會很耐心地跟亞恩解釋。難道你以為我會心甘情願地在這兒做我不喜歡的事嗎？亞恩，你說話有點邏輯嘛！

所以，他沒有跟她說淫猥的話，也沒問她喜不喜歡這樣。兩人的身體猛烈而長久地運動著，一同轉動一個空空的膠捲盤，而他則繼續沉默。

他常想，自己該為兩人無言的長夜負責。他自己在心裡把艾德薇姬塑造成某種誇張的情人形象，如今這形象橫擋在兩人中間，讓他無法大步跨越，接觸到真正的艾德薇姬，接觸到她的感官，接觸到她幽微的淫慾。總之，每經歷一次無言的長夜，他就會告訴自己說，下次不跟艾德薇姬做愛了。

他對艾德薇姬的愛，就像對一個聰明的、忠誠的、無可替代的朋友那樣，而不是對情人的愛。可是，要把情婦艾德薇姬從朋友艾德薇姬裡面抽離出來，根本就不可能。每次他去找艾德薇姬的時候，兩人經常聊到深夜，艾德薇姬喝著酒，侃侃而談她的理論，給亞恩一些忠告，最後，到了亞恩累得聊不下去的時候，她的話就會突然打住，臉上隨即出現一抹恬靜自得的微笑。

此時，亞恩彷彿接收到了一個無從拒絕的暗示，他伸手撫摸艾德薇姬的某一邊乳房，然後艾德薇姬站起身來，開始寬衣解帶。

為什麼她要跟我做愛？他時常如此自問，可卻找不到答案。他只知道一件事，那就是他們沉默寡言的交媾是無可避免的，就像一個好公民聽到國歌，就無可避免地會立正站好，即便這樣的行為對他、或對他的祖國都沒有什麼樂趣可言，他還是會這麼做。

2

過去兩百年來，鶇鳥離開森林，移居到城市裡。先是英國，始自十八世紀末，幾百年之後，則到了法國的巴黎和德國的魯爾河流域。整個十九世紀裡，鶇鳥在歐洲征服了一個又一個城市。一九〇〇年前後，鶇鳥在布拉格和維也納定居下來，然後又往東推移，到了布達佩斯、貝爾格勒、伊斯坦堡。

對整個地球來說，鶇鳥入侵人類世界，要比西班牙人入侵南美洲、或是猶太人回到巴勒斯坦這些事件重要得多，這是毋庸置疑的。就重要性的層次來說，不同生物物種（魚類、鳥類、人類、植物）間相互關係的改變，跟同一物種不同族群間的關係變化比較起來，前者的層次是高得多了。居住在波希米亞的是克爾特人或是斯拉夫人，征服貝撒拉比亞[17]的是羅馬尼亞人還是俄羅斯人，這些事對地球來說都無關輕重。可是鶇鳥背棄自然，跟著人類進入了一個違反自然的人造世界，這樣的事可就不一樣了，這樣的事改變了地球上的基本結構。

話雖如此，卻沒有人敢把過去這兩個世紀詮釋為鶇鳥入侵人類城市的歷史。我們每個人都是受制於既定觀念的奴隸，什麼事重要、什麼事不重要，這些觀念早有定見。我們惶惶不安地緊盯著重要的事，而那些無關宏旨的事卻躲在我們背後打游擊，最後還神不知鬼不覺地改變了世界，把我們嚇一大跳。

如果有人要寫一本關於亞恩的傳記，或許可以把我剛才提到的那個時期大致簡述如下：亞恩和艾德薇姬的戀情標誌著他生命中的一個新階段，那時，他四十五歲。他終於決定放棄空洞、散漫、無章法的生活，離開那個西歐的城市，遠赴美國，活力十足地投入一份重要工作，接下來，在這個工作裡，他可以如此如此，這般這般。

不過我希望這本想像中的亞恩傳記可以告訴我，為什麼剛好就在這個時期，亞恩最喜歡的書竟然是《達菲尼斯與克洛依》這本古老的希臘小說！這是兩個年輕人之間的愛情故事，他們年紀很小，幾乎還是孩子，根本不知戀愛為何物。公羊的叫聲交雜著海潮聲，橄欖樹影下，一頭綿羊兀自低頭吃著草。兩個年輕人並著肩膀躺在草地上，裸裎的身體醞釀著隱約不明卻又永無止境的慾望。兩人互相擁抱，身體挨著身體，緊緊纏繞。兩人就這樣抱了許久、許久，因為他們不知道接下來還可以怎麼樣。他們以為這樣

17. 貝撒拉比亞（Bessarabie）是東歐的一個區域，今分屬摩爾達維亞共和國和烏克蘭共和國。

的擁抱就是情慾的極致了。他們都很興奮，心裡怦怦跳著，可是他們不知道做愛是怎麼回事。

是的，亞恩就是被這一段故事給迷住的。

3

女演員漢娜盤腿坐著，就像我們在每家古董店都看得到的佛像一樣。她一邊不停地說話，一邊看著自己的拇指，在沙發旁的圓形茶几邊上慢慢地劃來劃去。

這動作並不是神經質的人會做的機械性行為，神經質的人有時還會用腳打著拍子，或是不停地搔著頭。這動作是有意識的，是刻意的，是柔美而優雅的，這動作無異在她周圍劃出一個神奇的圓圈，她在這個圓圈裡，全副精神就會集中在自己身上，而其他人的注意力也會集中在她身上。

漢娜饒有興味地用拇指劃來劃去，有時抬起頭來看看坐在她眼前的亞恩。她告訴亞恩她前陣子精神崩潰，因為她住在前夫家的小兒子逃了家，好幾天都沒回去。孩子的爹是個冒失鬼，他在演出前半小時打電話，把這件事告訴漢娜。那時她正在發燒，偏頭痛還加上鼻炎。「我鼻子痛得要命，可是我卻不能去擤它！」她用那雙美麗的大眼睛盯著亞恩說：「我的鼻子腫得像顆花椰菜！」

漢娜邊說邊笑，那微笑像在告訴人們，像她這種女人，鼻子只要長在她臉上，就算因為鼻炎而紅腫，還是很迷人的。她生活在和諧的氛圍裡，這種和諧幾乎可以作為眾人的模範。她愛自己的鼻子，也愛自己大膽直率地直呼鼻炎為鼻炎，直呼鼻子為花椰菜。如此，鼻子紅通通的奇特美感和她知性的大膽直率剛好相輔相成，而她拇指劃圓的動作，則將這兩種魅力融合在那神奇的圓圈裡，展現出隱藏在她人格深處的一致性。

「我那時候很擔心，因為我還發著高燒。您知道醫生跟我說什麼嗎？他說，漢娜，我只能給您一個建議，那就是：不要去量體溫！」

漢娜為了醫生說的這個笑話放聲大笑，久久不已，笑夠了之後她又說：「您知道上回我認識的那個人叫什麼名字？他叫帕賽！」

帕賽是亞恩的老朋友。亞恩上次看到他，已經是好幾個月以前的事了，那時帕賽剛好要動手術。每個人都知道帕賽得了癌症，只有他自己莫名其妙地，渾身活力還滿懷信心，相信醫生編造的謊話。總之，他要動的是個大手術，四下無人的時候，他跟亞恩說：「手術之後，我就不是男人了，你懂吧，我的男性生涯，結束了。」

「上星期我在克勒維他們鄉下的家裡遇見他，」漢娜接著說。「這男人實在太棒了！他比我們誰都年輕！我好喜歡他！」

亞恩聽到這位美麗的女演員這麼喜歡他朋友，他應該感到高興才對，可是他並不覺得有什麼太特別的，因為大家都喜歡帕賽。這些年來，帕賽在社交界受歡迎的程度，就像在不理性的股票市場裡飆漲的股價。朋友們茶餘飯後聊幾句讚美帕賽的話，幾乎已經成了某種儀式性的行為。

「您知道克勒維他們別墅附近有一大片美麗的森林。林子裡長了很多蘑菇，而我最愛去採蘑菇了！我問說：誰要跟我去採蘑菇？結果沒有人想去，只有帕賽說：我跟您去！您想想看，帕賽是個生病的人哪！我剛才不是說嗎，他是我們當中最年輕的！」

漢娜看著她的拇指，一刻也不停地在圓形茶几邊上劃著圓，她說：「於是，我就跟帕賽去採蘑菇了。事情實在太神奇了！我們在森林裡迷了路，後來我們找到一家小酒館，那是一家髒兮兮的鄉間小館。我最喜歡這種館子了。在這種小酒館裡頭，我們可以喝到便宜的爛紅酒，跟建築工人喝的一樣。帕賽實在太帥了，我好喜歡他！」

4

在我說的那個年代，時節一到夏天，歐洲西部的海灘上總會躺滿上空的女人，而人們對裸露乳房的看法，則分為贊成和反對兩派。克勒維家族——父親、母親、和他們十四歲的女兒——坐在電視機前看一個辯論節目，這個節目的來賓都是引領一時風騷的知識分子，他們在那兒侃侃而談，談的是贊成或反對不穿泳裝上衣。心理分析家措辭強烈，為裸露的乳房辯護，他說如此的道德解放可以把我們從色情的妄想中拯救出來。馬克思主義者則避開裸露乳房的話題（共產黨員之中，有清教徒，也有放蕩的，支持任何一邊來對抗另一邊都不是什麼高明的策略），他很巧妙地把辯論導向另一個更深刻的問題，談到布爾喬亞社會偽善的道德——這樣的社會注定要毀滅。此刻，基督宗教思想的

MILAN KUNDERA

代言人自覺該為泳裝上衣說幾句話了，然而他的說法還是很含蓄，因為，就連他也擺脫不了那無所不在的時代精神；他只找到了一個論點來支持泳裝上衣，聽來他的意思就是說，我們有義務尊重、並且保護孩童的純真。他的話立刻被一位來勢洶洶的女人攻擊，她認為，我們從童年開始就該打破裸體的虛偽禁忌，她建議為人父母的都要光著身體在家裡走來走去。

亞恩剛到克勒維家的時候，節目主持人剛好宣佈辯論結束，不過屋裡那股熱鬧的氣氛還是持續了好一會兒。克勒維一家人在思想上都很前進，所以他們都反對泳裝上衣。數百萬婦女像回應著一個命令似的，一同將那件可恥的衣物丟得遠遠的，對她們來說，如此的壯舉象徵人類掙脫了奴隸制度的枷鎖。於是裸露著乳房的女人們在克勒維家裡列隊行進，宛如一支隱形的解放大軍。

就像我先前所說，克勒維一家人在思想上都很前進，他們都有些進步的想法。進步的想法有很多種，而克勒維一家所主張的進步想法，總是其中最好的。這種最好、最進步的想法隱含著強大的煽動性，不僅可以讓支持者因為自己的見解獨到而感到自豪，同時又可以吸引為數眾多的同好。如此一來，進步思想淪於孤芳自賞的可能性，馬上就被勝利群眾喧譁叫好的聲音給淹沒了。就拿克勒維一家人的例子來說吧，倘若他們反對的不是泳裝上衣，而是一般的衣服，而且還宣稱人們應該光著身體在大街上、在城裡走來走去，那麼，雖說他們主張的仍然是進步的想法，但顯然不是最好的。這樣的想法會有點擾人，因為它太極端了，要為它辯護的話，還得多花好大的力氣（而最好、最進步的想法可說是完美到根本不需要為之辯護），這種想法的支持者也永遠不會有那麼一天，可以心滿意足地看著他們絕無妥協的主張突然為眾人所接受。

眾人為了乳房該不該裸露而爭吵不休，亞恩聽著聽著，想起了一個木製的小儀器，叫做氣泡水平儀。他當泥水匠的祖父砌牆時，總是把這個小儀器放在牆頂上。儀器的中間有一片玻璃板，板下蓄著點水，裡頭還有顆氣泡，氣泡的位置可以告訴我們，砌上去的磚頭疊得平不平。克勒維家族正可以讓人拿來當作智識上的水平儀。只要把任何一個想法放在上面，水平儀就會精確地指出，這是不是最好、最進步的想法。

克勒維一家人七嘴八舌地，把方才電視上的辯論對著亞恩全本重述了一遍，克勒維老爹靠到亞恩身邊打趣地說：「你覺不覺得，如果露出來的乳房都很美，人們根本就會無條件支持這種改革？」

為什麼克勒維老爹會用這種調調把他的想法說出來呢？這位老爹是個模範主人，他總是盡力地找些合客人心意的話來說。由於亞恩好色是出了名的，克勒維就沒有正經八百地表達他贊成裸露乳房的深刻想法，要這麼做的話，就像在千年奴隸制度廢除的時刻，展現某種道德上的熱情。結果克勒維老爹以妥協的態度表現了他的想法（考慮到他心目中亞恩的品味，違反了他本身的信念），彷彿對乳房的美，展現某種美學上的贊同。

在此同時，他也想要像外交官一樣，說話謹慎精確：他不敢直截了當地說，那些難看的乳房就該遮起來。雖然這個絕對無法見容的想法沒說出口，但還是無所遁形，難逃那位十四歲少女的法眼。

「那你們的肚子怎麼說？嗄！你們整天挺著大大的啤酒肚在沙灘上走來走去，就一點兒也不知羞！」

克勒維老媽為她的女兒鼓掌，大笑著叫道：「說得好！」

克勒維老爹也跟老媽一道鼓起掌來。他馬上就明白了，女兒說得沒錯，他又犯了這個要命的老毛病，每次都因為妥協而被老婆和女兒責怪。克勒維是個非常隨和的人，他只用極溫和的方法為他溫和的看法辯護，他馬上承認他那思想極端的孩子是對的。而由於被指控的那句話並不代表他的想法，那只是他心目中亞恩的看法，所以他可以站到女兒那邊去，義無反顧，還露出一臉父親心滿意足的樣子。

十四歲少女這邊，受到了父母親的掌聲鼓勵，接著說：「你們還以為我們是因為你們喜歡才脫掉泳衣的嗎？我們可是為自己做的，因為我們喜歡這樣，因為這樣比較舒服，因為這樣我們的身體才可以接觸到更多的陽光！你們只會把我們當作洩慾的對象！」

克勒維老爹、老媽再次鼓掌，可是這次他們叫好的音調有點不一樣。女兒的話其實是對的，只不過對一個十四歲的女孩子來說，說這樣的話有點不得體。就像一個八歲小孩兒說：如果有人搶劫的話，我會保護媽媽。在這樣的情況下，做父母的也是會鼓掌，因為兒子堅定的表白值得讚許，這是毋庸爭議的。可在同時，這段表白卻又是言過其實的承諾，於是讚美的方式也就理所當然地有了點細微的差別，變成一抹別有深意的微笑。克勒維夫婦第二次叫好的時候，就是帶著這樣的微笑，而十四歲少女讀出微笑背後的意涵，頗覺不以為然，於是她又語帶惱怒，執拗地重複了一遍：

「這種事的的確確已經過去了。我不是任何人洩慾的對象。」

夫妻倆只點了點頭表示贊同，臉上不帶微笑，以免刺激他們女兒再發出什麼新的宣言。

「親愛的小姑娘，要是妳知道不當洩慾的對象有多簡單就好了。」

亞恩輕輕地說出這句話，可他話裡的哀愁如此真摯，以致餘音在屋內迴盪，久久不散。這是一句光靠沉默很難打發過去的話，但不去理它也不可能。由於這句話並不進步，所以不夠格讓人表示贊同，可這句話也不值得讓人為之引發一場爭論，因為它並沒有挑明了反對進步。這真是糟得不能再糟的一句話，因為這句話的位置在時代精神所引領的論辯範圍之外。這是一句超越好壞範疇的話，一句徹徹底底牛頭不對馬嘴的話。

沉默片刻之後，亞恩狀似尷尬地露出微笑，彷彿在為他剛才說的話致歉，然後，克勒維老爹這位善於為同病相憐者打圓場的專家，談起了大家共同的朋友帕賽。對帕賽的仰慕之情讓眾人融為一體：這個話題是一個沒有危險的國度。克勒維讚揚帕賽的樂觀，不論飲食作息的規定多麼嚴格，都消磨不了他對生命堅定不移的愛。話這麼說是沒錯，可如今帕賽的存在已經被壓縮成了一條狹窄的生命，裡頭沒有女人、沒酒、沒菜、沒有動靜、也沒有未來。前陣子帕賽來克勒維鄉下的家裡探望他們，那天剛好女演員漢娜也在那兒。

亞恩很想知道，如果克勒維家的氣泡水平儀放到女演員漢娜身上，會怎麼顯示，在他看來，這女人的自我中心簡直到了令人無法忍受的地步。然而，氣泡水平儀卻顯示說，亞恩錯了。克勒維對於女演員如何對待帕賽，可說是萬分激賞。他說漢娜幾乎把整個人都獻給了帕賽。這女人實在是好心得不得了。而且大家都知道，她自己才剛剛遭遇了那麼悲慘的事。

「什麼悲慘的事？」亞恩吃了一驚，冒失地問了這麼一句。

什麼，亞恩竟然不知道這件事？漢娜的小兒子逃了家，好幾天都沒回去！她為此還精神崩潰呢！她自己都這麼慘了，可是在身罹絕症的帕賽面前，她就忘了自己。她想讓帕賽忘記一切煩惱，所以她開開心心地大聲嚷著：「我最愛去採蘑菇了！誰要跟我去採蘑菇？」結果帕賽跟她去了，而其他人都不陪他們去，因為大家都以為帕賽想跟漢娜獨處。他們兩人在森林裡走了三個小時之後，在一家小酒館歇腳，喝了點紅酒。其實帕賽不該走路也不該喝酒，他回來的時候已經精疲力盡，可是心情很愉快，第二天大家不得不把他送到醫院去。

克勒維老爹說：「我想應該滿嚴重的，」說完，他彷彿在責怪亞恩似地又加了一句，「你實在應該去看看他。」

5

亞恩心想：人類的情色生活，一開始是興奮而無感官愉悅，到後來則是感官愉悅而無興奮之情。

興奮而無感官愉悅的是達菲尼斯。有感官愉悅而毫不興奮的，則是那位運動器材出租店的女店員。

他認識這個女店員，然後邀她回家，這事說來也有一年了，她對亞恩說了一句令他畢生難忘的話：「我們要上床的話，就技術觀點來說，肯定是沒有問題，不過感情方面我就不確定了。」

亞恩對女店員說，在感情方面，她可以絕對放心，而女店員相信亞恩的保證，像在店裡收下租雪屐的押金一樣順手，從此沒提過半點兒關於感情的事。但另一方面，在技術方面，女店員可真把亞恩累壞了。

女店員是性高潮的狂熱愛好者。對她來說，性高潮是宗教，是目的，是關乎衛生保健的無上命令，是健康的象徵，同時也是她的驕傲，因為這讓她有別於其他較為不幸的女人，那種感覺就像是擁有一艘遊艇，或是有個名人當未婚夫一樣。

要讓她高潮還真不容易。她對亞恩大叫：「再快一點，再快一點」，然後又改弦易轍喊著「慢一點，慢一點」，接著是「用力一點，用力一點」，活像教練在對一艘八人小艇的划船手發號施令。女店員把全副精神都放在皮膚上的每一個敏感帶，她牽引亞恩的手，讓他適時把手擺到正確的位置。亞恩渾身是汗，望著這個年輕女人不耐煩的眼神，望著她興奮狂野的身體，那是一具製造小規模爆發的運轉器，而這小小的爆發，正是一切事物的意義與目的。

第一次從女店員家走出來的時候，亞恩想到了赫茲，他是中歐某個城市的歌劇導演，亞恩就是在那個城裡長大的。赫茲要求他的女歌手們在他面前做特別彩排，他要她們一絲不掛地演出整齣劇的舞臺動作。為了要確定這些女歌手的姿勢是正確的，他強迫她們把鉛筆插進直腸裡。向下突出的鉛筆，剛好在脊椎的延長線上，如此一來，這位挑剔的導演就可以用精確的科學方法，控制女高音的步伐、動作、舞步、儀態。

一天，有位年輕的女高音跟赫茲鬧翻了，於是向上級告發這件事。赫茲辯解說他從來沒有騷擾過她們，他從來沒有碰過任何一位女歌手。他的辯詞倒是真的，不過正因為如此，鉛筆就顯得更變態了，最後赫茲被迫帶著醜聞離開亞恩的故鄉。

後來，他不幸的遭遇變得人盡皆知，拜此醜聞所賜，亞恩很小就開始去聽歌劇了。他想像臺上所有引吭高歌、仰首做出悲愴動作的女高音都一絲不掛。伴奏的樂團呻吟著，女歌手們摀著左胸，而他則幻想她們光溜溜的屁股裡突出一枝鉛筆。他的心怦怦跳：赫茲的興奮刺激著他！（直到今天，他還是無法以別種眼光來欣賞歌劇，直到今天，只要他一上歌劇院，那股年輕小伙子偷偷摸摸跑去看春宮戲的感覺就會浮上心頭。）

亞恩心想：赫茲是一位高尚的鍊金術士，專攻敗德的領域，他發現了興奮的神奇配方，就是在屁股上插枝鉛筆。亞恩自覺無顏面對赫茲：赫茲絕對不會跟他剛才一樣，趴在運動器材出租店的女店員身上，溫馴地任人使喚。

6

正如鵪鳥的入侵寫在歐洲歷史的背面，我說的故事也發生在亞恩生活的背面。那是我組合了幾個獨立事件寫成的，這些事，亞恩應該從未注意過，畢竟他生活的正面也寫滿了其他事件、其他值得關心的事：譬如美國那邊的新工作——一個令人迫不及待的專業工作——以及行前的準備。

前陣子，亞恩在街上遇見芭芭拉。她語帶責備地質問亞恩，為什麼她開派對的時候亞恩從沒來過。芭芭拉在家裡搞集體性遊戲是出了名的，亞恩怕招來非議，所以幾年來他都不曾答應她的邀請。不過這次他倒是微笑著說：「好啊，我很想去啊。」他知道自己再也不會回到這個城裡，所以謹言慎行對他來說已經沒什麼意義了。他想像芭芭拉家裡擠滿了一絲不掛的放蕩男女，亞恩對自己說，這樣慶祝自己的遠行倒也不壞。

畢竟亞恩就快要離開了。再過幾個月，他就要越過邊界了。自從他開始這麼想，邊界，這個具有一般地理意義的字，就在他心底喚起了另一種意義，這樣的邊界不具形體又無從捉摸，可這陣子卻愈來愈常占據他的思緒。

那是什麼樣的邊界？

他一生最愛的女人（那時他三十歲）曾對他說（聽到這話的時候，他的心都快碎了），她的生命只維繫在一條極細的絲線上。沒錯，她想活下去，生命給她帶來無限的喜悅，但在此同時，她也很清楚，她的「我想活下去」是由細如蛛網的絲線編織而成的。只要輕輕一動，只要輕如浮塵的一點細微變動，她就會掉到邊界的另一頭，一旦越過邊界，任何事物就不再有意義了：愛情、各種信念、信仰、歷史通通都會失去意義。人類生命的一切奧秘就在於，生命正是緊靠（甚至是緊貼）在此邊界上展開的，生命與此邊界的距離毋需以公里計，兩者相距不過毫釐而已。

7

每個男人都有兩本情色傳記。通常我們只會提到第一本，裡面羅列了所有交往過，或發生過一夜情的女人。

比較有趣的應該是另一本傳記：記錄著我們想要擁有卻從我們身邊溜走的那些女人，那是一冊關於潛在可能性中途夭折的痛苦歷史。

不過，男人其實還有第三本傳記，裡面記錄的女人屬於神秘又令人不安的範疇。我們喜歡這些女人，這些女人也對我們有好感，可同時我們也立刻意識到一件事，那就是我們不可能擁有她們，因為在我們和這些女人的關係裡，我們活在邊界的另一頭。

亞恩坐在火車裡看著書。一位年輕貌美的陌生女子走進包廂坐下來（包廂裡唯一的空位剛好就在他對面），她對亞恩點點頭。亞恩也跟她打了招呼，心想他到底在哪兒見過這女人，然後又繼續把頭埋進書頁裡，可是卻讀不下去了。他感到年輕女子的目光一直盯著他，充滿好奇與期待。

亞恩闔上書本說：「我在哪兒見過您嗎？」

這種事其實一點兒也不稀奇。這女人告訴亞恩，他們五年前在一群沒什麼相干的人裡頭見過面。他想起了那段日子的事，於是又問了年輕女子：她那時在做什麼？都跟哪些人在一起？現在她工作嗎？工作好不好玩？

亞恩頗精於此道：不論什麼樣的女人，他都有辦法迅速地激出火花。只是這次的經驗讓他有點痛苦，他覺得自己好像是人事部門的雇員，正在對一名應徵工作的女子提出問題。

亞恩閉上嘴，試著要專心看書，可是卻覺得有個隱形的評審委員會在那兒目不轉睛地盯著他，他們手上有一整本關於亞恩的資料。他勉強看著書，也不知道裡頭究竟寫了些什麼，不過他知道，評審委員會正耐心地記錄他沉默了幾分鐘，好一併計入最後的總成績。

他再一次闔上書本，再一次以輕鬆的口吻打開話匣子，然後再一次發現這麼做沒有任何用處。

他的結論是，失敗的原因在於包廂太過擁擠，不適合聊天。於是他邀請年輕女子到餐車去，他們在那兒找到一張兩人座的桌子。這樣說起話來就自在多了，不過還是一樣沒有用，他依然無法激出火花。

兩人回到包廂，亞恩又打開書，可是跟剛才一樣，他不知道書裡頭寫了什麼。年輕女人待在包廂裡，在亞恩對面坐了一會兒，然後起身到走廊去看窗外的風景。亞恩心裡非常不痛快。他喜歡這個年輕女子，她這麼走出去，不就是一種無言的誘惑嘛。

他覺得這是挽救局面的最後時機了，於是他也走出包廂，站在年輕女子的身邊。他說，剛才沒有一眼就認出她，應該是因為她換了髮型。他撥開她前額的頭髮，看著那張瞬時變得不一樣的臉龐。

「這就是了，我現在認出來了。」亞恩說。很顯然地，亞恩其實沒有認出她來。不過這並不重要，他想做的，只不過是把手緊緊按在她頭上，讓她的頭往後仰，這樣，他就可以好好地看著她的眼睛。

在亞恩的一生中，他有多少次把手放在女人頭上要求說：「讓我看看妳頭髮撩起來是什麼模樣。」如此專橫的觸摸，加上至高無上的眼神，總在一瞬間就讓情勢逆轉。彷彿這樣的觸摸與眼神，蘊藏著某個偉大的場面，預示著他將完全占有這個女人。

可是這一次，他的手勢完全失效了。他的眼神比自己身上感受到的目光無力得多，評審委員們懷疑的眼神從年輕女子的眼睛裡投射出來，說明了他們很清楚亞恩又在故技重施，那眼神要讓亞恩明白，一切重複都不過是模仿，而一切模仿都是一文不值的。突然間，亞恩從年輕女子的眼中看到了自己。他看到自己的眼神和手勢所演出的拙劣默劇，在經年累月不斷重複之下，這齣老套的默劇已經不具任何意義了。一旦失去了自發性，失去了既自然又直接的意義，他的手勢在轉瞬間竟讓他覺得疲憊不堪，彷彿手腕上繫著十公斤重的秤錘。年輕女子的目光在他的周圍創造出一個奇特的場域，那是一個比平常沉重十倍的重力場。

玩不下去了。亞恩把手從年輕女子的頭上移開，看著窗外一片接一片的花園。

火車進了站。兩人走出車站時，年輕女子對亞恩說，她家就在附近，要不要過去坐坐。

亞恩拒絕了。

事後，亞恩想了整整幾個星期，他怎麼會拒絕一個他喜歡的女人呢？

在他跟這個女人的關係裡，他屬於邊界的另一頭。

8

描繪男人目光的各式說法屢見不鮮，大致上是這麼說的：男人的目光冷冷地投射在女人身上，彷彿在那兒量度她的身長、稱著她的體重、估算她的價值、挑她、選她，換句話說，男人彷彿把女人變成了物品。

比較不為人知的是，其實女人在此目光的凝視下，並非毫無反擊能力。倘若女人

Kniha Smíchu a Zapomnění

被變成了物品，她們就會用物品的目光來觀看男人。這就像榔頭上突然長出了一對眼睛，還盯著泥水匠不放，而此刻，泥水匠正拿著榔頭要把釘子敲進牆裡呢。泥水匠看見榔頭不懷好意的目光就亂了方寸，於是在自己的拇指上敲了一記。

泥水匠是榔頭的主人，然而榔頭卻比泥水匠略勝一籌，因為榔頭這個工具知道它該怎麼被操弄，可是操弄工具的人卻只知道個大概。

觀看的權力把榔頭變成了一個有生命的存在，可是老實的泥水匠得要承受得住榔頭睥睨的目光，一隻手用力握緊榔頭，再次讓榔頭變成物品。有人說，女人就是活在這樣的空間運動中，一會兒高，一會兒低：物品一會兒向上躍升，變成女人，一會兒又向下墜落，變成物品。

可是亞恩卻愈來愈覺得這個泥水匠和榔頭的遊戲玩不下去了。女人們看人的樣子不對，她們把遊戲搞砸了。到底是因為女人開始搞組織，決定改變她們百年不變的處境？還是因為亞恩老了，所以他覺得女人不一樣了，她們的目光也不一樣了？到底變的是這個世界還是他自己？

這種事實在很難說。火車上的年輕女子一直用十分不信任的眼神打量著他，而他卻連拿起榔頭都來不及，就把手鬆開了。

前陣子他遇到巴斯卡，巴斯卡跟他說了些抱怨芭芭拉的事。芭芭拉邀巴斯卡去她家，到了那兒，有兩個巴斯卡不認識的女孩子，他跟她們閒扯了一會兒，芭芭拉連聲招呼也沒打，就從廚房裡拿出一個白鐵做的大鬧鐘，就是那種很久以前用的鬧鐘，然後，她就一語不發地開始脫衣服了，那兩個女孩子也一樣。

巴斯卡哀聲嘆氣地說：「你可以想像嗎？她們就那樣毫不在乎地把衣服脫掉，漫不經心地，好像我是隻狗還是個花盆似的。」

後來，芭芭拉命令他也把衣服脫掉。他不想失去跟兩個陌生女人做愛的機會，就乖乖地把衣服脫了。他一絲不掛地站在那兒，芭芭拉指著鬧鐘對他說：「看清楚那根秒針。如果你一分鐘之內槓不起來的話，就給我滾！」

「她們就這樣死盯著我胯下不放，時間一秒一秒地飛過，她們卻在那兒大笑！最後她們就把我轟出去了！」

這就是榔頭決定閹割泥水匠的一個例子。

「妳知道的，巴斯卡是個粗魯的傢伙，其實我心裡偷偷地為芭芭拉那支懲罰特遣隊叫好，」亞恩對艾德薇姬說。「而且巴斯卡跟他的哥兒們也對女孩子做過很類似的事。有個女孩子到了芭芭拉家，她想做愛，他們就把她衣服扒光綁在沙發床上。這女孩不在乎他們綁她，那是遊戲的一部分。可惡的是，他們什麼也不跟她做，連碰都不碰她一下，只是仔仔細細地在她全身上下看來看去。那女孩有種被強暴的感覺。」

「這種感覺可以體會。」艾德薇姬說。

「不過我完全可以想像，那些女孩被綁在那裡，任人貪婪地看著，其實她們真的很興奮。可是在類似的情況下，巴斯卡可興奮不起來，他根本就是被閹割了。」

夜已經深了，兩人在艾德薇姬家，剩下的半瓶威士忌放在他們前面的矮桌上。

「你的話是什麼意思？」艾德薇姬問道。

「我要說的是，」亞恩回答說，「男人、女人做同一件事的時候，結果是不一樣的。男人幹的是強暴，女人幹的是閹割。」

「你的意思是說，閹割男人是很不堪的事，可是強暴女人就很浪漫囉。」

「我的意思只是說，」亞恩反駁道，「強暴是情色的一部分，可是閹割卻否定了情色。」

艾德薇姬一口氣喝光了杯裡的酒，氣憤地說：「如果強暴是情色的一部分，那就是說，一切情色都是對女人懷有惡意的，這樣的話，我們女人得發明一套新的。」

亞恩啜飲一口威士忌，沉默了片刻，接著說：「好幾年前，我還在老家的時候，我跟我那些哥兒們曾經編過一本精選集，裡頭收錄我們的情人做愛時說的話。妳猜她們最常說什麼？」

艾德薇姬不知道。

「她們最常說不要。不要這個字眼一再出現：不要，不要，不要，不要，不要，不要，不要……女孩子來就是要做愛，而當男孩子把她抱在懷裡，她卻又伸手推拒，嘴裡說著不要，以至於做愛在這個最美妙字眼的紅色微光照拂下，成了強暴的可愛翻版。即便她們快要高潮的時候，還是說著不要，不要，不要，不要，不要，事實上，有很多女孩子高潮的時候嘴裡就叫喊著不要。從那時候開始，不要對我來說，就是個極為奢華的字眼。妳也一樣嗎？妳也常說不要嗎？」

艾德薇姬答說她從來沒說過不要。說話幹嘛違背心裡想的？「女人說不要的時候，意思就是要。我每次聽到這種男人自以為是的謬論就很生氣。這句話簡直就跟人類的歷史一樣愚蠢。」

「可是人類的歷史就附在我們身上，我們想躲也躲不掉啊。」亞恩反駁道。「女人總是在逃，在抵抗。女人在付出，男人在拿。女人半遮半掩，男人就把她的衣服剝光。這是我們背在身上百年不變的形象啊！」

「百年不變而且蠢得要命！跟那些恭恭敬敬的形象一樣愚蠢！而且，要是女人開始厭倦照著她們的榜樣來應對進退，那你怎麼說？要是這種永恆的重複讓女人作嘔，你怎麼說？要是女人想要創造其他形象，想要發明一套新的遊戲，那你怎麼說？」

「沒錯，這都是些愚蠢的形象，在那兒愚蠢地重複著。妳說得一點兒也沒錯。不過，要是我們對女性身體的慾望，剛好得倚賴這些愚蠢的形象，而且只能倚賴這些形象，那妳怎麼說？把這些愚蠢的舊形象在我們腦中毀掉之後，男人還有沒有辦法跟女人做愛？」

艾德薇姬大笑說：「我看你是在杞人憂天。」

艾德薇姬像母親似地，溫柔地看著亞恩說：「你不要以為所有的男人都跟你一樣。其他男人面對女人的時候是什麼樣子。你又知道多少？」

亞恩的確不知道其他男人單獨面對女人的時候是什麼樣子。片刻的沉默之後，艾德薇姬臉上露出了一抹恬靜自得的微笑，暗示著夜色已經很深了，時辰就快到了，亞恩要開始在她身上轉動那個空空的電影膠捲盤了。

她思索片刻之後說：「畢竟，做愛也沒那麼重要。」

亞恩豎起耳朵問道：「妳說做愛沒那麼重要？」

艾德薇姬對亞恩溫柔地微笑說：「對呀，做愛不是那麼重要。」

突然間，亞恩連他們的話題到底是什麼都忘了，因為他剛弄清楚一件更重要百倍的事：對艾德薇姬來說，性愛不過是個標記，不過是證明友誼的象徵行為。

這天晚上，亞恩第一次有勇氣說他累了。他像個純情的朋友那樣，躺在艾德薇姬身旁，沒去轉動那個膠捲盤。他輕撫著她的頭髮，彷彿他們共同的未來之上，出現了一道讓人安心的彩虹，象徵著往後的平靜。

9

十年前，有個已婚的女人到亞恩家來看他。他們相識已久，可是很少碰面，因為這個女人得工作，即便她撥出時間來找亞恩，他們也不能浪費任何一分鐘。這女人先是坐在單人沙發上，兩人閒聊片刻，不過真的就是片刻而已。過沒多久，亞恩就得起身過去吻她，然後把她拉起來擁入懷中。

接著，亞恩把手臂鬆開，兩人之間稍微隔出了點距離，於是他們急急忙忙地各自把衣服都脫了。亞恩把外套丟在椅子上，那女人脫下毛衣擱在椅背上，亞恩解開長褲的釦子，任褲子滑下，那女人則把身子向前傾，開始脫她的褲襪。兩人都一副迫不及待的樣子。他們面對面站著，身體略向前傾，亞恩先把一隻腳從褲子裡抽出來，接著又抽出另一隻腳（為此，他把腿抬得忒高，像在閱兵踢正步的士兵），那女人則彎下腰把褲襪褪到腳踝上，然後把腿從褪下的褲襪中抽出來，她的腿抬向天花板，跟亞恩的動作一個樣。

每次都一樣，不過，有一次發生了一件微不足道的小事，卻讓亞恩永誌難忘：那女人看著亞恩，忍不住對他露出微笑。那是近乎溫柔的一抹微笑，充滿理解與同情，同時也尋求對方諒解的靦腆微笑，然而無論如何，這微笑卻是因為洞察了這一切的一切有多麼可笑而誕生的，微笑立即淹沒了整個場景。亞恩好不容易克制住自己，不去回應這微笑。因為他自己也發現，從兩人心照不宣的習慣裡，浮現了這一幕出乎意料的可笑場景——兩個人面對面站著，在一種詭異的匆忙氣氛中，把腿抬得高高地。他幾乎忍不住要爆出大笑了。可是他知道，這麼一來，他們就做不下去了。笑，在房間裡耐心地守候著，像個巨大的陷阱似的，藏在一堵隱形的薄牆之後。性愛跟笑之間，只有毫釐之隔，他很怕自己會跨過去。而在他與邊界之間，就這麼幾個毫釐的距離，一旦跨了過去，萬事萬物就不再具有任何意義了。

亞恩克制住了，他抑止住笑意，把長褲扔到一邊，趕快走到情人身邊撫摸她的身體，希望那熾烈的體熱可以驅走專司笑的魔鬼。

10

亞恩聽說帕賽的身體愈來愈糟了，只能依靠注射嗎啡才撐得下去，每天也只有幾個小時覺得比較舒服。亞恩搭火車去探望他，那家小醫院地處偏遠，一路上，亞恩都在責備自己沒有常去看他。看到帕賽那麼衰老的樣子，亞恩真是嚇壞了。幾絲白髮飄在前額上，形成一個彎，沒多久以前，那兒覆蓋的還是一頭濃密的褐色頭髮。在帕賽臉上看到的，是對過去那張臉龐的記憶。

帕賽還是用他一貫的熱情來歡迎亞恩，他抓住亞恩的手臂，急切地把他拉進病房，房裡的兩面牆邊各擺了一張桌子。

亞恩第一次見到帕賽，那已經是好久以前的事了，那時帕賽談到人類的希望，話到激動處，還用拳頭捶著桌子，一雙大眼睛則在桌子上空，閃耀著永恆不滅的熱情光芒。現在，帕賽談的不是人類的希望，而是他身體的希望。醫生們跟他保證，只要他熬得過這半個月的密集注射治療，只要他能忍受這極端的痛苦，就可以戰勝病魔。說話的同時，帕賽用拳頭捶著桌子，眼睛閃耀著光芒。這番關於身體希望的熱情述說，迴盪著述說人類希望的淒涼回音。這兩樣熱情其實是一樣的虛幻，而帕賽閃耀的大眼睛貢獻給這兩者的，卻是同樣神奇的光芒。

後來，帕賽談起了女演員漢娜。帕賽帶著男性的羞赧靦腆向亞恩承認，雖然這是他生命裡的最後一次，但他又瘋狂地戀愛了。雖然他知道這是最荒誕不經、最不可能的傻事，但他還是瘋狂地愛上一個美麗絕倫的女人。他嘴巴說著他們到森林裡找蘑菇像在尋寶，說到他們在小酒館歇腳喝紅酒的事，眼睛則閃耀著光芒。

「漢娜實在是太棒了！妳知道嗎？她不會像個熱心的護士那樣，她不會用同情的眼光望著我，讓我想起我的虛弱、我的衰老，她跟我一起笑、一起喝酒。我們喝掉了一公升的紅酒！我還以為自己只有十八歲呢！都已經快踏進鬼門關了，但我還是高興得想唱歌。」

帕賽用拳頭捶著桌子，以閃耀著光芒的眼睛望著亞恩，而眼睛上方的濃密頭髮已然消失，只剩三根白髮聊以代之。

亞恩說，我們都是馬上要跨越鬼門關的人了。希望這個被暴力、殘忍、野蠻行為籠罩的世界，也走進鬼門關吧。亞恩這麼說，是因為他很喜歡帕賽，而眼前這個用拳頭、用那麼可愛的方式捶著桌子的帕賽，如果在這個不值得人愛的世界毀滅之前就先撒手人寰，那實在是太殘酷了。所以他試圖說得彷彿世界末日將近，好讓帕賽的死變得稍微讓人容易忍受些。然而帕賽卻不同意末日將至，他用拳頭敲打桌面，又開始談他的人類希望，說我們生活在一個巨大變動的時代。

亞恩從來不曾跟帕賽一樣，讚賞變動的事物，不過他很喜歡帕賽追求改變的慾望，因為他在那裡頭看見人類最古老的慾望，看見人性最保守的保守主義。然而，雖說他很喜歡這種慾望，但他還是想要從帕賽身上把這股慾望驅走，畢竟，帕賽現在已經坐在生死交關之處，他想在帕賽面前把未來說得一文不值，好讓帕賽對於正在逝去的生命少一點遺憾。

他對帕賽說：「人們總是說我們生活在一個偉大的時代。克勒維會說，猶太基督宗教的年代終結了，也有人會提到世界革命，提到共產黨，然而這都是些蠢話。即使我們的時代真的有什麼關鍵性的意義，那也是為了別的原因。」

帕賽用閃耀著光芒的眼睛望著亞恩，而眼睛上方，三根白髮在那兒召喚著人們對他濃密頭髮的回憶。

亞恩接著說：「你聽過那個英國貴族的故事嗎？」

帕賽用拳頭捶著桌子說他沒聽過這故事。

「有個英國貴族度過新婚之夜以後，對他的妻子說：女士，我希望您已經懷孕了。這些可笑的動作，我不太想再做第二次。」

帕賽笑了，不過沒有用拳頭捶桌子。這個小故事不是那種可以激起他熱情的故事。

亞恩接著說：「最好不要有人跟我提起世界革命！我們生活在一個歷史性的時代，所有的性行為都被人永久轉化為可笑的動作。」

帕賽臉上浮現了一抹淡淡的微笑。亞恩很了解這種微笑。那不是歡樂或贊同的微笑，而是寬容的微笑。他們兩人總是彼此相隔非常遙遠，偶有兩人的差異顯得太過清楚的時刻，他們就會互相報以這種微笑，好讓對方知道，這種差異不會影響到他們的友誼。

11

為什麼這個邊界的意象總是出現在他眼前？

他告訴自己，這是因為他老了：事物不斷重複，而每一次的重複都會流失一部分意義。是的，說得更精確些，事物正一點一滴地流失著它們的生命力，正是這個生命力，賦予萬事萬物一個意義的假象。按照亞恩的定義，邊界的意思就是：可以接受重複的最大限度。

有一天，他看了一場表演，節目進行到一半的時候，有位非常傑出的喜劇演員突然沒頭沒腦地開始慢慢數起數字，他神情無比專注地數著：一、二、三、四……他發出每個數字的聲音都聽似非常投入，彷彿是數字跑掉了，而他在身邊到處找：五、六、七、八……數到十五的時候，觀眾開始笑了，他神情愈來愈專注，慢慢地數到一百，這時候，觀眾們簡直笑翻了。

在另一場表演裡，同一個演員坐在鋼琴前，開始用左手彈奏一首圓舞曲的伴奏部分，那是一段很有節奏感的伴奏：噹搭噹、噹搭噹。他的右手空懸著，觀眾聽不到任何旋律，只聽到同樣的噹搭噹、噹搭噹在那兒不斷地重複著，他眼神饒富表情地看著觀眾，彷彿這段圓舞曲的伴奏是多麼壯麗輝煌的音樂，人們應該為之感動、喝采、陶醉。他不停地彈，彈了二十遍、三十遍、五十遍、一百遍同樣的噹搭噹、噹搭噹，觀眾笑得

Kniha Smíchu a zapomnění

幾乎喘不過氣來。

是的，一旦越過邊界，笑就會在那兒迴盪，事情注定如此。可是，再往前走呢？超過了笑之後呢？

亞恩心裡想像著，最初希臘諸神也很熱中於人類的冒險事業，後來，祂們在奧林匹斯山上落腳歇息，看著山下發生的事情，還笑得很開心。如今，祂們都睡著了。

不過，依我看來，亞恩的想法是錯的，他以為邊界是把人的生活跟某個特定地點切開的一條線，他以為邊界標誌著時間上的一個斷裂，是人類生命時晷上精確的一個瞬間。不，不是這樣的。我想的剛好相反，我很確定邊界時時刻刻都與我們同在，獨立於時間之外，也獨立於我們的年歲之外，雖然在不同的情境下，邊界時隱時現，可它是無所不在的。

亞恩深愛的那個女人說得對，她說她的生命只維繫在一條細如蛛網的絲線上。只消一陣微不足道的輕風拂過，事物的變動雖微乎其微，但一秒鐘前我們還當一回事的生命，卻會突然變成沒有意義的東西，裡頭空無一物。

亞恩有些朋友跟他一樣離開了祖國，他們把時間奉獻給祖國失去的自由，他們為此奮鬥。他們其實都曾經感覺到，把他們跟祖國聯繫在一起的那種關係，不過是一種假象，而他們之所以能夠隨時為這些無關痛癢的事情慷慨赴義，也不過是一種堅定的習癖罷了。這些朋友都有過這種感覺，同時也害怕這種感覺，他們把頭撇開，害怕看到邊界，害怕滑到另一邊去（被深淵帶來的暈眩所牽引），在那裡，他們遭到蹂躪的人民所使用的語言，聽起來不過像是無意義的噪音，跟小鳥的啁啾鳴叫沒有兩樣。

如果亞恩自己把邊界定義為「可以接受重複的最大限度」，那麼，我就不得不糾正他了：邊界並不是重複的結果。重複只是讓邊界現形的一種方法。邊界的標線讓塵土給蓋住了，而重複就像是拂去這些塵土的動作。

我想提醒亞恩，他童年時期有過如此的特殊經驗：那時他約莫十三歲，人們談到別的星球上存在的生物，他則在心裡幻想著，這些外星人身上的性器官比地球人多。當時的小亞恩經常躲起來看一張偷來的裸照，照片上一絲不掛的女舞者讓他很興奮，看到後來，他覺得地球上的女人只有一個陰部兩個乳房，這種三位一體實在太過簡單了，他覺得女人會為性愛的匱乏所苦。他夢想著一種生物，身上不只長了這麼可憐兮兮三分天下的性器官，而是長滿了十個、二十個性器官，可以讓眼睛有取之不竭的感官刺激。

我想說的是，在亞恩還是處男的漫漫歲月裡，他早就知道厭倦女性的肉體是怎麼回事了。在他還未曾識得肉體的快感之前，他已經在想像裡，走到了興奮的盡頭，他已經觸到了興奮的最深處。

因此，他從小就在視力所及的範圍裡，跟這個神秘的邊界一同生活，一旦越過這個邊界，女性的乳房就只是吊在胸前的兩個軟軟的肉球。邊界，打從一開始就是他的命運。十三歲夢想著女性身上長著其他性器官的亞恩，跟三十年後的亞恩一樣，都很清楚邊界是怎麼回事。

12

那天颳著風，滿地泥濘。送葬的人們在還未覆上泥土的墓前圍成一個半圓。亞恩在那兒，所有的朋友也幾乎到齊了，有女演員漢娜、克勒維一家人、芭芭拉，當然還有帕賽的家人：他的妻子和噙著淚水的兒子，還有他的女兒。

兩個衣服破舊的男人拉著繩子，把棺材抬了起來。這時候，有個神情緊張的角色上場了，他手上拿著一張紙走向墓前，轉過身來面對兩位掘墓工人，再把手上那張紙拿高，開始高聲朗誦。兩名掘墓工人看著他，遲疑了一會兒，不知道該不該把棺材放在墓穴旁邊停一下，後來，兩名工人還是動手把棺材慢慢放進墓穴裡，彷彿決定要讓死者免掉多聽一場演講的義務。

棺材突然消失，這件事讓演說者有點不知所措。他的講詞全都是以第二人稱單數寫的。他對著死者說話、向死者承諾、讚美死者、要死者放心，他也感謝死者，還回答了自己假設死者會提出的問題。棺材降到墓穴的最深處，兩個掘墓工人拉著繩子，神情卑微，動也不動地站在墓旁，看見演說者如此激動地對著他們強聒滔滔，他們惶恐不安地低下了頭。

演說者愈是感覺到場面不得體，他的眼光就愈離不開那兩個暗淡的小人物，最後，他幾乎是強逼著自己，才把目光移往別處。他轉過身去看那圍成半圓的送葬人群。

即便如此，他那篇以第二人稱寫就的演說，聽起來還是沒有什麼起色，因為他的神情總讓人以為，我們親愛的死者就躲在人群之中。

演說者的目光到底該投向何處？他焦慮地盯著手上那張紙，而即便他已經會背那份講稿了，他還是瞪大眼睛盯著稿子。

此時，人群中瀰漫著一股神經質的氣氛，突然，一陣陣歇斯底里的狂風吹起，這股神經質的氛圍於是變得更加濃烈。克勒維老爹的帽子本來好端端地戴在頭上，可這陣風猛地一吹，把他的帽子給掀了，吹到還沒覆上泥土的墓穴和最前排的帕賽家人中間。

起先，克勒維老爹想要穿過人群，快步跑去把帽子撿起來，可他又顧慮到，這的反應會讓人覺得他把帽子看得比葬禮的莊嚴肅穆更重要，這還是紀念他朋友的儀式呢。於是他決定留在原地不動，假裝沒注意到發生了什麼事。但這招顯然不怎麼高明。帽子孤零零地掉在墓前面空無一物的地上，從這一刻開始，人們變得更不安了，根本聽不見演說者在說些什麼。帽子雖然卑微地在那兒動也不動，可是依然騷動了葬禮，要是克勒維設法把它撿起來，情況還不會那麼糟。最後，克勒維還是跟他前面的人說了聲對不起，然後走出人群。這會兒，他就站在空地上（空地就像個小舞臺），站在墓穴和人群之間。他把身子放低，把手臂向地上伸去，可就在此時，風又吹了起來，把帽子吹得更遠了點兒，吹到演說者的腳邊。

此時眾人除了克勒維老爹跟那頂帽子，已經無心他顧了。而演說者雖然絲毫未覺腳邊有頂帽子，卻也發現聽眾有點不對勁。他把眼睛從紙上移開，抬起頭來，赫然瞥見一個陌生人就站在距他兩步的地方，而且還一副虎視眈眈的樣子。他馬上又垂下雙眼看著稿子，希望再抬起頭的時候，或許這幅不可思議的景象就會消失不見。可當他再度抬起頭，那男人卻依然在他前面，依然在那兒看著他。

克勒維老爹進退維谷，他覺得撲到演講者的腳邊很失禮，但沒拿起帽子就走回去也很可笑。於是他留在原地不動猶豫不決地杵在那兒，怎麼也想不出解決的辦法。他很希望有人會出來幫他，他看了兩名掘墓工人一眼，他們還是動也不動地站在墓穴的另一邊，眼睛直盯著演說者的雙腳。

此時，又颳起一陣狂風，帽子被吹得慢慢滑向墓穴邊上。克勒維終於下了決心，一個箭步向前衝，伸長手臂，彎下身子。帽子卻溜走了，一直溜，一直溜，就在他幾乎觸手可及的時候，帽子沿著墓穴的邊緣滑了下去。

克勒維本來還伸長了手臂，好像要把帽子喚回來，後來卻又突然決定裝得若無其事，彷彿帽子從來不曾存在過，彷彿他出現在墓穴邊上毫無緣由，純屬巧合。他想裝出一副無比輕鬆、無比自然的樣子，可這實在不容易，因為所有的目光都集中在他身上。克勒維臉上的肌肉抽搐著；他刻意不看任何人，往回走到最前排，偷偷站了進去，而帕賽的兒子正在那兒啜泣。

一旦陌生人隨時要撲上來的威脅消失無蹤，手上拿張紙的這號人物就恢復了平靜，他抬頭看著人群，對著這群根本不再關心他說什麼的人，說完了他的最後一句演說詞。他轉過身去，用非常莊嚴的語調，對著兩個掘墓工人的方向說：「帕賽，愛你的人永遠不會忘記你。願塵土輕輕覆蓋你！」

墓穴旁的土堆上插著一把小鏟子，演說者俯身用小鏟子挖起一些土，然後向墓穴裡鞠了躬。這時，送葬的人群開始有點騷動了，因為眾人都憋住了笑，大家都想像得到，演說者手上拿著一鏟泥土動也不動，呆呆地望著下面，想必是看到了棺材在墓穴最深處，而帽子在棺材上面，彷彿死者對尊嚴還有一絲徒然的渴望，不願在此莊嚴的時刻讓自己的頭光著。

演說者終於回過神來，把土撒在棺材上，還刻意不撒在帽子上，彷彿帕賽的頭真的藏在帽子底下似的。接著，他把鏟子遞給帕賽的遺孀。是的，大家都得沒完沒了地忍受著誘惑，大家都得投入這場跟笑對抗的激戰。所有的人都一樣，帕賽的妻子、在那兒啜泣的兒子也不例外，大家都得用鏟子挖起一些土，俯身在墓穴上，看到裡面有具棺材，棺材上有頂帽子，彷彿帕賽又一副生氣勃勃、一副無可救藥的樂天模樣，想把頭從棺材裡探出來。

13

芭芭拉的別墅裡大約來了二十個人。大家都待在大廳裡，坐在長沙發或是單人沙發上，也有人坐在地上。大廳中間，眾人漫不經心的目光圍繞著一個看似鄉下來的女孩，她竭盡所能地在那兒搖擺、扭動著身體。

MILAN KUNDERA

芭芭拉端坐在一張覆著絨毛的寬大沙發上，她目光凌厲地瞪了那女孩一眼，說道：「妳不覺得這把戲玩太久了嗎？」

女孩看著芭芭拉，肩膀扭來扭去，彷彿指著在場的每一個人，抱怨他們心不在焉、不在乎的樣子。不過，芭芭拉嚴厲的目光不會因為無言的辯解就善罷甘休，女孩於是繼續面無表情地胡亂扭動，同時動手解開罩衫上的釦子。

從此刻起，芭芭拉就不理那個女孩了，她開始逐一審視在場的每一個人。人們只要一瞥見她的目光，就會馬上停止閒聊，乖乖地把眼珠子轉過去對著那個正在寬衣解帶的女孩。接著，芭芭拉把女孩的裙子掀了起來，把手放在她的兩腿之間，然後又虎視眈眈地把全場巡了一圈。她仔仔細細地觀察著，看她的體操選手們有沒有在注意她的示範動作。

事情終於順利地開始進行了，雖然節奏有點散漫，不過還算差強人意，鄉下姑娘早已一絲不掛地躺在一個不知名男子的懷裡，其他人則分散在各個房間裡。然而，芭芭拉是無所不在的，她永遠保持著高度警覺心和極端挑剔的狀態。她不允許客人們雙雙對對躲在角落裡各自為政。她一看到亞恩摟著一個年輕女人的肩膀，就對著年輕女人怒罵說：「妳那麼想面對面看著他的話，就去他家好了。我們這裡是社交場所！」芭芭拉抓住年輕女人的手臂，把她拉到隔壁房間裡。

亞恩發現有個看來滿順眼的禿頭年輕男人正盯著他看，禿頭男人坐得遠遠的，芭芭拉跑來攪局的事，他全看見了。兩人相視而笑。禿頭走了過來，亞恩對他說：「芭芭拉元帥。」

禿頭大笑說：「她是教練，她要訓練我們去參加奧運。」

兩人一起看著芭芭拉，一同觀察她接下來的一舉一動：

她跪在正做著愛的一男一女身旁，緩緩把頭插進兩人的臉中間，然後把嘴壓在那個女人的唇上。那個男人以為芭芭拉一定是想要獨自占有這個女人，於是很識趣地把她放開。芭芭拉雙臂環繞著那女人，把她壓在自己身上，最後兩人側身相對緊緊纏抱，而那男人則必恭必敬地站在她們前面。芭芭拉不停地親吻著那女人，一面舉起手來，在空中劃了一個圓。那男人知道這個手勢是打給他看的，可是卻不明白這是要他待在那兒，還是要他走遠一點。他戰戰兢兢地看著那隻動得愈來愈有勁、愈來愈不耐煩的手。最後，芭芭拉把她的嘴從那女人的唇上移開，高聲說出她要什麼。男人點了點頭，又輕輕趴回地上，貼在那女人的背後，於是那女人就被他和芭芭拉緊緊夾住了。

「我們都是芭芭拉夢中的人物。」亞恩說。

「沒錯，」禿頭回答道。「不過夢裡總是有什麼地方不對勁。芭芭拉就像個鐘錶師傅，她還得自己動手去把分針跟秒針撥到定位。」

等芭芭拉把男人的體位調整好，她馬上對她剛才激情熱吻的女人失去了興趣。她起身走到一對年紀很輕的情侶身旁，這對情侶躲在角落裡交纏著身體，一副不安的樣子。兩人的衣衫尚未褪盡，年輕男子試圖用他的身體把年輕女孩遮住。歌劇舞臺上的配角，張著嘴卻不出聲，還荒謬地舞動著手，製造出一幅生動對話的假象。此時這對情侶就是這樣，他們動得更賣力，好讓人以為他們兩人都被對方深深吸引，他們這麼做，就是希望不要引人注目，不要讓人打擾。

芭芭拉當然不會讓他們的詭計得逞，她在兩人身旁跪了下來，輕撫了一會兒他們的頭髮之後，對他們說了幾句話。然後就跑到隔壁的房間，帶回來三個裸體的男人。她又在兩個小情人身旁跪了下來，把年輕男人的頭端在手上親吻著。三個裸體的男人則在芭芭拉目光的默默指示下，趴在女孩身上，將她身上剩下的衣物褪去。

「結束以後，將召開一個會議，」禿頭說。「芭芭拉會把我們都叫來，要我們在她身旁圍成半圓，她自己就站在前面，戴上眼鏡，分析我們哪裡做得好，哪裡做得不好，用功的小朋友她會表揚，那些打混的也會被罵。」

兩個害羞的小情人終於跟其他人分享了他們的身體。芭芭拉丟下他們，向兩個男人走去。她對亞恩微微一笑，然後走到禿頭那裡。幾乎就在同時，亞恩發現那位以脫衣秀為今晚揭開序幕的鄉下姑娘正輕輕愛撫著自己的身體。他心想，芭芭拉的時鐘運轉得倒還不算太壞。

鄉下姑娘熱切無比地招呼著亞恩，可他卻無時不讓他的眼睛瞟到大廳的另一頭去，看著芭芭拉在那兒伺候著禿頭的性器官。這兩對男女正處於同樣的狀況，兩個女人彎著上半身，正用著同樣的姿勢照料著同樣的東西；不知道的人，還以為是兩位辛勤的女園丁趴在花圃上呢。兩對男女都不過是另一對在鏡中的影像。兩個男人的眼神在空中交會，亞恩看見禿頭強抑著笑意的身體在發顫，由於他們兩人就像物品和鏡中的影像那麼一致，所以一個人發了顫，另一個人也得發顫。於是亞恩撇過頭去，以免正在愛撫他的年輕女孩看了不高興。可他卻無法抵擋他鏡中影像的吸引，他又回過頭來看禿頭男子，這回，他瞥見禿頭強忍笑意的眼睛突了出來。連結這兩個男人的，至少是比一般心電感應強上五倍的電流，他們不僅知道對方在想什麼，還很清楚地意識到他們是彼此了解的。沒多久前，他們才加在芭芭拉身上的所有意象又再度浮現在腦海裡，而且還冒出了新的意象。兩人看著對方，同時又要避免接觸對方的眼神，因為他們很清楚，這個時候笑出來，跟在教堂裡領聖餐餅的時候笑出來一樣褻瀆。然而，一旦這個意象閃過兩人腦際，他們就更想笑了。他們太弱了，笑比他們強得多。兩人的身體抑止不住地顫動起來。

芭芭拉看著她男伴的頭。此時禿頭已經忍不住笑了起來。芭芭拉彷彿知道問題出在哪兒似地，轉過頭去瞪著亞恩。而此刻，那位鄉下姑娘正在亞恩的耳邊輕聲地說：「你怎麼了？你為什麼哭了？」

轉眼芭芭拉已經跑到亞恩身邊，咬牙切齒地對他說：「別以為你可以在我這裡玩帕賽出殯時的那一套！」

亞恩說：「妳別生氣嘛。」話才說著，亞恩已經笑得連淚水都流到了頰上。

芭芭拉叫他滾出去。

Kniha Smíchu a Zapomnění

14

去美國之前，亞恩帶著艾德薇姬到海邊度假。那兒是一座荒島，島上只有幾個小小的村莊，幾家牧場，綿羊在那兒漫不經心地吃著草，以及絕無僅有的一家旅館，開在加了圍籬的私人海灘上。他們就住在這家旅館裡。

亞恩敲了敲房門，艾德薇姬的聲音從房間的另一頭傳來，要他進來。起初亞恩沒看到人，只聽見艾德薇姬在廁所裡叫道：「我在尿尿。」廁所的門半開半掩著。

此景對亞恩來說是再熟悉不過的了。即使艾德薇姬家裡有成群的客人，她也會若無其事地宣告說她要去尿尿，然後隔著廁所半掩的門，繼續跟大家聊天。她這麼做既不是要賣弄風情，也不是不知莊重。相反地：這正是對風情與莊重的徹底棄絕。

艾德薇姬不接受那些壓在人肩頭上的傳統，像個包袱似的。她拒絕接受光著一張臉是清純的，可是光著屁股就是不莊重的想法。她不知道為什麼由眼睛滴落的鹹性液體就該是崇高的詩歌，而由腹部排出的液體就會惹人嫌惡。這一切的一切在她看來，都是如此愚蠢、矯情、無理性的，而她對這些俗套的態度，跟一個寄宿在天主教學校的叛逆少女，面對宿舍內規的態度沒什麼兩樣。

艾德薇姬從廁所走出來，對亞恩笑了笑，讓他親了親雙頰，然後對他說：「我們到海灘去走走吧？」

亞恩說好。

艾德薇姬對亞恩說：「你把衣服擱在我這兒吧。」一邊說著，她已經把自己的浴袍脫了下來，浴袍底下一絲不掛。

亞恩總是覺得在別人面前脫衣服怪怪的，他羨慕艾德薇姬可以光著身子走來走去，好像穿著一件舒適的居家便服一樣。她光著身子甚至比穿衣服的時候自然得多，彷彿丟下衣服的那一刻，她也把女人的艱難處境一併丟棄，從此她就只是個沒有性徵的人類了。彷彿性器官只附在衣物上，而裸體則是一種中性化的狀態。

兩人光著身子走下樓梯來到海灘，裸體的人成群地在那兒曬著太陽、散步、戲水：裸體的母親跟裸體的小孩，裸體的祖母跟她們裸體的孫子，裸體的年輕人跟老人。數量驚人的乳房裸露在那兒，形體可說是變化萬千，好看的、沒那麼好看的、難看的、肥大的、皺縮的，此景讓亞恩得到一個很悲哀的結論，那就是老一點的乳房在年輕的乳房旁邊，看起來並沒有顯得比較年輕，相反地，年輕的乳房卻顯得比較老，而且這些乳房看起來全都一樣奇怪、一樣沒有意義。

亞恩的思緒又再度被那神秘而模糊的邊界所侵擾。他覺得自己正不偏不倚地壓在那條線上，就要跨越過去了。一股奇特的悲傷占據了心頭，同時，一個更為奇特的念頭卻宛如自霧中升起一般，從他的悲傷之中浮現：他想到，猶太人走進煤氣室的時候，正是成群裸著身體進去的。不知究竟為了哪樁，此番景象會在他腦中揮之不去，也不知道此情此景究竟意謂著什麼。或許這番景象的意思是說，在那一刻，猶太人也處在邊界的另一頭，而裸體正是另一頭的制服，男男女女都得穿它。裸體就是一塊裹屍布。

亞恩看著散佈在海灘上的裸體，因此而生的悲傷讓他愈來愈受不了，他說道：「實在是太奇怪了，所有這些裸露的身體……」

艾德薇姬點頭說：「對呀。而更奇怪的是，這些身體都這麼好看。你看，連那些老邁的身體、生病的身體也一樣，當它們只是單純的身體，沒有衣服的時候，每一具身體都很好看。每一具身體都像自然一樣美。一棵老樹不會比一棵小樹來得難看，生病的獅子也永遠是萬獸之王。人類的醜陋就是來自衣服。」

艾德薇姬和他，兩人從來不曾了解對方，然而他們卻總是同意對方。兩人各自用自己的方法詮釋對方說的話，如此一來，兩人之間就有了一種絕妙的和諧。這是一種以誤解為基礎的絕妙連結方式。亞恩很清楚這一點，而且甚至可以說以此為樂。

兩人漫步在沙灘上，腳底的沙子很燙人，公羊的叫聲交雜著海潮聲，橄欖樹影下，一頭髒兮兮的綿羊埋頭啃著一整個島上的枯草。亞恩想起了達菲尼斯。他睡在那裡，被克洛依的裸體深深迷惑著，他很興奮，可是他不知道這股興奮會把他帶到哪兒去，這是一種沒完沒了也無法平息的興奮，毫無限制地蔓延，直到地平線的盡頭。一股無邊無際的鄉愁襲上亞恩的心頭，他想要回到過去。回到過去，回到這個小男孩的時代。回到過去，回到男人的起點，回到他自己的起點，回到愛情的起點。他渴求慾望。他渴望心跳怦怦的聲音。他渴望睡在克洛依的身邊，卻對性愛一無所知，對肉體的快感一無所知。他渴望自己在女人面前，僅僅化身為一股興奮之情，化身為一股神秘的、令人不解的、奇蹟般的興奮之情。想到這裡，他大叫了一聲：「達菲尼斯！」

綿羊啃著牠的枯草，亞恩一邊嘆息，一邊又叫了幾聲：「達菲尼斯，達菲尼斯……」

「你在叫達菲尼斯嗎？」

「對呀，」亞恩說。「我是在叫達菲尼斯。」

「沒錯，」艾德薇姬說。「我們是該回頭看看他。回頭看看人類還沒受到基督文明殘害的時代。你想說的是這個嗎？」

亞恩說：「是啊。」不過，他想說的卻完全是另一回事。

「那個時代，或許還有那麼一小塊自然的天堂，」艾德薇姬接著說。「看得到羊群，看得到牧童，看得到屬於自然的人們。所有的感官都是自由的。你要說的達菲尼斯指的就是這個，不是嗎？」

亞恩又對艾德薇姬說了一次，他心裡想的正是如此，艾德薇姬聽了他的話，很肯定地說：「沒錯，你說得對，這裡就是達菲尼斯之島！」

這種基於誤解所達成的相互理解，亞恩頗以此為樂，他又加上了一句：「那我們住的旅館應該叫做：另一邊。」

「沒錯！」艾德薇姬興奮地叫道。「在我們這座文明監獄的另一邊！」

三兩成群的人們裸著身體向他們走來，艾德薇姬把他們介紹給亞恩認識。人們都跟亞恩握了手，打了招呼，報了各自的來頭，然後說了聲幸會。然後就天南地北地聊開了：像是水溫啦，社會上的偽善對靈魂及肉體的殘害啦，這座島的美麗等等。

談到最後這個主題時，艾德薇姬特別強調說：「剛剛亞恩才說，這裡是達菲尼斯之島，我覺得他這麼說很有道理。」

大家都因為這個新的想法而感到開心。後來，一個肚子奇大的男人，開始發表西方文明即將毀滅，而人類終將從奴役他們的猶太基督宗教傳統之中解放出來。這些話亞恩已經聽過不下十次、二十次、三十次、一百次、五百次、一千次了，而這個寬不過數米的海灘就快要變成半圓形劇場式的大講堂了。那男人不停地說著，一旁的人們饒有興味地聽著，而他們裸露的性器官則在那兒傻愣愣地、悲傷地面對一片黃沙。

國家圖書館出版品預行編目資料

笑忘書 / 米蘭・昆德拉 (Milan Kundera) 著；尉遲秀 譯. -- 二版. -- 臺北市：皇冠，2020.04 面；公分. --（皇冠叢書；第 4837 種）（米蘭・昆德拉全集；6）
譯自：Kniha Smíchu a Zapomnění
ISBN 978-957-33-3526-9（平裝）

876.57 109003569

皇冠叢書第 4837 種
米蘭・昆德拉全集 6

笑忘書

Kniha Smíchu a Zapomnění

KNIHA SMÍCHU A ZAPOMNĚNÍ
Copyright © 1978, 1985, Milan Kundera
This edition arranged with The Wylie Agency (UK) LTD
Complex Chinese edition copyright © 2020 by Crown Publishing Company, Ltd.
All Rights Reserved.

All adaptations of the Work for film, theatre, television and radio are strictly prohibited.

作　者—米蘭・昆德拉
譯　者—尉遲秀
發 行 人—平　雲
出版發行—皇冠文化出版有限公司
台北市敦化北路 120 巷 50 號
電話◎ 02-27168888
郵撥帳號◎ 15261516 號
皇冠出版社（香港）有限公司
香港銅鑼灣道 180 號百樂商業中心
19 字樓 1903 室
電話◎ 2529-1778　傳真◎ 2527-0904
總 編 輯—許婷婷
美術設計—王瓊瑤
著作完成日期— 1978 年
二版一刷日期— 2020 年 04 月
二版四刷日期— 2023 年 08 月
法律顧問—王惠光律師
有著作權・翻印必究
如有破損或裝訂錯誤，請寄回本社更換
讀者服務傳真專線◎ 02-27150507
電腦編號◎ 044106
ISBN ◎ 978-957-33-3526-9
Printed in Taiwan
本書定價◎新台幣 330 元 / 港幣 110 元

•皇冠讀樂網：www.crown.com.tw
•皇冠Facebook：www.facebook.com/crownbook
•皇冠Instagram：www.instagram.com/crownbook1954
•皇冠蝦皮商城：shopee.tw/crown_tw